A GOOD SCENT FROM A STRANGE MOUNTAIN

Robert Olen Butler

奇山飘香

〔美〕罗伯特·奥伦·巴特勒 著　胡向华 译

人民文学出版社
PEOPLE'S LITERATURE PUBLISHING HOUSE

著作权合同登记号　图字 01-2020-7427

Robert Olen Butler
A GOOD SCENT FROM A STRANGE MOUNTAIN

Copyright © 1992, 2001 by Robert Olen Butler
Published by arrangement with Author c/o John Hawkins & Associates, Inc.
through Bardon-Chinese Media Agency.
Simplified Chinese edition copyright
© 2021 Shanghai 99 Readers' Culture Co. Ltd
All rights reserved.

图书在版编目(CIP)数据

奇山飘香/(美)罗伯特·奥伦·巴特勒著;胡向华译.—北京:人民文学出版社,2021(2023.6 重印)
(短经典精选)
ISBN 978-7-02-016937-5

Ⅰ.①奇… Ⅱ.①罗…②胡… Ⅲ.①短篇小说-小说集-美国-现代 Ⅳ.①I712.45

中国版本图书馆 CIP 数据核字(2021)第 017285 号

总 策 划　黄育海
责任编辑　卜艳冰　欧雪勤
封面设计　好谢翔

出版发行　人民文学出版社
社　　址　北京市朝内大街 166 号
邮政编码　100705

印　　制　凸版艺彩(东莞)印刷有限公司
经　　销　全国新华书店等

开　　本　890 毫米×1240 毫米　1/32
印　　张　9
字　　数　188 千字
版　　次　2021 年 6 月北京第 1 版
印　　次　2023 年 6 月第 2 次印刷

书　　号　978-7-02-016937-5
定　　价　68.00 元

如有印装质量问题,请与本社图书销售中心调换。电话:010-65233595

SHORT CLASSICS
短经典精选

献给

约翰·伍德

目录

001	投诚
016	格林先生
028	回家路上
044	童话
059	蛐蛐儿
065	父亲的来信
073	爱
094	中秋节
101	一片开阔地
109	鬼故事
122	雪
134	遗物
140	入殓
152	一对美国夫妇
237	奇山飘香
253	一盒沙龙烟
263	失踪
273	译后记

投　诚

我心中没有恨。自己现在差不多已能肯定这点了。我为祖国战斗得太久了，以至于连自己的老婆都丢了，让她跟了另外一个男人，一个瘸子。那是因为虽然我还活着，但不在她身边，对她来说我就已经是个死人了。大概让我还有些愤愤不平的是，这个男人的残疾是天生的，而不是打仗受伤造成的。现在甚至连这一点都无关紧要了。我的祖国是以灭亡告终的，而且我也不在那儿住了，我偶尔从报纸上了解到越南统一后的生活状况，肯定那两个人仍在那里遭罪。实际上这对我来说也无所谓了。这样谈论他俩，甚至连自己都觉得有些奇怪，但让人更加费解的是，我先提起他俩，然后才讲另一个男人的故事，一个遭受着别人难以想象的复杂情感折磨的男人。正是这个饱受折磨的男人让我有时觉得自己还能盘着腿，摆出一种平静的姿态，甘愿接受所有一切，甚至包括人们所说的那个苦自人欲的道理。

我所恨的可能还有其他人。但我的确为过去的敌人感到难过，也为我们国家的敌人感到难过。我现在住在路易斯安那州格雷特纳市的玛丽·波萍南街上。正因为我能讲一口流利的英语，所以我在住在西岸的那些越南移民中颇有影响力。我们都是来自南越的移民。假如你走过一座桥，进入新奥尔良，沿着州际公路向北走，然后再转向一条以一位厨师命名的高速公路，就会来到一个叫凡尔赛的地方。在那里你还会发现来自北越的人。他们都是凡尔赛的天主教徒。但我是佛教徒。下面这些事是一位来自越南共和国福绥省的越共在一个漆黑的夜里告诉我的。

那时，我正在土山附近的兵营里给澳大利亚人当翻译。美国人和澳大利亚人的不同体现在搭帐篷的方法上。美国人是先清理出一块地，砍去那里的植物，把地犁一遍，弄平整，围上带刺的铁丝网，最后在网上挂上铁皮酒罐。澳大利亚人则直接原地搭帐篷，从不砍树，然后住进铺上木地板的帐篷里。他们把帐篷支在树荫下。每当你清晨醒来，就能听到头上的鸟叫声。这情景常常让我想起自己的家乡。我住的村子离这里很远，而且在内地，靠近波来古。那时妻子还属于我。我躺在树荫下的帐篷里常常想起她。可是，每当我走进兵营餐厅就餐，面对着鸡蛋、咖喱香肠和菜豆时，就没那个心情了。

澳大利亚人的帐篷搭得不错，可我实在搞不懂他们的吃法，特别是早餐。就在那天早上，我第一次见到了宓文塔。我从餐厅对面望着他，只见他呆坐着，两只眼瞪着盛满饭菜的盘子。他身旁一边坐着指挥官，一边坐着值日官，看得出他是个重要人物，因此我又仔细端详了一下。塔哥皮肤黝黑，穿着一件蓝绿格的运动衫，和我一样是农民出身，他有可能被视为西贡大街上任何一个蹬三轮的普通人，或头顿市大街上叫嚷着讨要车费的车夫。可当时我一眼就知道他的身份不是平民百姓。

他的头发被头顶上的电扇吹得乱七八糟，发型是典型越共战地理发员的作品，除此以外，身上还有某些别的东西能披露他的身份。他坐在几乎比他高一头的两位澳大利亚军官中间，身体微微缩着，但看起来似乎很高大。我们村里人都迷信鬼神，而且很多越南人都信鬼。有时鬼会变成人的模样，然后又消失得无影无踪。每当想起与鬼相遇的情形，你就会感到身边有一个庞然大物，好像黑夜里撞上了大山，你看不见它，但知道它就在眼前。我第一次看见塔哥时，就有这种感觉。倒不是我觉得他是个鬼。当我看他两眼盯着咖喱香肠发呆时，马上知道他比自身要高大得多。

过了一会儿，我觉得好像有人从左侧过来坐下，但因塔哥吸引了我的注意力，所以我没马上觉察出是谁。我耳旁有人大声说了一句悄悄话："嘿，伙计，你会有机会和他打交道的。"我转过身来，原来是情报官汤森德上尉。他的八字胡抹了油，捻出两个细细的胡子尖，胡子尖一颤一颤的，和平时他审问犯人时听到令他感兴趣的东西时一个样。现在正是这位塔哥又令他的胡子尖颤抖起来了。汤森德把目光从我这儿移到了餐厅对面，我的眼睛也跟着转了过去。又有一位越南人，一位共和军少校，端着盘子走了过来，指挥官立即溜到一边，让新来的少校坐在塔哥旁边。少校和塔哥搭讪了几句，塔先生好像在应酬着，接着少校又和指挥官聊了几句。

汤森德介绍说："这是我们新来的丛林侦察兵，坐在那边的少校吃过早饭后会先回师部，我们俩再和他谈谈。"

我早已听说要来一位新侦察兵，但他大部分时间都是和部队在外边封锁偷袭路线，所以我对这个人并未多加留意。汤森德队长摸索着在找什么东西，于是我瞟了他一眼。他从口袋里掏出一张小纸条，念着上面的名字，但声调全错了，我根本听不懂他在说什么。于是我一把抓过他手里的纸条，念出了塔哥的名字。汤森德说："他们告诉我，这是个真正机警的小王八蛋。一位越共政委，当过工兵，有头脑，是个杀手，但愿他投诚是真的。"

我抬起头来，见那位共和军少校仍在一个人滔滔不绝。他身穿的工作服浆洗得硬邦邦的，甚至自己都能立起来，他的头发被精心梳理出一个发型，让头发高高耸起在额头上，然后向后背过去，如同你在西贡常见的那种老式的、带有漂亮标志的卧车的保险杠。塔哥靠在椅子上，望着这位喋喋不休的少校。如果我是少校的话，会非常紧张，因为他身边的这个人有如山的身影，有鬼一样凝视的眼神。这眼神是五十年前被祖父欺骗过，或被戴上绿帽子，或被杀害又回来索命的那种鬼魂的眼神。

第二天，汤森德上尉把塔哥的档案摔到我办公桌中间。桌上当时正摊放着十几张照片，上面是从各种角度拍摄的昨天被澳大利亚巡逻兵打死的两个砍柴人。这两个人闯入了禁区，逃跑时被击毙了。照片是两个人被抬到马车后拍摄的。他们两臂张开，两腿弯曲，两个后脚跟碰到一起好像要跳起来一样。摔下来的塔哥档案把照片打落了一地。汤森德说道："伙计，马上把这个看一下，一小时后我们把他带过来。"

那时我们政府有个计划，允许接受像塔哥这样长期顽固不化但后来又欣然变节的越共分子。这个计划原有个非常古板的越南名称,但后来被称为"投诚"计划。一小时后,塔哥跟着汤森德从门口进来,一进来就占满了整个屋子的空间。他仅瞟了我一眼,便知道了他想了解我的一切,同时看透了我们欢迎他的想法,如同我们把胸腔和心脏都暴露给他。这真让我有些胆寒。在我们村里,如果鬼想要你,就能直入你的胸腔,不仅掏出你的心,还能掏出你的魂,所以你一看见鬼就必须赶紧逃。

我从档案里了解到塔哥的一些事情,但不知道他将如何解释我所了解的这些情况,也就是有关他的经历和那件可怕的事情。正是那件事促使他背叛了自己所奋斗的事业。汤森德先通过我盘问了塔哥一小时。尽管档案里对这些早已有了答案,但他还是问了一个情报官该问的问题。从师部审问中得知,塔哥提供了所有我们防区内越共部队的位置、火力配置,及村里地下干部名单等情报。尽管如此,塔哥仍耐心地重复着他的回答,一支又一支地抽着切斯菲尔德牌香烟,小心翼翼地不让烟灰掉到地上。他的眼睛从不正视我们俩,只是偶尔迅速地瞟一眼我们的手,好像预料到我们会突然举起枪似的。这时他在我眼里好像变渺小了,虽然仍很机警,杀人仍那么熟练,但已变成一个平常人了。

汤森德上尉审问完毕后,冲我点了一下头,按照我们事先安排好的步骤,退出审问,由我和塔哥闲聊。汤森德觉得塔哥与自己同胞一对一的交谈可能会放松些。但我对此持怀疑态度。我当时只对这个人感兴趣,感兴趣的理由和汤森德不一样。我并不关心上司想要的战术情报,甚至他还没离开审讯室,我就打算把这些搁在一边了。我并不为自己的行为感到惭愧,他已得到他所需要的东西。

这位澳大利亚人刚一离开，塔哥便第一次仰起脸，朝着天花板吐了一口烟。这让我有些毛骨悚然，好像他一直猫着腰埋伏在丛林，此时突然跳出来一样。他根本不看我，而是望着腾起的烟雾，等待着，脸上镇定自若。我终于感到我的声音不会再颤抖了，便说："我们来自同一地区。我也是从波来古省来的。"档案里说，塔哥来自昆嵩省，就在波来古省的北边，与老挝和柬埔寨接壤。他微微低下头，仍一句话不说。他两眼直视前方，慢吞吞地又使劲吸了一口烟，而且是深深地吸了一口，因为烟吸进去时，烟头上的灰明显变长，增长了一倍。

我从档案里了解到他所忍受的悲痛，但我想让他在我面前表现出来并说出来。我知道自己应该拐弯抹角地和他谈，至少暂时应该先如此。但我只想到了一个笨法子，让我羞愧的是，我只用了这个笨法子。我说："你那边还有家属吗？"

这时他转过脸来对着我，吓得我屏住了呼吸。我沉思了一会儿，觉得自己对他的最初印象是正确的。他就是个鬼，现在要把我带走了。我觉得自己没气了，活不过来了。然而，他并没有消失。他两眼盯着我，然后又把目光落到桌上的档案，好像在说，我问的是已知道的东西。他曾被派到福绥省给那里的村民做思想动员。根据我们的情报，他善于向柴夫、渔夫和农夫这样普通老百姓宣传共产主义思想，而且在这方面是个专家。那时越共在昆嵩省改变了以往策略，并在三个月前惩罚了一个村以杀一儆百，因为那里的村干部喜欢上了美国消费品并为得到这些消费品而出卖情报。这一回惩罚得很严厉，没来得及跑的村民都被杀了。塔哥的妻子和两个孩子一心以为能平安无事，觉得肯定有人知道他们是谁的家属，所以留了下来，但也被越共杀了，塔哥从此做出了自己的抉择。

他的目光仍停留在档案上。我终于缓过神来对他说："是的，我知道。"

他又一次把目光移开，盯着自己的烟卷，望着还没被吸进去的烟圈。我说："不仅仅是那一次的缘故吧？我认为你是有信仰的人。"

"我仍然是。"他说，然后看着我，淡淡一笑，但那只是暗笑，仿佛知道我心里在想什么。他的确知道。他说："这并不是什么新东西，和我在你们师部交代的东西是一样的。我相信一个关心所有人利益并让穷人利益先于富人的政府。我相信只有保持个人品行纯洁性才能使这些成为可能。我最终相信北越人想建立的政府不能被它的服务对象所控制。"

"那么，你觉得和你现在一起战斗的同志们怎么样？"我问道。

他慢悠悠地吸完最后一口烟，然后向前探着身子，把烟头掐灭在我桌角的烟灰缸里，又回到座位上，双手叠放在腿上，目无神情，嘴角向下撇着，显得平静而严肃。"我理解他们，"他说，"也理解美国人。我学过美国历史。他们的信仰也不错。"

我承认，自己当时第一个冲动就是想要挑战他。这个人在脱离越共前，对西方民主史一无所知。正因为越共杀了他的妻子儿女，他才想要干掉他们。但我知道，他说的也是真的。他是个有信仰的人。我看得出他有佛教家庭背景。越共打动不了天主教徒，但能向佛教徒寻求同情，让不信神秘主义的佛教徒欣然接受他们的思想。

共产党人有充分的正确理念，良好的意愿，讲得也条条是道。佛教第二戒，情欲乃陷阱也。共产党人对佛教这一戒是严格遵守的，是名副其实的生活作风严谨的人。如果一个越共屋里挂张美人照被他的上司逮着了，哪怕只是张泳装照，也会惹上大麻烦。

这就是塔哥所谓的个人品行纯洁性。我逐渐明白他的话后，对此有点嗤之以鼻。我再仔细琢磨，觉得品行不端正是我的缺点，虽然有时并不把它视为缺点，但自己绝不是个多么好的佛教徒。我现在住在美国，这儿的生活方式和母亲、祖母教导我的完全不一样。塔哥在这一点上未免显得有些太理所当然了。想到这里我不再胆怯。他不过是个生活作风严谨的共产党人而已。我很难想象出他是怎么有的孩子。我无耻地问道："你想和你老婆在一起，是吗？"我差点儿说出口的是："你想和你老婆做爱吗？"面对这个不久前还是我们国家的仇敌，现在仍坦然保持信仰的人，我还不至于那么没同情心吧。

如往常一样，审问时我会经常变换话题，但心里明白，我是永远得不到真正想要的答案的。话刚一出口，我的脸从下巴往上羞得通红。而当我有所察觉时，才感到自己还有点羞耻感。我猜正是这种突然的发问方式和这个出乎意料的问题让他有点措手不及。其实这是审问中惯用的伎俩。这时塔哥放在大腿上的手微微抬了起来。我知道这双手表明他想起了她。但那个动作转瞬即逝，他那双手也只是稍稍抬起了一下。我敢肯定，当时他的手掌，他的指尖，都被抚摸过她的记忆弄懵了。最后那双手又放回到大腿上，只听他低声说："我当然想她了。"

我没再提问了。他走后，我放在办公桌上的手也开始不安，抬了起来，接着又藏在大腿中间，让温柔的回忆弄得滚烫。我也有过妻子。我不得已离开了她，而没多久，她便不再是我老婆了。我明白，塔哥不是鬼，而是个普通人，他爱自己的妻子，对她有爱欲，就像我爱我妻子，想和她在一起一样，只不过他的爱欲限制在保持个人品行纯洁范围之内。他也是个男人嘛。从那以后，我只想避开他。反正步兵们有自己的翻译，用不着我再和塔哥打交道。这正合我的心意。

但相隔还不到一星期，我又见到了塔哥。那是一个星期天。一清早，就在我们东面的龙龛山上发生了一场遭遇战。一开始是轻武器的枪声响了几分钟，接着是一阵刚冲入战场的眼镜蛇部队发出的炮击声，然后是一片寂静。

下午，一群刚入伍的士兵在打板球，我坐在树下看着他们，但眼睛并没有观望这种奇怪的运动，而是体会坐在树荫下的感觉。听着击球声和一阵阵喝彩声，微风袭来让我仿佛又看见妻子穿着她的长袍，长长的丝绸下摆呼啦啦，好像被这儿的微风撩起，又好像她就在身旁。我坐在那里有好几次不禁想起了塔哥。可能是我妻子把他带到了我面前吧，把我们两双渴望的手连在一起。那天晚上，我又和塔哥见面了。

那是在军官俱乐部里。有时人们会在那儿放电影。那个星期天晚上正是放电影时间。汤森德上尉早早把我叫来帮他把藤椅摆成一圈，对着挂在屋子另一端作屏幕用的大床单。汤森德不愿告诉我放的是什么电影。当我问他时，他眨了一下眼，说道："你会喜欢的，伙计。"我以为又是诺曼·威斯登的喜剧片。威斯登这位小人物永远是被一群比他壮得多的人打翻在地，受尽欺侮。汤森德知道我不喜欢这些电影，所以我断定这就是他向我眨眼的意思。

这时塔哥和几位陆军军官走了进来，令我遗憾的是，他们的翻译并没有跟来。我不明白他们为什么把他带到这里来。但我猜，他们可能极力想让他感到自己是受欢迎的吧，已成为他们中的一员。我现在仍这样认为。只是他们根本不明白他是什么样的人。他们拍着他的后背，又指了指屏幕和放映机，用仅会的几个越南单词与他交谈，用词都很简单，那洋泾浜式的英语，甚至让我这说英语的外国人都觉得十分好笑。我想塔哥也不会喜欢诺曼·威斯登的电影。塔哥和我都是小个子。

塔哥进来时，我觉得他可能会来找我帮忙，因为在这个俱乐部里，我是在场唯一的另一个越南人。但他并没有这样做。他瞟了我一眼，仅此而已。两个陆军军官把他带到前排，让他坐在他们中间。塔哥就座后，我才把注意力转移过来，恍然发现这儿上演的东西有些不同往常。这些澳大利亚军人异常喧闹，互相打逗，笑声一片。其中一人冲着汤森德叫喊道："你们这些搞情报的伙计还管把这玩意儿偷运进来吗？"

汤森德笑着说："哥们，甚至连我们都觉得太刺激了。"

我根本没听懂汤森德上尉在说什么，于是瞪着他，脸上露出疑惑不解的表情。他看着我，搂住我的肩膀说："等着瞧吧。这电影是放给我们这些想小美人的老爷们看的。"他冲着我朝椅子点了点头，于是我走过去，找了把塔哥后面偏左的椅子坐下。我只能看到他的后脑勺、他脑后浓密的头发、黑红的脖子和格子衬衫的领子。此时塔哥正抬头望着屏幕。灯熄后，电影便开始了。

那天一共放了九部电影，每部仅二十来分钟。第一部电影开头没什么值得一提的。只见一个男人走在乡村小路上。这是位壮汉，一头金发，后来得知是个瑞典人，可那时我的印象是，这肯定不是诺曼·威斯德喜剧片中的那类人物。他下身穿着紧绷绷的蓝色牛仔裤，上身穿着件绒布衬衫，扣子未系，袒露着胸脯。我从来没见过英国人这样打扮。澳大利亚人也没有。而且威斯德演的喜剧片全部是黑白的，但这是部粗糙的彩色片。镜头有些抖动，这时我才意识到放映机嗒嗒的转动声。人们开始笑了。原来这还是部无声电影。一个人喊了几句话，我没听清，然后又有个人喊了起来。开始我以为可能是出了什么差错。放错电影了。人们让汤森德快停下，换上小诺曼的喜剧片。但此时镜头转向了一位年轻女子，她站在栅栏边，以牛群作背景。这位女子穿着短裤，短得露出了大腿根，甩着长长的头发。这时候澳大利亚人尖叫了起来。镜头又回到了那个男人，看得出他们已开始骚动起来了，整个俱乐部里叫声此起彼伏。我终于听出他们在喊什么了。"伙计，冲上去啊！操这个小娘们！干了她！"

我瞟了塔哥一眼，他仍仰着脸望着银幕，当然他还不知道发生了什么。我也仰着脸，看见那一男一女说了一会儿话，然后接吻。没吻多久，这位女子便放开了，跪在这个男人面前，一把扯开他的蓝色牛仔裤，解开前面的拉链，扒下他的裤子，但他的内裤仍穿着。我惊奇地发现自己的呼吸开始急促，两只胳膊开始发软。我虽然听说过这类电影，但从来没看过。这时我想，只要这个男人还穿着内裤，那么还不算太过分，还不是我听说的那种类型的电影。

那个女人还在揉他，一副轻浮的样子，满脸堆笑，好像乐趣无穷似的，接着扒掉了他的内裤。男人把身体欣然给了她，屏幕上显示的让人一目了然。那个女人好像欣喜若狂，把脸贴近他的那个部位，虽然这一幕让我对她欲望大减，但看到她做着我甚至从未让我老婆做过的那种事时，还是吃惊地倒吸了一口气。

这时我看了看塔哥——完全是条件反射。我当时还没有把这个俱乐部里所发生的事，和塔哥的身份、他的生活经历以及他的信仰联系起来。他依然仰着脸，依然在看电影。我抬头一看，只见那个女人也抬起了头；甚至在为那个男人做这种事时，她也仰脸看着他。我又把目光转向塔哥，却看见他把头渐渐低下去。他的头压得很低，一直垂着。我盯了他好长时间。

我必须惭愧地承认，事实上我并未盯他很久，我走神了。我前面讲过塔哥所谓的"个人品行纯洁性"，还讲过对此我觉得无所谓。虽然我没再结婚，可我必须承认，看那些在美国比比皆是的大美人画报已成为我的一大乐事。这些美人脱得太光了，让我觉得自己对她们已了如指掌。她们脸上的表情常让人赏心悦目，似乎愿意我以这样方式和她们相识——和我私下交往。我意识到，这不过是我幼稚的幻想，算不上什么正当企图，还觉得，说不定哪天，这个小小的肉欲会让我倒霉。尽管如此，我仍禁不住这些诱惑。就在那个漆黑的晚上，我在福绥省澳大利亚军营的帐篷里充满了肉欲，看完所有九部电影后只想和妻子在一起——最想的还是和她——但有时，也有想和电影里一位长发女郎在一起的冲动。这些女人如此乐此不疲地和过路的农夫、进城的水手、送货员、中年小大夫们一起云来雨去。

我瞟了塔哥三次。第一次见他的头低垂着。第二次惊讶地发现，他正盯着屏幕。他不错眼珠地看。当时镜头定在一位黑发女人脸上，而且这位女人做爱的方式是我知道的唯一一种做爱方式。我们当时只能看到她的脸微微侧向一边，身体一下又一下地上下移动着，眼睛始终闭着。但她的脸带着微笑，表情安详，充满爱意，但又透露出一丝忧伤，似乎知道这个男人不久将离她而去。我知道，这只不过是从个人生活经历的角度来理解她。其实，她是个专门拍摄黄色电影的瑞典妓女。她的微笑根本不是那种微笑，全是装出来。我还知道，她的微笑和画报上的微笑一样。这些裸体女人都是冲着钱笑，冲着名笑，或冲着希望打入影视圈的笑，或冲着可卡因和其他什么东西笑。但那天晚上，在澳大利亚人帐篷里，我和塔哥都望着这个女人的脸。我知道自己的感受。某种东西告诉我，塔哥也有同样的感受。他仰着脸，久久地盯着屏幕，我知道他的手在渴望着什么了。

当我把脸转向屏幕时，他的双眼还在盯着屏幕。后来又放了两部电影，这时我才开始仔细观看。但我的心思仍停留在塔哥身上。我知道坐在我前几排的这个人正陷入痛苦之中。一星期前，这个人还是我不共戴天的敌人，而坐在屋里的其他人都是我的朋友。塔哥在我内心深处仍被视为同胞。这件事和他是不是越南人毫不相干。我知道他心里发生了什么变化。他渴望和妻子在一起，就像我渴望和妻子在一起一样。我除了那天晚上没想，其实一直都在期盼有一天能和妻子再度重逢；他的妻子已刚刚撒手人寰。

然而，如果只是这些的话也就罢了，但我认为，他留给我的并不只是这个让我忘不掉的印象。他看的这些电影触动了内心深处的欲望，唤起了对妻子的感觉，让他的手再次抬起来。他毕竟是个男人嘛。我一直看完所有电影，替塔哥难过。他也想女人，想妻子，整个身心都陷入对妻子肉体的渴望中，可现在她已化为骨和灰了。我第三次观察塔哥时，他的头又垂下去了，而且可能就这么一直耷拉到最后，直至灯亮。汤森德上尉被叫到前面，人们为他带来的电影欢呼狂叫。

当我们慢慢走出帐篷时，我又匆匆看了眼夹在两名澳大利亚同伴中间的塔哥。这两位陆军军官想让他觉得自己真正跟他们成为一伙了。可塔哥脸上的表情告诉我，这一切将如何来结束。他的目光显得狂躁不安，就像以前执行偷袭任务时，一道闪光过后，突然发现自己身陷敌群似的。

那天晚上，塔哥溜进帐篷，干掉了那两位军官中的一位，无疑，就是那位执意带他到俱乐部里来的军官。然后，他也自杀了，子弹还留在他脑袋里。汤森德算是幸运的，因为塔哥没明白人们为什么在结束时欢呼雀跃，要不然的话，塔哥干掉的应是上尉而不是那位陆军军官了。塔哥对妻子的渴望让他狂躁不安，但仅这些不足以导致他最后的极端行为。这是历史教育的结果。塔哥是真正有坚定信仰的人。那天晚上，他突然明白了自己想要信仰的民主是什么货色。他意识到，他所背叛的越共虽然误杀了自己的妻子，向他揭露了他们的致命弱点，不过他们对于我们其他的描述无疑是正确的。事实上，西方龌龊的东西直接影响了他，让他产生对亡妻的冲动，这只会把事情变得更糟糕。他别无选择了。

现在，我自己生活在美国，还在银行有份不错的工作，有带家具的房子，而且如果能保住饭碗的话，攒下的钱会大大超过我的需要。我无须担心被炒鱿鱼。这是一家大银行。这里的人们都挺喜欢我。我能和越南客户谈生意，除此以外，还被认为是模范员工。我经常看报纸，还订了几本杂志，其中一本里的美人每个月冲我微笑一次。我不再思念妻子了。我常看电影。我也有放像机，终于能看到电影《玛丽·波萍》了。我住的那条街是我们附近以她命名的四条街道之一。这是真的。你可以到任何一张市区道路图上去查。

住在西岸的越南人不喜欢住在凡尔赛的越南人。西岸越南人指责凡尔赛越南人，说他们对自由的理解就是自由挣钱，还说他们北越人是一群冷酷的压迫者。南越人说，自由对他们来说意味着思想自由和享受生活的自由。凡尔赛的北越人不喜欢南越人。在他们眼里，我们懒惰又三心二意，贪婪又不能靠勤奋得到自己想要的东西。他们说，他们才是真正了解美国的人，知道如何在这里取得成功。西岸和凡尔赛有许多越南人心中仍充满仇恨。

我最后想说的是，无度的欲望将导致不幸，顽固不化也将导致不幸。我终于可以长时间地从黄昏打坐到深夜，已没有想看、想听或想做些什么的迫切愿望了。但我还能想起塔哥，还能双手合十。只有这一刻，我心中的恨才会烟消云散。

格林先生

我是天主教徒，父母也是天主教徒，我是他们的女儿，因此不信拜祖宗那一套，特别是不相信通过一只鹦鹉来拜祖宗。父亲很小的时候，他父母便去世了，他在河内修女们掌管的孤儿院里长大，成了天主教徒。我母亲的母亲也是天主徒，可她父亲不是，他和许多越南人一样，相信孔子敬祖那一套。我记得每当父母和外婆闲坐在院内香蕉树下，外公就会拉着我的手说："来，咱们和格林先生聊聊天吧。"于是他把我领进屋，然后把手指头放在唇上说，这可是个秘密。格林先生其实是外公养的一只鹦鹉，我很喜欢和它聊天。我们会在前屋经过它的窝，格林先生招呼道："你好，好好先生。"当时我们甚至没顾得上搭理它。

外公把我带到他的屋后，走进母亲曾提过的密室。有一次我试图偷看里面，但母亲一把把我拽走了。密室门口挂着珠帘，穿过珠帘时，珠子发出类似风吹蒿草的哗哗响声。屋里光线很暗，点着蜡烛，散发着烧香的味道。外公让我站在一个小小的龛位前。龛位前装点着花，还摆着一个冒着烟的香炉，两旁立着两个铜制的蜡烛台，中间摆放着一张头戴汉人礼帽的男人的照片。"这是我父亲，"

外公冲着照片点了点头说,"他住在这儿。"然后他松开我的手,抚摸着我的肩膀说:"为我父亲祷告吧。"照片里的人把脸微微侧向一边,嘴角挂着淡淡的笑容,好像在问我问题,期待着称心如意的答案似的。于是我像做弥撒那样,跪在龛位前祷告,念叨的都是我熟烂于心的祷告词,反正就是对主念叨的那些话。

祷告时我一直留意着外公,就是他走到门口,拨开珠帘往前屋瞭望时,也仍偷偷地盯着他。他转过身来站在我旁边。等哗啦啦的珠帘子在我们身后静下来时,我已祷告完了,高声说了一句阿门。这时外公在我身旁跪下,靠近我,低声说道:"你父亲正在做件可怕的事。如果他必须做个天主教徒,那还算说得过去,但他远离自己祖宗,让自己永远孤独地四处漂泊就说不过去了。"我简直难以相信,父亲会做这样一件大逆不道的事,让我更难以相信的是,外公比我父亲岁数大得多,居然也会做错事。

外公曾给我讲过亡灵的世界,说祖宗的亡灵上天后仍需要我们爱护、关注和恭敬,并说得到了这些东西,他们就会和我们一起同甘共苦,还会保佑我们,大灾大难来临时甚至还会在梦里提前警告我们。他还说,如果我们对祖宗亡灵不恭敬,他们就会变成迷路的孤魂野鬼,在阴曹地府里游荡,比那些被敌人消灭、躺在稻田地里曝尸、被秃鹫叼食的将士好不了多少。

外公告诉我秃鹫如何啄出死人眼珠,其中可能就有自己的祖宗,如果不敬祖宗,家里人也会遭同样的下场。每当他说到这儿,我马上喊道:"外公,别担心!我是天主徒,但我也会不断为您祷告,给您上供。"

我当时觉得这话能让他高兴起来，可他却使劲地摇摇头，好像要和我大动肝火似的，连忙说："不行，不行。"

"我行。"我争辩道。

听到这话，他看着我。我猜，他可能意识到自己刚才的话有些过火了。他点点头，微微一笑——就像照片里他父亲那样——但他说过的那些话可不能一笑了之。"你是个女孩子，"他说，"所以你自己不能做这件事。只有儿子才能操办供奉祖宗的事。"

我心里猛然产生个奇怪的感觉，就是那种让人后退一步的恶心感，就好像光着脚踩到了一条大黏虫。你怎能摆脱自己的女儿身呢？于是我开始大哭了起来。外公见此拍拍我，又亲亲我，然后说没关系的。他的话对我来说却非同小可。我要保护好外公的亡灵，可又力所不及，只因我是个女孩儿。我们站在祖宗龛位前，等到我不哭后，才一起回到了前屋。外公冲着鹦鹉鞠了一躬说："你好啊，好好先生。"格林先生回答道："你好，好好先生。"我非常喜欢这只鹦鹉，可那天我不想和它讲话，因为它是男孩儿而我不是。

我所说的这些事发生在河内南面红河边的一座城市里。不久，我们离开了那座城市。那时我才七岁，依稀记得外公和父母的吵架声。我当时正睡在屋后的凉席上，被吵醒后，听到他们在吵架，只听外公说了一声："这可不行！"他的话让我打了个冷战。我再仔细一听才知道，他们在商量我们准备逃难的事。那时，人人都惶恐不安，同时又兴奋不已。我们小城里很多人家都打算搬走，甚至还把钟从教堂钟楼里摘下来带走，因为我们都是天主教徒。但外公并不操心天主教徒的事，他关心的是自己祖宗的灵位。他们生于斯，死于斯,埋于斯。他怕他们走不成。"那时该怎么办呀?"他嚷了起来。他还提起了南越人,说他们如何恨从北方过去的人。他问:"到那时又该怎么办呀?"

格林先生这时也随声应和:"那时该怎么办?"这只鹦鹉在过去十六年里,冲着我把这话嚷了一千遍,一万遍。鹦鹉能活一百岁。虽然我不能保护外公的灵位,但我能照料他的鹦鹉。一九七二年外公在西贡去世时,知道格林先生会跟我走。我那时二十四岁,新婚宴尔,仍非常喜欢格林先生。它趴在我的肩头上,用嘴揪着我的耳朵,它那张嘴能嗑碎最硬的壳,但轻柔地揪着我的耳朵,用舌头舔着我。

我把格林先生带到了美国。无论是新奥尔良漫长的夏季,还是温暖的春季和秋季,还是无数个和煦的冬日,它都卧在窗纱围起来的后门厅里,学着外公的声音说话。每当它想登上我肩头和我一起去社区公园时,它就说:"那时该怎么办?"每天早上我总是第一个来到它面前,它见到我便说:"你好,好好先生。"

这只鹦鹉非常爱我,我也是唯一和它接近不会被啄出血的人。但它爱外公胜过我,好像身上附着外公的魂,心里装着外公知道的那些事。格林先生骑在我的肩头上,贴着我的脑袋,嘴里重复着从我丈夫和孩子们那里听到的英语单词。我的孩子们甚至还教它几个英文单词。它学着这些词,但没有任何激情。可外公讲的越南话从它嘴里蹦出来却铿锵有力,就好像它心中装着一个坚强的人。每当格林先生用外公的声音说话时,它的瞳孔便不断地忽大忽小,一副高兴的神情。昨天我试着给它喂点儿兽医开的药,可格林先生说:

"不行。"即使病了,它眼神里还流露出挑战我是多么的快活。

我还记得后来我们终于在西贡安顿后的情形。那时外公在仙逸街发现了一个鸟市,经常带着我去逛。其实,仙逸街鸟市上还卖各种其他宠物——狗、猴子、小兔子、小乌龟,甚至还有山猫。但外公总是拉着我的手对我说:"来吧,小家伙。"于是我们爷俩便沿着我们家住的振兴道,来到仙逸街,他总是带我去逛这个有着各种鸟儿的地方。

金丝雀是鸟市上几乎人见人爱的鸟。外公能和这些鸟儿一起唱歌。它们全都跳到笼子一边,站在离外公最近的地方。外公吹着口哨,哼几声,甚至还唱几句北越的歌,但声音压得很低,只有鸟儿才听得到。他不想让西贡人发觉他是从北方来的。所有的金丝雀这时都张开嘴,让天空充满它们的歌声,喉咙一起一伏。我看了看外公,想看他的喉咙是否和鸟儿一样起伏。他的喉咙根本没动。他脖子上的皮肤仍耷拉着,虽然我总是看见他对那些鸟儿着了魔的样子,但从未见过他喉咙有什么动静,似乎根本就没发出声。人们见到他有这本事都笑了,说他是巫士,可外公根本不搭理他们。

虽然外公和所有的鸟儿一起消磨时光,但仙逸街的金丝雀是他的最爱。黑羽毛的鸟——有喜鹊和画眉——总是各唱各的,特别是那些黄嘴巴的黑鸟更是如此。外公来到黑鸟跟前,听着它们各自叽叽喳喳的便冲它们皱眉头,好像它们都傻乎乎,只会孤芳自赏。它们不需要外公逗它们唱。外公冲着它们吼道:"你们只不过是一群老娘们。"有时我们还来到眼睛又大、又喜欢安静的鸽子面前,外公冲着它们咕咕地叫,夸它们长得如何漂亮。有时我们还观赏长得和母鸡差不多、不停啄鸟笼底的水鸡,还观赏长着忽而弯曲忽而伸长的美丽脖子的仙鹤。

我们观赏了所有的鸟,所有的鸟都招外公喜欢。我记得第一次快逛完仙逸街时他还停在装满麻雀的笼子面前呢。外公弯下腰聆听它们喳喳叫。我也觉得小麻雀很可爱。它们小巧玲珑,眼睛亮亮的,即便挤成一团,也总是在动,跳来跳去,抖抖羽毛,晃来晃去,和我那些好虚荣的小朋友一样。我是个好静的小女孩,偶尔也照镜子打扮打扮,往脸上扑点粉,可在公开场合,我极力保持矜持,不与其他女孩混在一起。

我又惊奇又兴奋地看见外公第一次逛街就和卖鸟的人开始比画起来,然后又指了指麻雀。鸟贩子把手伸到笼子里,抓了一只又一只,然后把它们装进纸盒子里。外公共买了十二只。看见这些鸟卧在盒子里不飞走,我问道:"它们怎么不飞呀?"

"它们的翅膀被铰断了。"外公回答说。

我觉得这倒挺好的。显然,小麻雀没表现出什么痛苦,还能蹦来蹦去,而且它们再也不会从我身边飞走了。我无须用笼子装这些好虚荣的小朋友。

我敢肯定外公当时知道我在想什么,但他什么也没说。回到家里,外公把盒子交给我,告诉我把鸟给妈妈看。我发现妈妈正在后门台阶上择菜,便把盒子拿给她看。她叫道,外公太好了。她把盒子放下,让我跟她待在一起,帮她干活。我蹲在她身旁,一边等她干完活,一边听着盒子里小麻雀叽叽喳喳的叫声。

我们家总是养几只鸡、几只鸭、几只鹅。这些鸡鸭鹅看见我蹲在妈妈身边也不害怕，仍围着我们找食吃。我知道这些家伙早晚都会被吃掉。但不知怎的，仙逸街对我来说似乎是个与众不同的地方，因为那里的麻雀似乎养来只是为了听它们叫唤，和人做朋友。但妈妈终于切完菜了，接着她把手伸进盒子，掏出一只小麻雀。麻雀的脚在她拳头底下吊着，小脑袋从拳头上面冒出来。我看着它的脑袋，知道它是个小女孩，只听妈妈说："好好看着，这样宰麻雀。"紧接着，我看见她另一只手攥住了小麻雀的头，然后使劲一拧。

我不记得自己过了多长时间才适应了这种做法。以后每当外公再站到仙逸街的麻雀笼子前，我就溜到一边。我不喜欢看外公买麻雀时的面目表情，那表情和他逗鸽子、逗金丝雀唱歌时一个样。但我心里早已认定这将是我成长过程中的一部分。我也会变成妈妈这样的女人，学会亲手把所有的麻雀都宰了。妈妈还教我怎么烹饪。我自己也想成为像她那样的女人，一下子拧断麻雀的脖子，拔去它们的羽毛，再把它们烤了。记得每次吃完麻雀，外公都会深深吸口气，然后惬意地闭上眼睛。

仙逸街上也有卖鹦鹉的。它们长得都特别像格林先生，浑身上下是面包树叶的颜色，只有喉咙部位有点儿黄。外公每挑一只鹦鹉，便学它歪着头对它说："你好。"或："你叫什么名字？"——这些话他可从来没对格林先生说过。仙逸街的鹦鹉从不和外公说话。只有一次，其中一只鹦鹉发出和街上蓝色出租车一样的喇叭声。这些鹦鹉从没说过话，外公费了好大工夫才给我讲明白。他说这些鹦鹉被抓来的时间不长，所以还没学会说话呢。他又说，它们可能没有格林先生那么聪明，但总有一天会说话的。有一次刚解释完，外公便靠近我，指着一只正在捉翅膀下的螨虫的鹦鹉说："你变成老太婆，死了，入土之后，那只鸟还能活着，到那时它就能和人说话了。"

我现在四十一岁了，每天都沿着海湾边上的堤坝走到菜园里干活。这个海湾贯穿整个凡尔赛，凡尔赛是新奥尔良的一部分，但离市中心很远，住的都是从北越移居过来的越南人。我外公从没见过美国，因此我不知道他的感受。我每天都戴着草帽，穿着肥大的黑裤子去菜园，蹲在肥沃土地上，种生菜、散叶甘蓝、绿萝卜和薄荷。我那双曾经很漂亮的脚慢慢变得粗糙了。家里人喜欢我把这些新鲜东西摆上餐桌。

有时格林先生会和我一起去菜园种菜。它骑在我的肩上，能待好长时间，经常学着北美红雀的样子，发出跳弹般尖锐的呼啸声。最后格林先生总会从肩上溜到我的怀里，然后再跳到地上，摇摇摆摆地在菜园里到处逛。看见它开始啄菜秆，我便冲它大叫："不行！"它看着我，似乎很生气，好像在说，我怎么胆敢用它的话——它的和它第一位主人的——来呵斥它呢。去时我身上总带着小树枝，扔给它一两根让它嚼，以免我们俩谁也不让谁。我总是尽力维护它的尊严。它现在至少比我大五十岁。外公抓住格林先生时才十八岁，那时他和他父亲正走在去往高地的途中。

现在格林先生已是只老态龙钟的鸟了。上了岁数的鸟对周围事物老是不明白，这本来没有什么可奇怪的，但几个星期前，格林先生开始一根接一根地拔自己身上的毛。察觉到这件怪事后，我连忙去找兽医。当时格林先生的胸脯上已露出一大块秃斑，一些羽毛堆在窝边。为了它，我整整一下午哪儿都没去，透过厨房窗户盯着它。它卧在后门边的窝里，总共从胸脯上拔下十二根羽毛，一次拔一根，每次都用舌头舔舔，然后扔到地上。我来到后门厅，它冲我大声叫了起来，好像它在做什么私密的事情，我应该知道别去冒犯它。我坐在后门厅里看着，它不再拔毛了。

我带格林先生去看兽医。兽医说，鹦鹉这么做可能是因为它们缺少某种维生素或矿物质，但更常见的原因是这只鸟觉得很无聊。我极力说服自己，可能就是这么回事，因为只要我出现在后门厅，格林先生就不再拔自己的毛了。兽医说，让它忙乎起来就好了。于是我给格林先生弄来一棵新树让它爬，树上还有很多新鲜树皮让它啄，和它待在一起的时间也多了一点儿。甚至它不想出去时，我也把它带到菜园里去，还把针线活，甚至厨房里的活——饭前准备工作——都带到后门厅里去做，一边做着这些家务活，一边和它唠嗑。我说的都是些没营养的闲话，一说就没完没了，格林先生经常严厉地瞪着我，我都能听见自己就像只乌鸦喋喋不休。

我迫切地想为它做点事。它老了，又有病，我不得不帮帮它。外公是挣扎了六个月才离开人世的。他躺在我们家顶楼的床上，格林先生一直卧在他身边守着。我还记得挂在窗户上的风铃。风铃是铜做的，现在我家从不挂它，因为我只要听到一声风铃响，另一种声音便接踵而至，那是外公咳咳的咳嗽声。我会和母亲去看望他，有一次正要离开时，他把我叫回去。这时母亲已出了门。我来到他面前，还能远远听见妈妈和外婆正快速地嘀咕着什么。外公打着手势,让我靠近些,然后把身子扭了过来。扭身时,他疼得龇牙咧嘴,但还是强忍着转过身来。他要告诉我一个秘密。我斜着身子靠近他。他说:"听到她们在说什么了吗?"他冲着门点点头,显然指的是母亲和外婆。

我说:"是的。"

他皱着眉头说:"她们净说傻话!叨叨咕咕,哭哭咧咧。女人都这样。你不想长大后像这些老娘们吧?"

我不知道如何回答他,但我想成为妈妈那样的人。外公说这话时,那种让我后退一步的恶心感又开始在心里翻腾,眼泪也涌了出来。就在这时,我听到母亲叫我的名字,心想我用不着回答外公的问话了。我不想理他,一句话没说便跑开了。但当我到门口时,格林先生叫了起来:"那时该怎么办?"这只鸟似乎真的把外公的心里话说完了。你将长大,成为女人——那时该怎么办?

它的确说出了外公的想法。鹦鹉是很聪明的。格林先生更是格外聪明,它知道的远比外公说的多。虽然我觉得生灵转世是无稽之谈,但佛教徒都相信灵魂转世这个说法。这几天为了拯救格林先生的生命,我一直和它唠叨叨叨,可它一直对我怒目而视,并开始大叫:"不行!不行!"直至我不再唠叨了。也许它还能接受男人的声音,但容忍不了我的声音。格林先生又开始拔自己的毛,甚至我坐在屋里盯着它也照拔无误。一看见它拔毛,我便走过去对它说:"不行!"可它根本不理睬我。它甚至也不抬头看我,只顾扯自己的毛,每拔一根,就听到轻轻的嘣的一声。到了第二天,它便开始咳嗽。

我熟悉这咳嗽声。最后我又带格林先生去看兽医。兽医告诉我原因，与我意料的一样，这只鸟没咳嗽，它只是在模仿一个人的声音。兽医问："最近家里有人得流感了吗？"

"有。是我外公。"我答道。

记得最后一次看我外公时，他开始咳个不停。母亲来看他，他摆着手让她走。母亲退出来，于是我上前想帮他。他当时坐了起来，弓着腰，胸腔深处发出阵阵咳嗽声，接着突然静了下来。我向前走了几步，离他更近些，觉得是我的脚步声止住了他的咳嗽。外公仰起脸，眼神里透着无限的悲哀。我知道他绝望了。我弟弟当时还没出生。我屏住呼吸，好让屋子里的寂静延长一会儿。可他胸腔里又发出了咳嗽声，响彻整间屋子。

早上，我来到后门厅，见格林先生仍在拔毛，连招呼都不打了，甚至连吓我一跳的那声"好好先生"都不叫了。它扔掉一根毛，然后开始拔左翅膀底下的另一根。它的胸脯已光秃秃的了，皮肤看上去和外公脖子上的皮一样松。我站在它面前，伸出胳膊让它过来骑在我肩头。昨天它还说："不行。"可今天它一声不吭。它扔掉羽毛，靠了过来，然后狠狠地在我胳膊上啄了一口。我流血了。但我胳膊一动没动，于是它瞪了我一眼。它的瞳孔开始变大，眼珠一动不动，透出无限的悲伤，似乎在思考自己的行为。我又把胳膊伸给它。它知道没别的选择了，于是爬上来——但没骑到我肩膀上。

我举着胳膊，把格林先生带到外面。此时太阳还没有驱散海湾的雾气。我直接走进了菜园。我像孩子一样光着脚，觉得脚下的土又软又湿。我蹲下身，然后迅速一伸手攥住格林先生的胸脯，把它提起来，趁它还没来得及挣扎，就腾出另一只手抓住它。它的翅膀被按住了，在我手里它的个头比我想象的大得多。但越南女人干这些事都很有经验，格林先生还没来得及叫一声就被按躺下了。我用膝盖顶着它，伸手，一把拧断了它的脖子。

我要为外公的亡灵祈祷，不再和他生气了。我有时去参加平日里举行的弥撒。凡尔赛有一座越南人的天主教堂，用越语举行弥撒。我坐在后边，望着所有老太太们坐的地方。她们活着时天天去领圣体，然后穿着自己的传统服装坐在一起，并用头巾把头发包起来盘在头顶。我不知自己晚年是否也会像每天来做弥撒坐在那里的老太婆一样。我们教堂里没人能像鹦鹉那样活那么长。我们主仅活了三十三年，所以活多长也许并不重要。基督死时有几个女人围在他身旁，其中有两个叫玛丽。她们当时见此情形束手无策，那些四下逃走的男人不也同样无能为力嘛！

回家路上

我不是诗人，不过是个商人。人们认为只有诗人才能把事情看得透记得清。也许只有诗人才能死得潇洒。我们这帮商人可做不到。我开车从路易斯安那州查尔斯湖的家里出来，到得克萨斯休斯敦机场去接妻子的外公。那么，我这一路上都经历了什么呢？我知道去机场的捷径，于是我下了波蒙特州际高速公路。可当时给我留下最深印象的是什么呢？我穿过得州几座名副其实的小城。一座叫中国，另一座叫诺姆，还有一座被称为自由。假如我是个迷信预兆和象征的人，我会对此报以一笑。此刻，我正开车穿过那座自由城去接妻子的外公，而外公的自由正是我和妻子，还有住在旧金山的外公的侄子，经过多年的努力，才最终争取到手的。老爷子在越共统治下的越南生活了十三年后，今天将从美国西海岸抵达这里。也许只有诗人才能把这些事情联想起来——自由啊、得州啊、妻子的老外公啊——然后写出一首令人难忘的诗。也许并非如此。反正我对这些东西一无所知。也许诗人所感兴趣的只是飞走的小鸟儿，或跳到池塘里的青蛙。

我当时所知道的就是，自己正沿着两车道的得州高速公路行驶，留心着沿途的生意。对我来说，就是那些如何寻找新角度和市场空白点的特越南式的小买卖。我注意到诸如挖树桩、拆房子、清淤泥等服务项目广告。沿途各种各样的摊位一个接一个——有卖烟花的，有卖水果和蔬菜的，还有卖车毂盖儿和古董。天堂俱乐部举行身着迷你裙姑娘的选美赛，还有饵料仓出售着特殊爬虫，另外还有得州获奖人贱卖自己的棒球赛奖杯。有欢喜面包圈店，还有一所未来之星培训学校，电线杆上贴着一幅手绘的广告牌，上面写着：沿这条土路向前一英里处，出售最好的门厅吊椅。床垫商在广告牌自己商店名字下面还写了一行字：基督即是我主。

我是个天主教徒，所以我必须说，这句话可把我逗笑了。这位掌管宇宙的主，耶稣基督，摇身一变，成了床垫商的主。即便如此胡说八道，但我明白这位店主极力想做什么。他想吸引那些和他自己持同一信仰的顾客。如果知道自己的销售区域，这在商业上还是个不错的做法。我自己在查尔斯湖区的洗衣业和干洗业就经营得不错。其实很简单。路易斯安那州南部的气候让人热得挥汗如雨，那么这个地方就是干洗衣业和干洗业的好地方。我在查尔斯湖已有两家洗衣店，将在萨尔弗再开一家店。所以当我开车经过得州时，和往常一样，让我感兴趣的都是这些东西。我是个商人。我就是这个样子。

假如我是个迷信预兆和象征的人，开到一座低矮的公路桥时，就会对我即将结束的那段旅途感兴趣，因为就在开过这座横跨两条河流的桥时，我看见指示牌上写着两个词：迷失的、古河道。这两条河流宽阔的交汇处布满了小岛和被淹没的树，很难看清楚它们是怎么交汇的。它们看上去更像一片恣意横流的水域，可能更像一个大湖，或被围起来的一片水域——不动也不流的一片水域。迷失方向的、古老水域。

我其实并没有对妻子的外公郑老伯太在意。我只知道一点：妻子非常爱他。我们在越南都是这样。我们把家看得很重。我四个孩子都很孝敬我，我也爱护他们。妻子忠于我，我也忠于她。我爱她。我们非常幸运，因为我们父母允许我们相爱结婚。也就是说，我父母和妻子的母亲允许我们这样做。妻子的父亲那时已经去世。我们家里现在仍摆着一个小小的龛位，天天为他祈祷。所有越南人，即使是天主教徒，也都这么做。作为天主教徒，我们把这当作行圣徒礼。其实妻子根本记不清自己的父亲长什么样。她很小的时候父亲就去世了。他是在南中国海游泳时淹死的。从此以后，郑伯在妻子眼里就和父亲一样。

在我去机场前的晚上，她哭了。她非常高兴能和外公再团聚，同时又为失去他那么多年感到难过。我听到她埋在枕头里呜呜的哭泣声。我抚摸着她的肩膀，感到她在发抖，于是打开床头灯。她突然把脸扭过去，好像我在责怪她哭似的，又仿佛做了件丢人的事。我对她说："梅，没事的，我能理解你的感受。"

"我知道。"她说，但她没有转过身来。于是我又把灯关上了。她在黑暗中转过身来，我一把把她搂在了怀里。

你必须等一会儿才能明白这件事为什么如此重要，但此时我必须坦白一件事。那就是，妻子在黑暗中转过身来，我搂着她，听着哭声渐渐变小，最后止住了，心里当然是非常高兴的。我很高兴自己能在情意浓浓的深夜搂着妻子，还能安慰她。可是，我躺在那里，心思并没放在我爱的这个女人身上。我心里明白她对自己亲人所感受到的一切，而且这位亲人在她眼里至关重要，曾从她生活里消失了十几年，现在又将回到她的身旁。但这样描绘心里的感受，语言显得苍白无力。甚至深夜躺在床上时，这些也是我所能想到的全部。我虽然还在脑海里不断措辞，但这会儿让我分神的是，我的后脚跟有点痒却不能挠挠，而且还有新干洗店门市部所用不同型号的油漆价格。妻子身上的暖流虽贴着我，但我脑子里还能听到电子闹钟的嗡嗡声。

请不要对我做出错误的判断。我可不是一个冷漠无情的人。等妻子渐渐安静下来后，我把她拉过来和我贴得更紧了，但我是有意这样做的，甚至可以说，我努力想让自己记住这一刻，可留在我脑海里的这段记忆更像一种思考，而不是感官上的感受。那种感受似乎不是让我后脚跟发痒的感觉，也不是对闹钟嗡嗡作响的察觉，那要比这些生动得多。我尽最大努力重现那个夜晚的情形，好让我重新有把握告诉你，这间屋子里是有个闹钟，我腿的另一端是我的脚。

你将会明白，让我陷入这种不安的，是郑老伯。那天我搂着妻子，过了一会儿，听到她对我说："我流的大多都是高兴的眼泪。庆哥，没事儿。我唯一的心愿就是，我能再变小，他的背还足够强壮，我还能再骑在他的背上。"

到了登机口，我看着人们排队走出通道，可看到的都是白人或西班牙人的脸。他们匆匆从门口鱼贯而出，又急急忙忙地四散而去。接着过了好长时间，没有人从里面出来。我开始琢磨，这位郑老伯是不是没赶上飞机呀。我想到妻子在家里准备的家宴。她和孩子们，还有住在查尔斯湖的朋友们，一清早就开始收拾屋子，准备饭菜，来庆祝这个大团圆。可现在登机口的门仍张着大嘴，但空荡荡的没有人出来。我当时唯一的想法是，今儿的饭算是糟蹋了。我不担心郑老伯，也不好奇到底发生了什么变故。

我朝在计算机前工作的机场服务人员望去，他们正在为下一航班的乘客检票。我正准备找他们帮忙时，又瞟了一眼登机口，看见郑老伯走了出来。他穿着红黑格子运动衫、斜纹布裤子，挂着拐杖，背稍稍有点驼。而让我大吃一惊的是，他不是自己一个人过来的。一位与我年纪差不多的越南人在没拐杖的另一侧搀着他，弯着腰，在他耳边嘀咕着什么。这时那个年轻点的人抬头看见了我。我认出这是妻子的表弟，郑老伯侄子的儿子。他冲我微笑，并点头和我打招呼，然后拽了拽老伯，让他看到我。郑老先生抬起头来，头上的灯光在他的眼镜上一闪，他的眼睛一下子消失了。他也笑了。我这才感到一切都平安无事。

他们向我走了过来。我先握住郑老伯的手说："您能来看我们，我很高兴。"

我本想多说点——我脑袋里装着一些词，想告诉他妻子是多么爱他，她没到机场亲自来接是多么抱歉，他的重孙们是多么想见到他，等等——但我还没来得及说，妻子的表弟就打断了我。他对老伯说："这是庆哥。我跟你说过，是来接您的人。"

郑老先生点点头，看看我，重复了一遍我的名字。他不再说什么了。这时我望着这位表亲,听他说道:"我叫邝。"接着非常规矩地给我鞠了个躬。

"我记得您。"我说着便伸出手来。他迅速握住我的手,但我从他拘谨的举止中看出可能还有一些郑老伯的情况我不知道。这是越南人的礼节,那种特老派的礼节:不告诉你听了会心里难受的事。这个世界没必要被这些愁事搞得更惨。人们以为你想听的是一切顺利,那么不管真实情况如何,人们对你都是报喜不报忧。邝表弟让我觉得他还守着这个规矩——他父亲肯定也这样,因为这是不讲究实际的人学会的处世态度。

但我是个直来直去的人。经商,特别是在美国经商,让我变成这样。所以我对邝老弟说:"郑老伯是不是病了?"

他冲我笑了笑,好像我是个小孩子在问人打雷是怎么回事似的。他说:"我陪老伯一起过来,为的是确保他旅途平安。他上岁数了。"

这么谈论这位老人,好像他不在场似的,我突然觉得有些别扭,所以看了老伯一眼。老伯正心满意足地挂着拐杖,巡视着周围的登机口。我弯下身,凑过去问道:"郑老伯,您喜欢这飞机场吗?"

他马上转过身来对我说:"这机场不错。是我见过最好的机场。"

老人说话的声音铿锵有力,这让我悬着的心放了下来。我喜欢看他赞赏这座我也很欣赏的机场。然后我对邝弟说:"他是不是只体质有些弱?"

"是的。"邝表弟说。我觉得他非常高兴能找到词来应付我直截了当的问题。我一点也不喜欢这位邝表弟。

但我不得不问他:"您来查尔斯湖和我们团聚吗?"

"我不去。我得谢绝您的热情邀请。今天我一会儿得乘飞机回去。"

我又直率地问:"您一路风尘来这儿连机场都不出?然后立刻回去?"

邝表弟耸了耸肩,说道:"确保老伯平安到达我就心满意足了。父亲说,也许一星期后,您会想和他商量把郑伯的家安在哪里,他将等您的电话。"

我对这些细节一无所知,只知道为了妻子,也为了遵守我们国家的家庭传统,才愿意让老伯成为我们家里人。所以我点了点头,然后挽着郑老伯,对邝表弟说了声"再见",便向行李处走去。

一路上郑老伯让机场给迷住了,脸上一副惊诧不已的表情。从他频频的点头和嘴里发出的赞叹声可以看出,他是那么兴致勃勃,显得那么愉快,以至于我都不想说话打扰他。他只问了我两个问题。第一是人们在哪儿取行李,但这个问题由类似游乐场上的木马转盘回答了。当听到行李转盘的铃声响起,看到银光闪闪的金属带开始转起来时,他乐得哈哈大笑。郑老伯站在行李出口处,盯着从塑胶门帘里出来的一件件行李,仔细得像一位海关检察官。他问的第二个问题是我是否有车。当我回答有车时,他似乎非常高兴,把拐杖举到面前,使劲敲着地,说:"好啊,好啊。别告诉我什么牌子,我自己会看。"

但到了停车场,他一脸困惑。他围着车转了一圈,又用拐杖一端的橡皮头轻轻敲它,一连敲了好几个地方:尾灯、毂盖、前保险杠和散热板上的车牌。"我可不知道这种车,"他说,"我根本不认识这种车。"

我说:"这车叫阿库拉。"

听到车名,他一摆脑袋,好像有只嗡嗡叫的蚊子刚好落到他脑袋上似的。"我以为你有辆法国车。雪铁龙,我以为会是辆15CV型的大轿车。"

"郑老伯,我没有那种车。这辆车叫阿库拉,也非常不错。"但我没告诉他这车是日本产的。

郑老伯把肩膀耸得高高的,然后又重重放下,似乎失望极了,甚至可能还有点不屑一顾。我把他的行李放进了后备厢,给他打开车门,然后我们开出机场,回到两车道的高速公路,没再说什么。我两眼盯着路面,心里琢磨着要找点话来和他说,但我并不擅长此事。我听郑老伯说了一句:"内饰还不错。"

我没明白他的话。我扫了他一眼,看见他的手在摸着仪表盘,才意识到他脑子里还一直想着车的事。我说:"很高兴您喜欢这车。"

"没其他车那么好,"他说,"不过嘛,还不错。"

世上所有车都没有劳斯莱斯那样的内饰,也只有劳斯莱斯车的内饰才能比我的阿库拉好。我只朝老伯点点头,告诉自己没必要和他争辩,或顺着他,只对他亲热些就行了。如果他愿意聊,那就和他聊下去好了。我前面的路似乎显得那么漫长。我们甚至还没到水果摊和卖挖桩机的地方呢。前面还有一家家的快餐连锁店、一座座的加油站、小百货店及汽车销售店。嗨，还有很多里路要走呢。

就在这时候，我看见前面一个聪明的汽车销售商做的招牌。他把一辆大豪华车吊在看起来有七十英尺高的吊车上。我对郑老伯说："看！这里有雪铁龙干不了的事。"我指着吊在空中的汽车。他低下头，歪着脑袋向上看，嘴巴张得大大的。开过汽车销售店时，他一声没吭，马上转向另一侧观望，然后又转过身从后窗望，直至吊车上的车再也看不见。

我预料郑老伯对此得议论议论，大概得说还没人这样给法国车做广告，或没这个必要。反正诸如此类的议论。可他一言不发。过了一会儿，我觉得保持沉默也不错。老伯没见到他所钟爱的孙女之前，我还是集中精力走完前面的路吧。我觉得自己对那种旧的生活方式已感到很别扭了，如那种几代同堂的大家庭，还有其他旧习俗，比如越南人拐弯抹角的说话方式，还有迷信等等。我现在已是美国良民。虽然我想帮坐在身边的这位老伯做点事，至少为了妻子的缘故，但完全把自己的故乡越南扔在脑后，也并不是什么令人不愉快的事儿。

可我扔在脑后的不仅只是旧风俗习惯。从机场开车回家时，自己还没有意识到这点。可现在我清醒地意识到了。我和妻子一样，都是在头顿市长大的。我们两家都很富裕，整年住在南中国海边的别墅里。法国人把这个地方叫作圣雅克城。那里的沙子白灿灿的，海如碧玉。但我所描绘的这些并不是生动回忆，而是脑海里的所思所想，实在的和旅行手册上所写的字一样。我抛在脑后的不仅是那座城,还有那片大海。

但是,你得明白,这可跟最终到美国当难民没什么关系。当再次开到那两条迷失的古河时,我还能认出它们,看上去就像一个大湖,但这只不过是我心里想象罢了。

也许这个例子举得不好。这两条河对我意味着什么呢?我现在提起它们,纯粹是因为不想讲我和郑老伯在余下路途上所发生的事。我们开过这两条河时,大概这个地方让我想起还有郑老伯在身边,也许因为以前把它们想成某种征兆的缘故,我又试着找话和老伯说。我看到路肩上有一个大橡胶圈,然后又看到了一个小点的,便对郑老伯说:"这是卡车的翻新轮胎。在越南一些能创业的人会把它们收集起来加以利用。可在这儿,没人对这感兴趣。"

老伯还是不说话,但过了一会儿,我觉得身边有动静,便扫了一眼,看见他两眼瞪着我。他问道:"我们还要走多远?"

"可能还得走一个半小时吧。"我回答说。

"我可以摇下车窗吗?"

"当然。"我说。我关了空调,看见他正要抓车门上的摇把,便按了下电钮,放下他那边的车窗。郑老伯转过脸来,睁大眼睛看着我,好像吓了一跳。我说:"这是电动车窗,没有摇把。"

他脸上的表情仍保持不变。我想再给他解释解释,可我还没开口,他就把脸转向了窗外,身子稍微靠着窗,好让风吹拂着他的脸,还有他的头发——他的黑发仍多于白发——头发被吹得立了起来,接着又飞舞起来,不知什么原因,他这样子让我心里有些发毛。所以我又望着得州的高速路,开始集中精力开我的车,很高兴他能安静地待一会儿,然而这样做却犯了一个大错误。

如果我能早点强迫他和我聊天就好了,那我就会有更多的时间为我们抵达查尔斯湖做好思想准备。并不是说我已做了许多准备。目前的情况是来不及了,我们还有大约十五分钟就到家了。我们已驶过色宾河,进入路易斯安那州。我指着河让郑老伯看,这是一个小时后,我在车上头一次和他说话。甚至这样也没让我们攀谈起来。过了一会儿,心神不定的郑老伯终于开口了。他说:"这儿的空气不错。开车时清风拂面真是很惬意。"

我自然以为他是在和我说话,可当我说"是的,说得对"时,他一下子又把头拧过去,好像忘记我的存在似的。

对于这样的反应,我能说些什么呢?我本应该立马就说的。但是我对着他,就像对着梦中醒来迷迷糊糊找不着东南西北的爱妻梅一样。我说:"郑老伯,我们离查尔斯湖不到二十里了。"

他没有理我,但脸色温和多了,好像睡醒了似的。

我又说:"梅急着想见您呢。孩子们也都兴奋极了。"

他对此也没什么反应。这让我觉得即将成为我们家长辈的这位老伯未免太没礼貌了吧。他又望向窗外,并说道:"我最喜爱的车是辆霍奇基斯车。我有一辆一九三四年产的霍奇基斯车。一辆AM80跑车。那可是辆好车。我曾开着它从西贡跑到河内。真是辆好车。就像一九三二年在蒙特卡罗汽车大赛上获奖的那辆车。多年来,我开过很多车到河内。雪铁龙、标致、福特、德索托,还有西姆卡。但霍奇基斯是最好的。我每年年底开车到河内,在那儿待上十天,然后返回来。共一千八百公里,我两天就跑完了。我白天开，我的司机夜里开。晚上开车跑甭提多美了。我们把顶窗打开，头顶上是明亮的月光。我们沿着海滩飞奔。然后我们停下车，打开车灯，兔子就会跑出来，让我们抓住。特容易。我能看见兔子的眼睛在灯光下闪烁。然后我们在海滩上点起一堆篝火。火星冲天，我们坐在那里边吃边听大海波涛。开车真是很快活。美极了。"

郑老伯又不说话了。他让脸迎着风。我留意那嗡嗡作响的阿库拉引擎，心里觉得有点不对劲。我身旁的这个人正沿着南中国海边飞车呢。此时此刻，他心里边的那种感觉如此强烈，随时被唤起，然后沉浸其中，让这一刻永不消失，兔子的眼睛仍闪闪发亮，火星仍飞向空中，让他觉得无比快乐。

这时我们过了大湖西边的炼油厂，驶上 I-10 号桥，查尔斯湖豁然出现在我们面前。我对郑老伯说："现在我们快到家了。"

老伯转过身来对我说："我们要去什么地方？"

"去哪儿？"

"你是不是我侄子的朋友？"

"我是您外孙女梅的丈夫。"我竭力告诉自己，他脑子仍停留在去往河内路上的海滩上。

"我外孙女？"他问道。

"您女儿芝的女儿梅。"我强压住烦乱的情绪，当时我的心情烦乱得如老伯被风吹起的头发。

郑老伯慢吞吞地侧过脸来，眯缝着眼，想了好久才说："芝的丈夫在海里淹死了。"

"是的。"我说，终于放心地松了一口气。

但过了一会儿,老伯却说:"她没女儿。"

"您这是什么意思?她当然有女儿了。"

"我觉得她没孩子。"

"她有一个女儿和一个儿子。"我发现自己嚷了起来。也许当时我应该把车停靠在路边。我应该把车停在路边,和郑老伯把话说清楚。但这无济于事。我还是得带着他去见我妻子。我不能把他扔到湖里开车走。还有五分钟就要到家了,于是我抓紧一分一秒,仔细地向他解释梅是谁,但郑老伯就是想不起来。还有比这更糟糕的事,他一口咬定是我弄错了。

我在家门口的终点站站牌前把车停下,想再解释一下。"梅是芝和儒的女儿。儒像您说的那样,淹死在海里了。后来,梅把您当成父亲……您经常背着她。"

"我女儿芝就是没孩子。她住在芽庄市。"

"不住在芽庄。她从来没住过芽庄。"

郑老伯摇头否认,彬彬有礼但又非常自负地反驳我:"她住在芽庄海滩边上,一片非常美丽的海滩。她没孩子。她自己还是个小女孩,怎么会有孩子呢?"

我感到非常虚弱,几乎说不出话来,但我还是对他说:"她有个女儿。也就是我妻子。您非常爱她。"

最后,这位老伯又把脸扭过去不理我了。他把头枕在车窗上,好像在耐心地等着风再吹起来。

我为妻子感到难过。但事情还没有那么简单。我早已变成了直肠子,一点也不像越南人。我正以做买卖的方式和人交流,所以说这事时也是直来直去。我为梅伤心,但更担心我自己。这位老伯让我害怕。这和你所想的并不一样,我自言自语地说,哦,可能我也会这样,坐在那里把头伸出窗外,不记得谁是自己最亲的人了。但我知道,我和他不一样。

我驶过最后两个街口,来到位于街角的家门口。这是一栋长方形、屋顶很陡的房子,前院有一棵疙疙瘩瘩的大橡树。刚驶上小路开进自家车道,家里人就听到了我的车响,从旁门一下子拥了出来。我赶紧下车,把孩子们拦住。我告诉大儿子带其他孩子进屋等着,好让妈妈单独和外公待一会儿,妈妈已好多年没见外公了。我的孩子们都很乖,也很听话。甚至我刚听到妻子给郑老伯打开车门,他们就都不见了。

我转过身来,只见老伯站在车旁。妻子拥抱他,他把头枕在她的肩上,脸上除了一丝淡淡的疑惑,一点表情都没有。老伯不停地对妻子说她不存在,也许此时我应该待在妻子身边,但我没能那么做。我恨不得赶紧走开,离我们家远点,离这位老伯和他的外孙女远远的。我想尽快逃走。但至少我把这个欲望压下去了。我转身沿着房子一侧躲到前院去了。

我来到橡树前停住脚步,环顾四周,极力观察周围事物。比如好好看看眼前这棵树。这棵树如一只黝黑的蟋蟀那么黑,位于下部的树枝又粗又大,和大多数树的主干一样粗大,直愣愣地伸出来,又垂下去重新在土里扎下根。一棵好大的树。我靠着它,望着远处,树消失在我心里。树不见了,但我知道自己羡慕这位老伯五十年前沿着海滩开着霍奇基斯飞奔。我羡慕那燃起的火星飘向空中。

但我的羡慕让我感到惶恐不安。我想，看看这位老伯吧。他能记得他的车，可他想不起来自己的外孙女。

我不禁问我自己：我还能记得吗？甚至当我站在那儿时？我还能记得我爱的这个女人吗？刚才我还看见她。我和她一起生活了二十多年。当然，假如她站在我的身旁，还在说话，她无疑是我最熟悉不过的。但一旦和她分开，我就不能那么清晰地描绘她了。我有可能在心里精确地勾画出她的脸，但她的形象不会再是火辣辣的，一下子扑到我的身上，让我心中充满对她真正的挚爱。我不能让清风拂面，清楚地看见她的眼睛，就像郑老伯在车灯下看见兔子眼睛一样。

我不仅记不清妻子的眼睛，也记不清自己的祖国。我失去了祖国，对此还不在乎。头顿是座非常美丽的城市，即使让风吹拂着我的脸，我也看不清它的模样，看不见绿树成荫的街道、白沙覆盖的海滩，还有和它相邻的南中国海。我只能说这些东西，而你能看清这些东西，因为你能用自己的想象力。我身在其中，所以我想象不出来这些东西，但我知道这些东西应生动地印在人的脑海里，但现在不可能了。它们对我来说已不存在了。

除非等我和郑老伯一样老时，也许会记得。恐怕郑老伯也像我一样心不在焉地度过了一生。也许，只有当他忘记外孙女后，才想起自己的霍奇基斯车。也许忘却是必要的。也许他为了想起那些才忘掉这些。即便如此，我并不以为他是有意这样做。内心深处某些东西只有当生命即将走到终点时才会涌现出来。这是让我最恐惧的，我怕自己内心深处所构建的空间比我心里表面所追求的范围要小得多。当某些真正有力量的东西最终回到我心里时，也许只不过是挂在吊车上的豪华车，或新粉刷的干洗店，或床边嗡嗡叫的闹钟。内心深处，我可能暗自准备好背叛所有自认为最喜欢的东西。

正是心中的悲伤驱使我来到前院，靠到大橡树上。我靠着树，时间一分分地过去了。这时妻子悄悄来到我身旁。我转过来，看见她低着头，两手捂着泪眼，轻声哭泣。

"对不起。"我说。

"我把他安顿在客房里，"她说，"他谢谢我，就像感谢旅店老板一样。"妻子轻轻抽泣着。我想抚摸她，可我的胳膊很沉，仿佛站在海底似的，仅能抬起几英寸。妻子说："我想，睡一觉后他或许就能想起来。"

我既不能用谎话骗她，也不能强迫她面对事实，但是我必须做点什么。我已对此考虑得太多了。一个好商人知道什么时候不再思考，而该采取行动。我把妻子拽过来，抬起胳膊一把抱住了她。这个动作和我生活中已忘掉的动作一样，让我自己和妻子都始料不及。我一步跨到她的面前，然后蹲下，我们俩还没来得及感到愚蠢可笑时，我就把梅背了起来，然后直起腰，绕着院子转。我先走到橡树低垂的树枝下，接着沿着甬路急奔到房子另一侧。我越走越快，妻子开始执拗了一会儿，然后大笑起来，把我抓得更紧，两腿夹住了我的腰，两只胳膊搂住了我的脖子。我背着她跑了起来，我跑得越快，妻子笑得越厉害。我觉得她紧紧地贴着我，脸颊能感觉到她的呼吸。她呼出的气那样温暖湿润，如同南中国海吹来的海风。

童　话

　　我喜欢把童话开头设在美国这个地方。我真正开始学英语的时候，买了些少儿读物，总看到开头这几个字："很久很久以前。"我认得"upon"这个英文字，是一个美国大兵教我的。这个人给我买过西贡茶，还和我相处过一段时间，是个来自得州的牛仔。他告诉过我，他天天在牛背上起床，天天骑在牛背上。我对他说，他在和诺小姐（诺是我的越南名字）开玩笑。但他反驳我，不是，他真的在牛背上起床。我让他解释"up on"这个词，这样我就能知道我没听错。只有知道这个词没用错，我才能把这个故事讲给我的朋友们听，好让他们明白我说的都是实话，明白曾和我在一起的这个男人都干了些什么。我来美国有几年了，看了些童话故事，目的只是想多学点英语，所以才碰到"upon"这个英文字。我曾问过在新奥尔良波旁街上工作的一个人，问他这两个词是否一样，就是"up on"和"upon"。这个人心地善良，每天很晚才来，等人们看完节目后清扫舞厅。他说这个问题问得好，思索了一下便说，是的，这两个词是一样的。我想，这倒不错，你知道如何坐到时间的脊背上，驾着时间向前走，但不知道它会走向何处，更不知它会在何时想把你甩掉。

很久很久以前，我是个傻乎乎的西贡酒吧女。如果你想知道那些越南酒吧女有多傻，我就给你举个例子吧。一九七四年，一个男人把我带到美国，并说他爱我。于是我说，我也爱他。我在西贡和他认识时，他在美国使馆工作。甚至和我结婚前他就有本事把我弄到这个国家来。他说他要娶我，当时可能觉得他的想法有点让我受宠若惊，于是我说，天啊，我也爱上他了。然后，嗵的一下，我就到美国了。可是后来，这个人和在越南时大不一样，我猜，他也认为我变了。看，西贡的酒吧女就是这么傻。我曾听过他对着一大群越南重要人物讲话——那群人里有商人、政客等诸如此类的大人物。当时我在场，穿着最漂亮的长袍，红得像个大苹果，还穿着白色丝绸裤。他和那些越南人讲英语。因为他们都是大人物，所以都懂英语。我的这位男朋友不会讲越南话，可他在讲话结尾时，用我的母语讲了一句话，这对我来说非同小可。

你必须懂得越南语有一个特点，我们是用声调来表意，所以，你讲话的声调非常重要，和你的嗓音一样重要。声调升上去，或降下来，或平声，或拐个弯，或从绷紧的喉咙发出的降调都至关紧要。声调不同则字义不同，有时意义变化非常大。如果我听到某个词，并带有某个声调，我绝不会毫无道理地认为，你想表达别的词义。我到了美国以后，回想当时的情景才意识到那天是误解了他的话。可我意识到这一切时，已经太晚了。和那个男人分手后，来到新奥尔良安顿下来，我才坐下来试着用各种声调来琢磨他在西贡对那些人到底说了句什么越南话。

他原来想用我的母语说:"越南人万岁!"可我听他明明说的是:"晒黑的大雁落下来。"现在看来,如果这个男人说的是"越南人万岁",那么他可能就是另一种人了。可我当时明明听他说的意思是"晒黑的大雁落下来了"——嗖的一下,这话当时让我的心都融化了。我们越南有许多关于大雁的传说,但我从来没有听说过他讲的这个大雁的故事,而且听起来还挺不错。那天晚上,我本应让他给我讲讲这个故事,可我们那天做爱了,还忙着商量去美国的事。我自以为听懂了他那天的话,他的大雁没被烤死,它只不过是被晒黑了。越南女人不喜欢太阳。太阳会让她们的皮肤变黑,像个乡下人。我懂这点。大雁是不会掉下来摔死的,它只不过是躺在地上而已,只要想站,还会站起来。我爱那个男人,因为他告诉了越南人这个道理。我来到美国后,没想到还有更多的酒吧在等着我。我来到这里自以为爱着那个男人,自以为将成为摆弄烤箱和吸尘器的家庭主妇。当我觉得不再爱他的时候,曾试着最后一次和他相处,让他在黑夜里给我讲讲那只晒黑的大雁,告诉我那是个什么故事。他当时以为我疯了,是个不可理喻的越南女人,并说了一些比太阳还毒的话,让诺小姐最后万念俱灰。

后来,我又嗖的一下离开了那个男人。南越亡了,他帮我搞到了所有合法证件,让我成了美国公民,也充当了一次好人。我说的所有这一切都发生在亚特兰大。我又打听到新奥尔良。因为我是天主教徒,又是个酒吧女,所以这座城市听起来可以成全我这两种身份。我二十五岁了,乳房不大,在美国就显得更小了,但仍被视为头号美女。我还能跳摇摆舞,不久便成了波旁街上一家酒吧舞女。人人都喜欢我保持越南姑娘的样子。也许这里的一些美国男人对越南女孩还保留着一些愉快的回忆吧。

我也有过愉快的回忆。我曾在西贡一家叫作花儿的酒吧里工作。我当时是一朵花。街角上有自己一套小单元房,但你得走进一条胡同,然后上三楼才能找到。那里有我自己一块天地,街上的喊声、哭声、时而传来的阵阵枪声听起来似乎离得很远。我从不和其他女孩混在一起。她们净做坏事,吸毒,偷男人的东西。在西贡和我相邻的女孩就做这种缺德事。没过多久,有人便开着黑车过来接她,她每次都跟着他们走。她喜欢这样,所以我从不理她。有一天,她搭乘黑车走后就再也没回来过。她把所有东西都丢在住的地方,甚至连父母的佛龛也丢在那里。简直大逆不道。我独自一人住在西贡。屋里有张双人床,床上铺着漂亮的床单,还有一对枕头。樟木柜里有我的衣服,都漂亮极了,有三件长袍,一件苹果红的,一件蓝的,蓝得像一些美国男人的眼睛,还有一件黑的,和我头发一样黑。我还有一个放照片的玻璃柜,里面有我父亲的照片,还有两三张特别喜欢我的美国男人的照片,有我母亲的照片,另外还有我儿子的照片。

是的,我有儿子。一个美国人给了我这个儿子。现在儿子和我母亲住在越南。母亲说,我这种生活方式让儿子成不了人。我对她说,我儿子应该拥有最好的东西。如果诺小姐对儿子来说不是个好母亲,那么儿子就应该到别的地方长大。那个男人把我弄到美国时,不想要这个儿子。母亲除了说我儿子是越南小伙子而不是美国小伙子以外，和我不再说别的了。我觉得，虽然母亲对我的事有时不太高兴，但至少是我的亲人。我觉得他们在越南过得不幸福，但有谁还能了解这些情况呢？你有妈妈，又有儿子，然后嗵的一下又什么都没有了。因为他们在别的地方还活着，所以我没必要为他们灵魂祈祷，发愁也没用。

我常在西贡的小房间里祷告。我是天主教徒，所以屋里供奉着一尊硕大的圣母玛利亚座像。这是圣母玛利亚的座像，而不是曾当过酒吧女的抹大拉的玛利亚的座像。我的圣母玛利亚雕像非常漂亮，她身披蓝袍子，赤脚从袍子底下露出来。她的脚和越南姑娘的脚一样好看。我向圣母祷告，并给她的脚抹上指甲油，还和她说悄悄话。她面对着门口，看不到我的床。

我在西贡和许多男人睡过。千真万确。但我一次只睡一个男人。我不和任何人一起吸毒。我也不偷任何人的东西。当男人感到孤独、害怕，想让温柔的东西靠近他们时，我就把爱给这些男人。虽然我从做爱中赚钱，但从不让他们带我去饭店，或看电影，或让他们给我买首饰，或向他们讨要礼物。有的姑娘不要钱，只要带她去饭店、看电影、买首饰，然后和男人做爱。那么这样做和我做的是不是有些不同呢？如果我不想做，是不会带男人到我房间里来的，也不和他做爱，只允许他们给我在花儿酒吧买杯西贡茶。男人们愿意用西贡茶浇灌这些花朵。我和他们聊天，他们搂着我，听着自动点唱机放出的音乐。除非我喜欢他们，否则的话，我是不会把他们带到我房间里来的。他们付我钱，但除钱以外，我什么都不会要。只有他们表示特别喜欢我时，我才允许他们送我东西。在美国大兵吃饭的地方，有我在西贡搞不到的东西。这个稀罕物就是苹果。我只要苹果。我可以在市场上买到芒果、木瓜、菠萝及其他甜东西，但在南越，苹果是非常特别的稀罕物。我将苹果捧在手里，觉得光溜溜、硬邦邦的，红得像我喜欢的那件长袍。苹果是那么红，咬一口，又是那么甜，像糖水，又似一股山泉，不像菠萝那样涩，也不像芒果和木瓜那样软乎乎。

我在新奥尔良买了许多苹果。在美国我想吃就吃。这段记忆难道不美好吗？喜欢我的一个美国大兵送给我一个苹果，于是我把它供在玛利亚座像的桌子上，待那个大兵睡着，屋子一片漆黑后，我穿过房间，光着身子，迎着丝丝凉风，拿着苹果走到窗前，望着西贡黑压压的屋顶和升起的月亮吃了起来。

新奥尔良所有商店里都卖苹果。我买了很多，吃得也太多了。苹果还是那么香甜，但不再有什么特殊意义。我有时感到厌倦。天天在夜总会的舞台上脱去衣服。我在新奥尔良已不再是一朵花。我是个巫毒女。夜总会老板让我戴上骨项链，男人们仰着脸看我一丝不挂。很多眼睛望着我。很多男人都想摸诺小姐。我在新奥尔良仍同男人睡觉。和以往一样，如果我不喜欢他们，绝不让他们上我的床。他们早上起来后，我总是让他们把脸刮得干净。很多男人忘了刮下巴靠后的地方和下嘴唇底下。我还让他们把衬衣洗得干干净净。其实如果他们让我洗，我也很乐意给他们洗衬衣。但是他们付完钱就走，从不让我替他们洗衬衣。他们有时天还没黑就走了。这些人都是有家室的男人。我能看出他们戴戒指的手指周围皮肤被太阳晒得黑黑的，还知道戒指是进夜总会前摘掉的。所以，他们手指上的皮肤是黑的，但有一圈白皮肤裸露出来，比我在舞台上的样子还要抢眼。他们把戒指放在某个口袋里。我有些担心他们的戒指。万一掉到我房间地上，被踢到床底下怎么办？被妻子看到他们光秃秃手指时，怎么交代呢？

人生怎么这样多变？你碰到个男人，他说要娶你，还要带你漂洋过海。花儿般的姑娘，甚至成了巫毒女还能让男人动心，大谈什么爱情啊，有的甚至还提到结婚。听这些话你可小心点。波旁街上的姑娘们讲起这些故事都哈哈大笑，笑那些说要娶她们的男人。我从没讲过那个使馆工作的男人，也没提过什么晒黑的大雁。她们不会明白我为什么在舞台上跳裸体舞，为什么有天晚上，报幕员大肆宣扬诺小姐是位越南女。有时他这样使劲地捧诺小姐，但有时诺小姐不过是个巫毒女。可今天晚上，报幕员看到观众中有一些穿夹克衫的人，夹克上印着他们到过越南的字样，所以他说，这位姑娘来自西贡，愿意让各位快乐。

我跳完舞后，穿上衣服，走下了台，坐在酒吧里，可这些穿夹克衫的人并没有走过来。只有一个人走过来，站在我身边，并叫我一声"小姐"。他说："小姐，我可以坐这儿吗？"如果你要坐在一位酒吧女身边，希望她觉得你还可以的话，那么用"小姐，我可以坐这儿吗？"的客套话来开头，是个很好的搭话方式。我看了看这个人。个儿很高，脖子很长，好像使劲伸着想看栅栏外边东西似的。他皮肤黝黑，好像在太阳底下曝晒了很长时间。他穿着格子衬衫和蓝牛仔裤，一双手很粗糙，但手指上没有摘去戒指后留下的一圈白皮肤。我望着他的脸，他有一双黑眼睛而且还很小，可他的鼻子很大。越南人的鼻子都不大。我一生结识过许多美国人，还有一些法国人，然而碰到这些大鼻子时，还是会向后躲，因为觉得这些大鼻子好像正对着我。

这个人一看就不是头号美男子，可他叫了我一声"小姐"，并站在那儿用眼睛向下看，偷偷瞟我一眼，然后又往下看，等我告诉他是否可以坐下。所以我说了一句"坐下吧"。这人看起来还不错。

这个人说："诺小姐，你长得很漂亮。"

我说的这些已是一九八一年的事了。诺小姐那时三十岁了，但还愿意听人这么恭维自己。我不是卖弄风骚的女人，不是那种会让人喊"风骚一下吧，宝贝儿"，或"嘿，哥们，这个女人可真够刺激的"。对诺小姐来说，这些话不算什么冒犯。这些男人付我钱，而且还喜欢我。可这个男人却说我长得很漂亮。于是我说："谢谢。给我买杯饮料好吗？"我对酒吧里坐在我身边的男人都这么说，让人觉得该这么做。我让这个男人给我买杯饮料，就是因为他觉得我长得漂亮。他给我买了一杯，于是我说，你也得买一杯，然后他也买了一杯胡椒博士软饮。这种饮料和一杯烈酒的价钱一样高。我的饮料是烈酒，其实掺了很多水，和西贡茶差不多。在新奥尔良，人们把酒做得和茶差不多。

我们慢慢喝着饮料攀谈起来，可这个人话不多。他啜一口，看看我，然后再啜一口。我肚子里有很多应酬男人的话，例如：你是本地人吗？你在新奥尔良住很长时间了吗？你喜欢波旁街吗？你听爵士乐吗？你是干什么工作的？但当时我并没说这些应酬话。我跟你说过，我有时感到厌倦。这个男人的大鼻子几乎伸到他的胡椒博士饮料里，好像在用鼻子喝似的。他突然停住了，微微抬起下巴，开始从吸管里吸饮料。他的脸长得挺奇怪，头发黑黑的，还有些油腻腻。如果他想静一会儿，就让他安静地待着吧，我也要安静一会儿。这时听他说道："看你跳舞很开心。"

"那你就经常来看我跳舞给我买饮料，好吗？"

"你看起来与众不同。"他说。

"诺小姐是个越南姑娘。你只是没见过罢了。"

"我见过，"这个男人说，"我去过越南。"

我遇到过很多男人，都说去过我的国家，但听起来总是让人觉得很滑稽，就好像他们有什么难以启齿的秘密或有什么脏病让你小心别传染上似的。有时他们把越南简称为"南"，吐这个字时，声音里好像塞满了玻璃碴子。他们或用鼻子说出这个字，发音时，鼻子皱着，好像这个字出来带着什么臭味儿似的。但这个男人说我们国家的名字时很文静。我永远弄不明白美国人说话的声音。这个男人听起来很伤感。于是我问他："你不喜欢那儿吗？那个地方让你伤心了吗？"

他抬起头望着我说："我在那儿很高兴。你不高兴吗？"

哇，这话我得好好琢磨琢磨。我当时还想敷衍这最后一个看我跳裸体舞的男人。我可以回答是，也可以回答不是，我还可以大谈我的理由。一旦想要敷衍，我还是很善于说些酒吧女的胡说八道。但这个男人的两只眼盯着我的眼睛，因此我赶紧看向别处，一边啜我的饮料。

我对男人究竟了解多少？我无法把这一切都说清楚。我同男人上床，攒下我的钱，估计自己已和很多男人上过床了。我好像吃了太多的苹果。你咬第一口，还能让自己记住苹果是甜的，可现在到我口里的苹果好像没在嘴里似的。你吃的苹果太多了，现在能做的就是记住它们。这个男人谈起越南时，脸上表情怪怪的，让人听起来觉得他很伤心，其实他在越南很开心——真不知道是什么把他变成这个样子？于是我把他带到我的房间，他高兴极了。

他告诉我他的名字叫冯特诺。他住的地方离新奥尔良很远。他有一条小船，以修理汽车发动机为生。他说他在西贡待了一年，也是修理汽车发动机，还说他非常喜欢那座城市。我问他为什么。他说，他自己也说不清。这就是我们谈的全部内容，一点没保留，除了他和我做爱前说的那句话。他说，他很抱歉，他的手从来没洗干净过。他让我看他指甲沟里满是汽车发动机上的油污，而且还告诉我他怎么也清除不掉这些污垢。我告诉他不用担心，然后他便和我做爱了。从我身上下来躺下时，他把脸扭向一边。我想可能是不愿意让我看他哭了吧。我想问他是不是又伤心了，但我没有问。他的脸一直躲着我。既然他自己愿意这样待着，我便不再吭声了。这就是那天晚上我们俩的谈话。早上我去洗漱间，看见他躺在澡盆里，便蹲在他旁边，托着他的手，用指甲锉把油污清理干净。他离开时吻了一下我的手。

我对男人知道多少呢？我说这些话时，其实还没把冯特诺先生的事讲完。他每个星期六晚上都来看诺小姐，然后星期日早上离开。又到了一个星期六的晚上，我正在舞台上光着身子，在安全出口处看到了他的脸,他正仰着脸,大鼻子尖对着我的特殊部位,让我觉得很别扭。我的脸在发烧,于是转过身背对着他,跳着舞走下了台。我跳完舞后,穿上衣服,来到酒吧,但他不在那儿了。我问吧台后面工作的伙计:"你看见上星期和我喝饮料的那位大鼻子、细脖子、大高个男人了吗?"

这家伙说:"是那个长得他妈的像只鹅的那个男人吗?"

我不喜欢吧台后面工作的那个家伙,我甚至从来没问过他叫什么名字。我说了一句"去你妈的",便来到门外。原来,冯特诺先生正在边道上等着呢。我上前挎着他的胳膊,转弯向街口走去,只听他说:"诺小姐,我在那儿和你聊天特别扭。"

我说:"亲爱的,我知道,我知道。"我意识到自己并不明白男人心里到底怎么想的。我见识过各种各样的男人。我知道有些男人一到酒吧就紧张。他们去那里见我,然后自言自语地说,我不应属于那种地方,委屈我了。如果我把这种男人带到我房间,他们会悄悄付钱,把钞票叠起来,放在花瓶底下或什么地方,好像什么都没发生似的。我了解那种男人。有时他们挺惹人喜爱的。

于是我们又来到我的住处。房子很小,和西贡的房子一样。我在那儿住得很舒服。窗外有个假阳台,看起来像阳台,但只有一英尺宽,只不过是在窗户外加了个烤架。也挺好的。它虽是铁的,但看上去就像镶了花边。我合上遮阳罩,转过身来看冯特诺先生,他坐在我的床上。于是我走过去坐在他的旁边。

"我一直都在想你。"他说。

"你开车回到新奥尔良,就是为了再看一眼诺小姐吗?"

他说:"当然。"他的声音很温柔,但其中透出的意思是,我早该知道这点。可我觉得这太出乎我的意料了。说实在的,我对这位冯特诺先生一无所知。他沉默寡言,是个好静的人。我对他的了解不比对别的男人多多少。

他说:"瞧!"他把手伸给我看,但我没明白怎么回事。"我搞到你上星期帮我洗手的那种东西了。"我凑近一看,他的手真干净了。

这让我觉得更奇怪了,心里一沉,说道:"你看,你不再需要诺小姐了。"

他对我认真起来。他搂着我的肩膀,当时他这样做是合情合理的。我只听他说了一句:"不要这样说,诺小姐。"

他说完,我们又开始做爱了。完事后,他又把脸扭过去了。我伸手让他转过身来。他原来没流眼泪,但表情看起来非常严肃。我说:"告诉我你在西贡喜欢的一件事。"

冯特诺晃晃肩膀,躲开我的目光,说道:"什么都喜欢。"

"我是不是应该认为你脑子有病?所有人都知道,美国人到了越南,都恨不得赶紧回家,忘掉那儿的一切。他们在那儿时,觉得喜欢越南,回家后才知道,这不过是一场梦。"

冯特诺先生又看我一眼,说道:"我没疯,我就是喜欢那里的一切。"

一切的意思是"没有"。我没明白他的话。"只说一件事。想象你在西贡大街上。只告诉我喜欢的一件事。"

"好吧。"他说。然后又大声地说了一遍:"好吧。"好像我在逼他似的。其实我当时并没说什么。他声音很大但并没有生气。他的回答听起来像个小男孩。他皱着眉头，一双小黑眼睛闭着，好长时间都保持这个样子。

所以我又问："说！那是什么？"

"我想不出来。"

"你在大街上。给我一刻钟。"

"好吧，"他说，"在一条大街上。西贡天气很热，和路易斯安那州一样。我喜欢热天。我到处闲逛。很多人来去匆匆，都像海狸鼠那么漂亮。"

"像什么？"

"有一身漂亮皮毛的小动物。很好看。"

"接着说。"

"好吧，"他说，"还有呢。天很热，我热得浑身出汗。我穿过你们的露天市场。回到营区时，身上的汗味就像你们市场里卖的菜和水果。"

我看着冯特诺先生，他的眼睛也盯着我，表情很严肃。我听不懂他说的那个词，但我知道他没有在瞎说，这点还是可以肯定的。他浑身冒汗，身上一股西贡的水果味。我现在想和他聊聊了，但我对他说点什么呢？我先聊水果吧。我告诉他市场上有很多我爱吃的水果，像芒果、山竹果、波罗蜜果、榴梿、木瓜等等。我问他时，他却说这些水果都没吃过。我还想找话说，好让谈话继续下去。所以我告诉他："只有一种水果我们南越没有，那就是苹果。自从美国大兵从餐厅拿苹果给我，我在西贡就喜欢上了苹果。要不是美国大兵送我苹果，我这辈子也吃不上苹果。"

我刚说到这儿，冯特诺先生的眉毛又拧到了一起，让我觉得好像有只小动物，也许是只海狸鼠，在使劲用爪子想掏出诺小姐的心。我让这个男人想起了我在西贡睡过的美国大兵。他现在知道和他聊天的姑娘是个什么样的人了。这时候，我把脸转过去想掩饰自己的眼泪。我们都没再说话，然后一起睡着了。早上他要走了，我没过去帮他洗澡，因为他从诺小姐那里学会了怎样洗干净自己的手。

对诺小姐来说，这是个让人高兴的故事呢？还是个让人伤心的故事呢？又一个星期六过去了。冯特诺先生没有来看我跳裸体舞。我穿上衣服坐在酒吧里，被悬在时空里，不知是否会掉下去。又嗵的一下，我走出那个地方，看见冯特诺先生正站在边道上。他穿着西服，扎着领带，脖子从白衬衣领里长长地伸出来，我敢打赌，那天他的手洗得干干净净。他朝我走了过来，一只手从背后伸出来，递给我一个苹果，并说要娶诺小姐。

很久很久以前，有只大雁和其他大雁一样，长着长长的脖子和尖尖的嘴巴，独自住在一个地方，不知道怎样筑巢，也不知道怎样梳理自己的羽毛。结果，太阳光洒下来把她晒黑了，羽毛变得黑不溜秋，令她很伤心。当她躺下睡觉时，你以为她死了，因为她是那么伤心，身体一动不动。后来，有一天，她飞到了另一个地方，发现了一只长着漂亮皮毛的小动物，尽管这是只海狸鼠，和她一点都不一样，但她仍要躺在它身旁。看起来这只大雁好像就要被烤成灰，已经死了。但海狸鼠不这么想，他舔着她的羽毛，让她又活了过来。他带着她一起住在路易斯安那州的蒂博多。他在那里修车，让她有了一所漂亮的小房子，成了摆弄烤面包机的家庭主妇。他们经常一起划着小船去钓鱼。除非他想给她苹果吃，否则的话，她再也不想吃苹果了。这样的事并不经常发生，现在她吃到嘴里的苹果，味道显得格外香甜。

蛐蛐儿

同事们在单位都叫我泰德,到现在为止,已这样称呼我十几年了。但这仍让我心烦,尽管我并不喜欢我原来和原越南共和国总统一样的名字:绍。"绍"这个名在我们家乡很普通。母亲给我起这个名,心里不过是怀念早已去世的舅舅罢了。在路易斯安那州查尔斯湖这个地方,我只叫泰德。我想,刚提到的那位绍先生可能从我们国家贪污了足够的金条,让他能在伦敦戴着礼帽,撑着遮阳伞逍遥自在,不过此时人们也只称他为邵先生了。

我估计自己说话的语调似乎还有点愤愤不平,但我可从未在炼油厂工作中流露过。我是他们雇用的一流化工工程师,甚至连他们自己偶尔也得承认这点。说真的,他们心眼都很好。我一生也打拼够了。西贡垮台时,我才十八岁,刚刚应召入伍。当部队解散,人人各自逃命时,我也脱掉军装换上老百姓的衣服。看着北越坦克穿过大街时,我便朝它们扔石块。还有其他几个人也跟着这样做。我躲在胡同口,以便能随时逃跑,然后回来扔更多的石块。但我的反抗太孤立了,不过是个可怜的姿态,坦克里的射击手根本不理睬我。当时我也不在乎他们的蔑视。至少我的右胳膊表达了我要说的

"不"字。

后来，南中国海出现了泰国海盗船，然后一帮混蛋建立了难民中心，然后更多的混蛋成为美国移民代理人，帮我和新婚妻子偷渡，并大胆地让我们在黑夜登上难民船，又经历海上许多可怕的惊险才到达目的地。剩下的无须再说了。最后，我们终于在路易斯安那州这块平坦的海湾边落下了脚。这里有片片稻田，水陆巧妙地达到平衡，特别像我生长的地方：湄公河三角洲。尽管这里和我一起工作的人长得比我高大许多，有时让我心里有点别扭，但他们心肠都很好，亲切地叫我泰德，并愿意把我当作他们中的一员。我的个头和这个国家的女人差不多。美国男人都是大块头，说话慢悠悠，虽然英语是他们的母语，但他们和自己人说话也慢吞吞。我在电视上听过纽约人说话，觉得自己能和他们说得一样快。

我儿子的英语讲得已开始有点像路易斯安那州人了。他刚满十岁，是我和妻子在查尔斯湖一家便宜旅馆里度过第一夜的结晶。那天，炼油厂的火光映红了整个天空。儿子对自己生在美国感到非常自豪，每天早上离家准备步行到天主教会学校时，都会说一句："祝你们俩一天愉快。"有时我用越南话和他说再见，他便冲着我皱鼻子说："噢，爸爸。"那样子就仿佛我和他开了一个没劲的玩笑。他从不讲越语，而妻子辩解说："不用担心，他是美国人了。"

虽然我明白该心满意足了，但我一直忧心忡忡。我甚至十年前就开始担心这点。当时，我和妻子一致同意，给儿子取个美国名字：比尔。比尔和爸爸泰德。今年夏天，我看儿子暑假期间在屋前转来转去闲得无聊，于是突然又变回了他原来的爸爸绍，想给他出个好主意打发时光。在查尔斯湖，每到二月的第一个星期我就冒出这个念头，因为这正是蛐蛐儿开始鸣叫的时候。这个地方蛐蛐儿特别多，总让我想起在越南度过的童年。但直到今年夏天我才和儿子说起这些往事。

一个星期天，我见他没精打采地在院子里无聊地拔着我们橡树下离地最近树枝上的苔藓，然后朝我们门口的汽车站牌扔石头来打发时光。我来到他身边，对他说："你想不想做点好玩的事？"

他说："当然啦，爸爸。"可是他的声音里透着怀疑，似乎在玩的方面不信任我。他一下子把手里所有的石头都扔出去，汽车站牌被砸得哗哗作响。于是我说："如果你再砸，他们就要把我抓起来，告我破坏城市设施，然后把我们遣送回国。"

儿子听到这话笑了。我当然知道他觉得我是在虚张声势。我小时候也有这种小孩子发泄的冲动，但现在我想和他分享我童年的欢乐，所以不想严厉斥责他孩子式的无聊举动。

"爸爸，你有什么好主意？"儿子问我。

"斗蛐蛐。"我说。

"什么！？"

我儿子现在和那些刚满十岁的伙伴一样，迷上了超级英雄和每星期六早上播出卡通片里的高科技世界大战。为了让他明白，我用"蛐蛐斗士"这个词给他讲怎么玩，还觉得自己用了一个不错的办法。我看他兴致勃勃地歪着脑袋听着，就把他带到门口让他坐下，然后滔滔不绝地给他讲了起来。

我告诉他小时候我和小伙伴怎么在树丛中钻来钻去抓蛐蛐儿，

然后又如何把它们装在火柴盒里。我还讲,我们给蛐蛐喂树叶、西瓜渣和豆芽,然后训练它们打架,我们不断吹它们的须子,用细木棍轻轻拨拉它们的须子尖,让它们总处于战斗状态。我还告诉他,小时候我们每人都养了一窝蛐蛐斗士,但只养两种蛐蛐儿。

说到这儿,我儿子开始有点坐不住了,眼神直往院子里瞟,可我这蛐蛐斗士的事还没讲完呢。于是我强迫自己挑起儿子的兴趣。那些卡通人物死板又愚蠢的争斗有什么让他这么如痴如醉?自然界中——真正的生死搏斗——为什么让他觉得没劲?我明白自己就像电视上人们所说的那样,绝不善罢甘休。于是我学着詹姆斯·厄尔·琼斯的样子,极力让自己的声音充满魅力:"这些蛐蛐斗士都能战斗到死!"

然而,这句话也只不过是让儿子多瞟了我一眼,眉毛扬了一下。这可让我有些不知所措了,因为我还没给他讲哪两种蛐蛐儿呢。我猛然间意识到什么是我生命中最重要的东西了。我尽量让自己别对儿子绝望。我把手放在他的肩膀上,让他转过身来对着我。我说:"听着。如果想要能打架的蛐蛐儿,你得听明白了。只有两种蛐蛐儿能打架。小时候我们每人都养了一些。一种叫碳蛐蛐儿(charcoal cricket)。这种蛐蛐儿又大又壮,但反应极慢,总是迷迷糊糊的。另一种又小又黄,我们叫它火蛐蛐儿 (fire cricket)。它们虽没那么强壮,但很机灵而且行动迅速。"

"那么,哪种能胜呢?"儿子问。

"有时这种胜,有时那种胜。它们争斗时间很长,拼个你死我活。我们先用纸卷成筒,然后把细木棍伸进去,拨动蛐蛐儿的硬脑壳，气得它们发疯，然后揪起它们的头须转两圈，再把各自的蛐蛐儿从纸筒两端放进去。在纸筒里，两个蛐蛐儿相遇后便开始打架，然后我们举起纸筒观战。"

我儿子说了一句："听起来挺好玩的。"他的情绪被激到最好状态也不过是不冷不热，我知道我得赶紧行动了。

于是，我们找了个鞋盒开始抓蛐蛐儿。最好是晚上干这事，可我敢肯定，儿子的兴趣不能维持到那时候。由于城里水位高，我们家建在石台上。我们爷俩沿着石台边爬，先抓开草丛，然后又翻起石头，在其中一块石头下抓到了第一窝蛐蛐儿。是我儿子先发现了它们，他在我耳旁喊道："在那儿！在那儿呢！"可他只喊却等着我去抓。我扣住一个，然后又一个，把它们放在鞋盒里，但觉得有点失望。这倒不是因我儿子不愿意碰这些蛐蛐儿，而是因这两个蛐蛐儿都是傻大黑粗的碳蛐蛐儿。我们又开始爬，结果在草丛里抓着另一个，接着在水龙头后面屋子阴影下的泥地上逮着一个，又在杜鹃花丛中找到两个。

"够了吗？"儿子问，"我们还得抓多少？"

我靠着房墙根坐下，把鞋盒放在大腿上。儿子靠着我坐着，朝这边伸着脖子，想看盒子里面的东西。我的感觉逐渐清晰起来。我确实泄气了，因为这六个都是碳蛐蛐儿，它们傻大黑粗，东看西看，甚至还没觉出来有什么不对劲的地方。

"哎呀，不好了！"我儿子使劲叫了起来。我以为他懂得了我的苦心，要和我分忧，但只见他指着自己的白球鞋尖喊道："我的瑞布牌球鞋糟蹋啦！"他的两只鞋尖上沾上了草地上的泥。

我回头瞟了一眼鞋盒,里面的蛐蛐儿还是一动不动。我看着儿子,他两眼仍盯着球鞋。于是我说:"听着,这是个大错误。你去吧。去玩点别的吧。"

他立刻蹦起来说:"你觉得妈妈能把鞋洗干净吗?"

我说:"当然,当然。"

儿子立刻跑进屋,接着只听门砰地响了一声。我把鞋盒放在草地上。我没有进屋。我又爬起来,围着整个房子转了一圈,把院子里所有的石头都翻了一遍,又把所有树的周围扒拉了一遍。我又逮了大概二十多只蛐蛐儿,但都一个样。路易斯安那州有稻田,有类似湄公河三角洲的海滩,可许多鸟和我们那里的不一样。那么,这里的昆虫是不是也不一样呢?这毕竟是另一个国度。火蛐蛐儿很有趣。那时我们所有越南小孩即使有了碳蛐蛐儿,也非得要得到火蛐蛐儿。一只火蛐蛐儿很宝贵,是让人眼馋的稀罕物。

第二天早上,我刚吃完早餐,儿子就站在我面前。他一看到我注意他,马上低头看自己的脚,让我的目光落到他脚上。"看!"他说,"妈妈把它们弄干净了。"

然后他跑出门,我在他后面喊道:"比尔,回头见。"

父亲的来信

我在西贡把父亲寄给我的信又看了一遍,它是这样写的:"亲爱的芙朗:你好吗?我真希望你母亲、你和我待在这里。今年这里天气很冷。我想,你们会喜欢这寒冷的天气。"当时我奇怪他是怎么知道这种事的。寒冷的天气让人听起来很可怕。他还说,这里天寒地冻。所以当我看到这里时,就用手指尖碰一块冰,然后握在手里,看能握多久。大约握了还不到一分钟,手就被冻疼了。我心想,你怎能在那样的天气里度过日日夜夜呢?

我对寒冷气候的错误认识已无关紧要了,因为他终于能够让我和母亲离开越南,搬到一个几乎没有冬天的地方了。我不明白的是,他给我寄来的信里经常谈论天气。今天天很冷,或今天天很热,或今天多云,或今天碧空万里。天气和我有什么关系呢?

因为我的名字叫芙朗,所以他开头总是"亲爱的芙朗"。芙朗是芙朗西娜的缩写。芙朗听起来像越南名字,但其实不是。我告诉西贡的朋友,我的名字叫珍(Trán),是 Hôn Trán 的缩写,意思是"额头上的吻"。我的美国爸爸在美国,我和越南妈妈在西贡,所以我仍是西贡姑娘。妈妈也叫我芙朗西娜。我有这个名字让她很高兴,她说这不仅是个美国名字,而且也是个法国名字。但我想要的是西贡名字。珍就是我的西贡名字。

我是个没人要的孩子。越共接管后,所有美国父亲,包括我父亲,都回美国了,那时人们都是这样称呼我们。我们这些人的脸都长得很像阮惠街书摊上挂着的画像。第一次看时,那是个美女坐在镜子前,再看一眼,就是个死人的骷髅,脸皮没有了,只剩下两个大眼窝和一排龇牙。我们这些人就像那种人,即西贡没人要的孩子。看第一眼,我们好像越南人,再看一眼,我们又好像美国人。从此,人们盯着你时,你的眼睛不可能安然得一动不动。在他们眼里,你忽而这个样子,忽而又那个样子。

昨天晚上,我在父亲的保管箱里发现了一包信。保管箱存放在我们房子后面的杂物棚里。我现在住在路易斯安那州的查尔斯湖。我是在屋外找到这包信的——当然还有很多包,有上百封信。于是我打开了一封,发现都是他保留的复印件,是为了让我们设法离开越南的文件。我把父亲写的信看了一遍,发现了这句话:"你现在想说给我的都是些什么鬼话?我已经有九年七个月零十五天没见到我女儿了,我的亲骨肉。"

这是充满愤怒的声音,也是充满感情的声音。我来到这儿已经一年了。我十七岁了。为了让我离开越南,他甚至花了比九年七个月零十五天还要长的时间。我希望自己能对此说点什么,因为我知道,听故事的人都期待此时此刻我说一说自己的感受。母亲和我被留在西贡,我父亲独自一人回到美国,想办好一切手续,再为我们准备安身之所,估计不久我和母亲就会移居美国。但意外发生了:

另一个保险箱丢了，连同里面装着的诸如结婚证和我的出生证等重要文件也遗失了。那时南越已落到越共手里。甚至对那些预测到可能会发生这种局面的人来说，局势变化得也有点太快。谁能预料到这些呢？反正我父亲没有。

我读了西贡政权倒台后他寄给我的一封信。信上说："你能想象我心里是怎样的感受，整个世界都为发生的事感到沮丧。"但是，如果你想听真话，我想告诉你，我想象不出父亲当时的感受。除了西贡，我对这个世界上的事一无所知，甚至连原来的世界长什么样都不知道。因为在我小时候，西贡换了个名字，改为胡志明市。你知道，西贡变成了一个人的名字。即使用了相同的字也会有不同的意义。我看着这个名字就好像在看我们这些没人要的孩子的脸。你这么看，这个名字是这个意思，然后换个角度，它又是那个意思。胡志明还有另一个意思，就是"非常聪明的糨糊"。这就是我们小时候的理解。我和那些有美国爸爸的朋友对这个新市名都是这样理解的。我们几个小伙伴在潘清涧街上的法国墓地碰面时，曾讨论过我们的城市——简称它为胡，也就是糨糊。我们还谈起在糨糊市里度过的日子。我们在那里玩游戏，在墓地里捉迷藏，一人藏一个地方，猫着腰，慢慢移动，看谁能发现朋友的藏身之处。你发现一个藏着的人将得一分。如果你是个隐身人，没人能发现你，你就赢了。

墓地曾让我伤感，但又让人感到待在那里很安全。我和朋友都有同感。其实，那时墓地已经破败不堪了，留下很多像库色、皮卡尔、沃耐、比里沃这样的名字，而且这些坟前从来没有鲜花陪伴。

这些死人过去曾相亲相爱的人都早已回法国了。后来，墓地里部分空地又埋葬了去世的越南人。那里摆了一些花，但不多。墓碑上有照片，一个小小椭圆的镜框嵌入石碑。这些照片上都是死人的脸，大部分是老人，有男有女，都是越南有钱人。但是那里也有一些年轻人，很多年轻人都是在一九六八年死的，那时西贡发生了大屠杀。我总是藏在墓地的这个位置，因为这里埋着一个帅小伙，戴着墨镜，插着腰，靠在一辆摩托车上。他死于一九六八年二月，要不然的话，我也许不会喜欢上他。他看起来很帅，而且也很傲慢。在他附近还有一个姑娘的墓。墓碑上说她十五岁。我是十岁左右时发现了她。她长得非常漂亮，圆脸庞，黑眼睛，再加上一头长长的黑头发。虽然明知道我的脸和她长得不一样，但我仍经常来到她的墓前，想和她长得一样。有一天，我又去了——终于和她岁数差不多了——见雨水侵入了小小的镜框，她的脸几乎被冲刷掉了。我仍能看得出她的头发，但她的面部特征已经冲得看不清了，只见到黑乎乎的水印，相片的边缘也卷起来了。我为此还大哭了一场，好像她真死了似的。

父亲有时寄信和相片给我。"亲爱的芙朗，"他写道，"这是我的照片。请寄来一张你的照片。"我一个朋友在大约十七岁时交了个俄罗斯笔友。她们用简单的法语通信。她的笔友说："请寄给我一张你的照片，我也寄给你一张我的。"我的朋友穿上她的白长袍，去城里站在黎青通街公园里的一棵大榕树前照了张照片。她把照片寄出去后，接到的是一张站在集体农庄奶牛旁边、连头发都没梳好的胖姑娘的照片。

我猜我外公以前是个政府官员，所以越共说我妈妈是个捣乱分子，或里通外国。反正是诸如此类的。那些事大部分是我小时候，或我还没出生时发生的。每次妈妈都极力想解释到底怎么回事，告诉我爸爸当时是怎么漂洋过海，而我们似乎去不了那儿，等等。但我根本听不进去。妈妈后来明白了这点，过了一阵子，便不再提了。我把爸爸的照片贴到我的梳妆镜上，觉得他正在微笑。他好像站在外面，背后是个湖，穿着一件T恤衫，又觉得他没在笑，不过是眯缝着眼。我镜子上已贴了好几张他的照片。这些照片都是在外面照的，都是站在太阳底下眯缝着眼照的。他在给我的一封信里写道："亲爱的芙朗，我收到你的照片了。你和妈妈一样，长得很漂亮。我还记得你。"可是我当时想，我才不像我妈妈呢。我是个没人要的孩子。他能记得这点吗？

和我在墓地一块玩的女孩给我讲了个故事，她说这是真事儿，就发生在她姐姐最要好的朋友身上。那是那个朋友小时候发生的事。她爸爸是南越部队的一名战士，秘密离家到什么地方去打仗，也许是柬埔寨，或别的地方，反正非常非常秘密，所以连她妈妈也和他断了音信，而且走的时候，小女孩太小，不记得他长得什么样。但她知道自己应有个爸爸，每天晚上妈妈让她上床睡觉时，她总会问爸爸去哪儿了。她每天都这么伤心地问，于是一天晚上，妈妈编了个谎话。

当时西贡正遭暴风雨，经常断电。妈妈走到桌前，小女孩吓得依偎在她怀里，她便点亮了一盏油灯。点亮油灯时，她的身影忽的投射到墙上，影子非常大，她说："宝贝儿，别哭了。快看那儿！"

她用手指着影子。"你爸爸在那儿，正保护你呢！"这话让小姑娘高兴起来，立刻不再发抖了，然后母亲哼着歌哄着小姑娘睡着了。

第二天晚上，小姑娘又要看爸爸。妈妈说不行时，她是那么难过。妈妈没有办法，只好又点亮油灯，把自己的身影投到墙上。小姑娘走到墙前，双手合拢在胸前，冲着影子鞠了一躬，说："晚安，爸爸。"然后去睡觉了。从那天起，她每天晚上都这样做，一直持续了一年多。

后来，一天晚上，还没上床睡觉，爸爸回家了。妈妈很高兴。她哭了，吻着爸爸，并对他说："我们正要准备感恩节的饭，然后给祖宗上供。去看你女儿吧。她快睡了。我还得去市场买点吃的，庆贺我们的团圆。"

爸爸来到小姑娘跟前，对她说："我漂亮的小闺女，我回家啦。我是你爸爸，可想你了。"

可小姑娘说："你才不是我爸爸呢！我认识爸爸。他一会儿就来。每天晚上我睡觉前他都来和我说晚安。"

爸爸听到妻子不忠，吓了一跳，但妈妈回家后，他什么都没说，对此还颇为自得。临走前他没说一句话，只在祖宗的龛位前简单地拜了拜，便拿起背包走了。一星期又一星期过去了，妈妈伤心极了，终于有一天忍不住跳进了西贡河。

爸爸听到这个消息，心想她一定是羞愧难当而自杀的，便回到家，好让女儿有个爸爸。可回家的第一天晚上，又下起了暴雨，灯又灭了。爸爸点亮了油灯，影子投到墙上。小女儿高兴地笑了，走过去，冲着影子深深鞠了一躬，说："晚安，爸爸。"爸爸什么都明白了。他把小姑娘带到自己母亲家,然后离开,也跳进了西贡河,和自己的爱妻死在一起了。

我朋友说这个故事是真的,她姐姐朋友的街坊四邻都知道。我不信这是真的,但也从没对朋友说过我不信,我只是对自己说说而已。这简直是一派胡言。我不相信小姑娘见到影子爸爸就心满意足了。墙上只是黑乎乎的影子,而且还扁扁的,她居然能爱这个影子!但我能明白她为何不接受某天晚上突然闯进家里说"我是你爸爸,祝你晚安"的这个男人,但那个家伙,那个影子——也根本不能称为爸爸。

爸爸在机场见到妈妈和我时,围上来一群拿着照相机和麦克风的人。爸爸用粗壮的胳膊把妈妈搂在怀里,好像大喊了一声,接着使劲地吻她,身边所有拿照相机和麦克风的人都笑着频频点头。然后,他松开妈妈,看着我,突然发出轻轻的哽咽声,就像兔子被提了起来不高兴时舌后发出的嘎嘎声。父亲两手上下舞动,挪动着两条僵硬的腿来到我跟前,给了我一个热乎乎的拥抱,热得我浑身都湿透了,好像他当时穿的不是件傻乎乎的T恤衫,而是礼服似的。

父亲所有的来信,即我在西贡收到的信,还有相片,现在都保存在我房间壁橱的盒子里。我的壁橱散发着香水味,装满好看的衣服,每件衣服在学校里穿都非常合适。不是所有人都能用语言表达自己的感受,特别是能用笔写出来。不是所有人都能站在摄像机前,让自己的脸随意表达自己的心情。多少年来,这些朴实的语言,这些阳光下眯着眼的照片,让人难以忘怀。我今天整整一上午都坐在房后的棚子里,看着爬出来的蟑螂、白蚁,闻着发霉和朽木的味道，浑身大汗淋漓，汗珠从鼻子尖和下巴滴滴答答地流下来。我腿上擩着很多信。其中一封是寄给美国政府的。父亲写道："如果这个女人是他妈的白人，或是位俄国芭蕾舞演员和她的女儿，你们这帮人肯定在二十四小时之内就把她们送上飞机。这是我老婆和我闺女。看我闺女长得那么漂亮，你都能把她的脸刻在美国一分币和二十五分币上。没人在这个缺德国家想改变一下，停住脚步说：'天哪！这是多么漂亮的一张脸啊！'"

读到这儿时，我正躲在杂物棚里，没人能看得见。汗水湿透了我的衣衫，我好像又回到了西贡旱季与雨季交换的那种闷热天气。我知道父亲很快就会到棚子来，因为割草机放在角落里。他今天早上起来说过，今天是个大热天，将晴空万里，一会儿他得割草坪。当他打开门，我想让他看见我在这儿，我要请求他像在信里那样，像在和陌生人生气时知道该怎么对付他们那样，和我说话。

爱

从前我有让天降火的本事。我老婆知道这些,而且她未来的情人们很快也领教到了,尽管有时这样的教训让他们难以接受。我说的是在越南的事。我看在美国有时也有这个必要,只不过得想出另一种办法来制止。你看,对像我这样的男人来说,这可不是件容易的事。我知道自己长得像当地人所说的那种"窝囊废"。我长得不怎么帅,甚至在越南人中间,我都算个矮个子。有时我故意装出一副窝囊样。我一辈子都是这个样子,一对罗圈腿,走路轻飘飘的,没完没了地唠叨别人觉得没劲的东西。我有两点与众不同。第一点,我是个老牌特务。你以为所有的特务都长得像电影里的人似的。真正的特务都有一个假身份。甚至他们开始秘密活动前,这个假身份就已经掩护他们多年了。第二点,我有个非常漂亮的老婆。我娶她时,她才十五岁,而我那时已二十五岁了。她父母是我父母的朋友,非常喜欢我,所以给了我这个艳福,同时也把这个诅咒赐给了我。

我老婆叫娥,英语的意思是"蝴蝶"。她绝对是。她飞来飞去,一会儿落在这朵花上,一会儿又落在那朵花上,从不飞直线。你怎么招来一只蝴蝶呢？只能让蝴蝶看美丽的东西。嗨，这也不是她的错。她本性如此。娶个漂亮女人其实是件很糟糕的事。我们曾住在边和市，离空军基地和两个美国大兵营不远，其中一个兵营叫龙平，另一个叫种植园。我老婆走在边和市大街上，虽然和其他女人一样穿着黑裤白衣，但明显与众不同。她的袖子一直撸到胳膊上面，天热时，领口的两个扣子不系上，而且还把头发梳得又长又顺。她这样子会让美国大兵的吉普车突然踩一下刹车，响一下喇叭，让越南男人慢慢直起身来，鼻孔里冒出妒火，还会让那些骑摩托车的越南男孩路过时伸长脖子观望，甚至有一两次，我看见他们为了多看我老婆一眼，撞到汽车上、水果车上，或一堆垃圾上，有时还被撞飞了。

在这些人中，我最担心的还是越南人。没有美国人想认真和我老婆约会。他们兵营里有的是越南妓女，还可以这么说，我老婆也根本不喜欢美国人的模样。我们在路易斯安那州格雷特纳市都住了十几年了，我老婆的看法仍没改变。我怕的就是越南人。所有的越南男人都爱我老婆。他们中有些人甚至还想试着把她搞到手。这也是我意料之中的事。他们坚信能搞到她。他们觉得，要不然的话，那还能有什么让她老打扮得如此漂亮，那样扭着屁股，故意解开衬衫上的两个扣子呢？她是否真想让自己显得更酷吗？

但这样的男人都被我警告过了。一些人没理睬这些警告，从此没再出现过。我能让老天爷降火，让他们离我老婆远远的。我毕竟是个特务嘛。我在种植园兵营和美国人一起共过事。他们每年来来去去，我总能为他们提供他们所需要的情报。他们管我叫特务总管，因为我手下有二十来个人给我干活。这些人都是我的耳目。其中有上学的女孩子，有伐木工、老太太、地方部队战士，有在附近骑自行车乱跑的儿童，还有其他类似的人——都为我提供情报。拿到情报后，我就在门卫那儿签个名，装成白天干活的劳工，把情报送到美国人手里。我为他们提供的大部分是小情报，如一队越共在政委带领下从濑溪过来了，或越共到边和市附近一个寡妇家做思想工作，或黎明时分越共要在丛林某个地方用火箭攻击空军基地等等。诸如此类。我的情报通常很准，以至于美国人对我的情报，特别是对于是否要遭到火箭进攻的情报，基本没有什么疑问。如果我说清晨可能有火箭从某个方位射过来，那么美国空军第二天早上干的第一件事就是把那些炮位炸掉。

你明白了吧？有了这本事对于一个有漂亮老婆但表面看起来窝窝囊囊的男人来说会是多么大的帮助。当我手下的人通报我老婆和另外一个男人在一起时，或我亲眼看到他们在一起时，我就会给那个男人一个警告。我会写一张小纸条，让手下一个特务带给他，告诉他天要降火了。我会警告他说，我老婆身上带着古老的诅咒。但其实这是一个小男人的诅咒。我有时会详细地查阅史书，得知拿破仑·波拿巴就是个小个子，但他征服了欧洲七十二万平方英里的土地；还有匈奴王阿提拉，一百四十五万平方英里帝国的统治者，他长得更矮，甚至让人以为他是个侏儒。这些历史顺便也告诫人们，我带给未来情人的不仅是古老的诅咒，还有小个子丈夫碰到的老问题。拿破仑蝴蝶似的老婆给他惹了不少麻烦。阿提拉是在做爱中一命呜呼的，当然，这是因为他太傻，娶了那么多老婆。当时这些历史教训没写入明确有力的警告条里。但如果他们置若罔闻,我就会找到那个地方的坐标,如那个伐木工每天早上砍柴的地方,或吃午饭的地方,或钓鱼的地方,或美国空军准能找到他的地方。我们都是按惯例行事的动物。

当老婆发现那些追她的男人突然失踪时,是如何想的呢?也许第一次、第二次时,她会觉得是自己说错什么话或做错什么事造成的,或以为这些男人觉得她没魅力了(让老婆怀疑自己的魅力,这让我感到有点难过,但她肯定自始至终知道自己是多么漂亮,而且对此坚信不疑),但过了一段时间,她一定会知道这些离奇事是我干的。但我不能肯定她到底是怎么想的。她总是不动声色,让人捉摸不透她的心思。我常给她讲历史,和她谈政治,有时还聊些日常琐事,但她总是听着,埋头做针线活,直到我们上床睡觉也不吭一声。只有一次她流露出知道她最近那个男朋友的下场的神情。我敢打赌,那个男人——就是那个住在河边棚子里的伐木工——永远不会明白我有多大本事。那个男人膀大腰圆又非常傲慢。一天晚上,美国空军刚刚挫败了一次火箭攻击。老婆抬起头,停下了手中的针线活。我当时嗓子有点痒,跟她讲话时停了一会儿。一开始我以为,她想让我接着谈那些地方游击队如何枉费心机地保卫当地政府。可她并没这样做,而是说了一句:"战争犯下的错误真令人痛心。"

我立刻明白她在谈什么。她犯的大错就是让那个男人和她太亲近了。

"是很令人痛心。"我说。

"你觉得是不是有人操纵了发生的这一切?"她问道。

"肯定是。"我说。这话没有必要再进一步挑明了。我老婆不仅长得漂亮,还很机智。

我的祖国最终成为历史。其实,我早就预料到将要发生的一切。我因多次阻止了越共对边和市空军基地的火箭进攻,基地作为回报,让我和老婆、两个孩子在越共占领前一个星期就坐上飞机离开了那个地方。我对背井离乡并不感到那么难过,因为我要去的是一个我老婆对那里所有男人都不屑一顾的国家。虽然住在美国路易斯安那州格雷特纳这个地区的越南人很多,但还是比较平静的。好像越南男人来到美国后就变得没有胆量,甚至就连和一个漂亮的越南女人打交道的胆量都没有了。有时会有人在我面前礼貌地恭维我老婆几句,但这些男人都是窝囊废。他们个头比我高,甚至比我年轻,但比我窝囊。

我们住的地方离密西西比河很近,过了桥便是新奥尔良。我老婆看起来住在单元房里美滋滋的,高兴时在客厅里坐坐,有时还和女伙伴一起出去逛街美发。我在一家电话公司工作,家里有台电视机,让我在老婆面前显得更有情趣了,因为晚上她不再听我大谈政治和历史这些乱七八糟的东西了。我知道,她知识有限,明智的男人从来不想改变改变不了的事。不过,我开始希望让生活顺其自然了。她似乎也有好长时间没让我像在越南那样自己折磨自己了。现在盯她衬衣中脖子和扭动屁股的大街不存在了。她在这里打扮好像是给女人看的,而不是给男人看的。到目前为止,看来一切都平安无事。然而两月前,这种平静生活被打破了。

当然，是个越南男人引起的。他原是空军突击队员，个子很高，几乎和美国人一样高。他在购物广场有家饭店。饭店的名字叫作红烧牛肉面馆。取这个名字显然是为了吸引出来品尝异国风味的美国食客。这些美国人根本分不清越南风味和中国风味。我知道这个，是因为越南语 Bun Bo Xao 的意思是红烧牛肉米粉。假如这家美国越南餐馆叫薯条烤汉堡或土豆泥烤鸡会让人有什么感觉呢？你明白我的意思吗？让人人都知道餐馆卖什么东西，并以餐名作店名的饭店其实是对就餐人玩弄。况且，这家越南餐馆的红烧牛肉米粉只能算二流的，用的海鲜佐料可以说更糟糕。这种佐料对越南人的舌头来说应是独一无二的。我在美国从未想过还能品尝到真正的越南海鲜佐料。富国岛出产的海鲜佐料是最好的，带有那种纯粹的、令人回味无穷的味道。这味道就像鱼经几天加工后才会有的味道。可这家餐馆用的佐料不是来自泰国，而是来自菲律宾，质量特别次，至少比二等佐料还差一等。

　　我不是在随意指责这家店主的品位和诚实。其实这是我发出的第一个暗示。我老婆和这个男人忘了我是个间谍。他们知道我已不再指挥美国空军了，可是他们忘了我是知道如何从这些蛛丝马迹中看出真相的。尽管这家红烧牛肉面馆不怎么样，海鲜佐料也是劣质的，但忽然成了我老婆喜欢光顾的地方。我们经常周五晚上到饭店去吃饭。一个星期五晚上，我们正琢磨着到哪儿吃饭，只听我老婆说道，听说有个越南餐馆不错。哇！她说得那样随意，简直是脱口而出。她还引述了她一个美发女友的话。她这个女友是这样的女人，即使南越胜利也会嚼着槟榔蹲在西贡胡同里拔鸡毛。我在美国尽量不去越南餐馆,但娥似乎非要去不可,还摆出被我宠惯了的随意的样子。嗨,她毕竟还很漂亮嘛。

我们开进那个商业小区,找到了那个地方。那个餐馆离美通球衫店(Ngon Qua Po-Boys)和好运保龄球馆仅几步之遥。当我们步入那家红烧牛肉面馆时,我注意到老婆的手不经意地溜出了我的胳膊。我还未来得及匆匆看一眼天花板上吊着的那种香港大规模生产的中国灯笼和墙上挂着的漆画,这个高个越南男人穿着一身礼服就突然来到我们面前并鞠个躬,然后心照不宣地朝我老婆瞟了几眼。这家餐馆老板叫陈文和。他见到我们非常高兴,可我却觉得从头到脚一股凉气上下窜。

就这样,我们坐下来吃这二等的晚餐。店老板曾两次来到我们桌前,询问是否一切如意。于是我开始吹毛求疵,说这菜如何不是最好的,如何少了这个作料、缺了那个作料,饭菜算不上是一流的,等等。他听着我的话,太阳穴一跳一跳的。我听见老婆压着火不时地插进一两句反驳我。这最清楚不过了。我当时几乎想嘲笑这两个人说,难道你们以为我是个傻瓜吗?难道你忘了我过去是怎么严厉地处理这样的事了吗?

可现在的现实是,我再也无法上天取火了。我甚至连个耳目也没有,没人能出去为我递情报或送出那些必要的警告了。所以嘛,我先管住我的舌头,不谈这些只谈饭菜。回家路上我没有说话,那天晚上没说这事,一星期过去了我也只字不提,直至我的小蝴蝶对我说,她又想越南菜了,而且还建议去那家红烧牛肉面馆。我只简单说了一句,不去那店。凭着我多年间谍的经历,外表表现出镇静自若的样子。可我心里就像打翻了醋瓶子，精心策划着。十几年过去了，我从未有过如此强烈感受。自己虽在异国他乡，但还像以前一样，隐蔽在敌人战线里，只凭自己的智慧做事。我很快想明白了，不管你走到世界什么地方，过去的历史和文化传统仍在影响着你。这些文化底蕴对知道哪里出了问题的人来说，会帮助他想出解决的办法。

以路易斯安那州的新奥尔良为例。拿破仑在欧洲打败了西班牙，把这座城市从他们手里夺走，两年后又把它卖给美国。这座城市对这位将火玩于股掌之中的小个子来说，乃是信手拈来的囊中物。其实在拿破仑占领之前，这座城市就有悠久的历史。一百多年以来，这里一直住着法国人、西班牙人、加勒比来的移民、西印度群岛移民，还有带来不同火种的黑人。无论住在新奥尔良哪里，你都能听到巫毒教的诅咒。一天晚上，那时我刚刚认识陈文和不久，看到电视节目里有个又瘦又小的黑人在用巫毒教狠狠教训他的仇敌。那天，老婆是和我坐着一起看的。我在她面前仍不露一点声色，不让她知道我坐在那儿听的是历史教训。这个小黑人出了差错，让迟钝的美国人逮个正着。在这种情况下，我明白自己还得再成熟些，学会再次掌握玩火的本事。

第二天，我向电话公司请了病假，然后走过桥，经过顶着中式礼帽的大圆顶体育馆，来到法语区。所有电视和电影都暗示，这里是巫毒教盛行的地方。我走在这个区的主道上，街边都是小商铺，有T恤衫店、比萨店、爵士音乐厅，还有舞女跳舞的地方。舞女的丈夫们如果能像我以前那样有本事，早就把新奥尔良炸为平地了。

我找到的商店都是由白人开的，就是那些大块头的美国白人。店里整整齐齐的架子上摆满了书、罐子和布娃娃，这让我清醒地意识到，这个地方和真正的巫毒教没什么关系。

我离开这些店，开始在波旁街上来回溜达，觉得这些店和陈文和的那家越南红烧牛肉面馆一样，都是冒牌货。我溜达到下一个街口，拐进一条小巷，然后又拐了一个弯，接着再拐了一个弯，踏上了一条卵石路。路又窄又小，两边是带门厅那种又细又长的房子。我沿街溜达，冲着蹲在家门口的黑人满脸堆笑，打听附近有没有信巫毒教的人。我上过历史课，觉得这帮人之间有血缘关系，求他们帮忙并不觉得别扭，尽管他们大多数人看我的眼神都怪怪的。最后一个拄着拐杖靠在电线杆上、眼睛灰蒙蒙的老头对我说："你找他干什么？"

我说："我有个漂亮老婆，眼光到处游荡。"

老头点点头说："我知道这种麻烦。"然后他告诉我如何找到巫毒教徒约瑟夫医生的家。他说："你告诉约瑟夫医生你想干什么就行了。他可是个威力无比的下流爸爸。"（我后来才知道，很多人把男巫毒士称为"爸爸"。"下流爸爸"的意思是他愿意施魔咒做恶事。）

我向老头表示感谢，直奔那条街。那条街和刚才的街道一样。我找到那所房子，觉得有点不可思议。除了门铃边有块小标牌外，那所房子几乎和别的房子没什么两样，门上没有挂任何奇怪的标记，或用绳吊着一块动物骨头，或吊着其他什么东西。我走到门前才看见，那小标牌是块钉在墙上的胶合板，宽三英寸，长五英寸，上面写着:"约瑟夫医生专解天下难事。"他要是真如老头说的那样威力无比,我肯定会喜欢上这位约瑟夫医生。这就是我的风格,永远保持低调。我按响门铃等着,一会儿约瑟夫就会亲自过来开门了。老头是这么告诉我的。约瑟夫医生好像已经认识我,知道我想干什么似的,一开门就说:"我是约瑟夫医生。进来吧。"

我步入前厅,闻到一股霉味和烧香的气味。我费了好大劲才睁开双眼,以适应里面的黑暗,仍然什么都看不清,但还能尾随着约瑟夫医生来到前面的会客厅里。他挥手示意我坐在一把硕大的旧软椅上。椅子坐上去感觉垫子里的弹簧就在屁股底下。约瑟夫医生坐在我对面的藤背椅上。刚一开门时,我觉得他似乎是个大块头,长得比所有美国人都高大,可坐在我面前时,我意识到我错了。可能我中了他的魔法。这正是我希望的。他在我眼里并不是个高大的人。他和所有越南人一样瘦,比我想象的还年轻,这可能也是中了魔的缘故。他的眼睛很明亮也很大,一头黑色的鬓发看不出一点灰白。他的下嘴唇向上堆出了笑容,显然已准备好营业,所以我也开始谈我的事了。

我告诉约瑟夫医生有关我老婆的一切,告诉他我不得不承受的重担。我没告诉他,我曾利用美国空军去解决这个问题。作为这样的"爸爸",他可能什么都知道,但即使如此,在这位"下流爸爸"面前,我仍保持间谍的本色。他听完我的话,伸出手指头罩住脸,目光从我这里转向窗口,窗上挂着半透明的窗帘,晨光从纱窗帘里透进来,照亮了房间。他朝外望得太久了,最后我都懒得看他了。房间很小。屋子里除了两把椅子和约瑟夫医生身旁的独脚木桌,什么都没有。尽管阳光从窗户照进来，空荡荡的墙仍显得黑黑的。我再细看才发现墙是被刷黑的。门上挂着厚厚的门帘。这扇门一定通往房里其他地方，后面肯定藏着这位巫毒教医生所有神秘的东西。我无法知道是什么东西。这间屋里只有烧香的味道和下流爸爸眺望我身后窗外的目光。

约瑟夫医生的目光终于又回到我的脸上。当他把目光转回来时，我觉得自己的筋骨一阵疼痛，胳膊和腿开始发软。他问道："这个女人在你眼里有多大分量？"

我以为他在谈费用，于是耸了耸肩。但他知道我在想什么。他哼了一声，说："你和我把这先放一边。我谈的是另外一件事。你将有三次机会拒绝她。如果你准备祈求上苍，那么你必须明白你到底想要什么，还要明白自己是多么想要这个东西。"

我有点不知其所云，但能觉出他想让我先做个某种声明，然后再继续说下去。所以我给了他我唯一可能的答案。对此我甚至连想都没想就说："如得到她，让天降火也值得。"

听到这儿，约瑟夫医生点点头，目光刺进我的心里。我觉得自己好像要打喷嚏。他说："本想给你一些上等咒符放在那个人的家门口，但我认为，还需要一些更有魔力的东西。"

我点了点头，发觉两只手已经抬不起来，于是皱着鼻子，以防自己打喷嚏，但愿约瑟夫医生不要把这看作失礼。约瑟夫医生从椅子上站起身来，用不着他告诉我坐在椅子上别动，因为当时我已经身不由己了。约瑟夫医生消失在门帘后，我坐着等他，突然觉得自己甚至连呼吸都没有了。正在这时，约瑟夫医生又出现了，身后还带来一阵烧香的味道。他绕着椅子走过来，如庞然大物压着我，让我身子往下沉，屁股下的弹簧噔噔作响。约瑟夫医生俯视着我，吓得我赶紧闭上双眼，只听他说了一声："给你。"然后我就觉得一些东西轻轻落在我的大腿上。

我睁开双眼，他的手已缩了回去，我腿上放着个小黄纸包。约瑟夫医生说："这里面有个猪尿脬。还有一小瓶血。你必须往猪尿泡里面装些公山羊屎，再把血倒进去，然后把尿泡用一缕老婆的头发扎住。十二点钟声一响，就把这尿泡扔到你对手的屋顶上。"

我木愣愣地点了点头。

这时，约瑟夫医生抬起下巴，堆出了笑容，然后挥了挥手。我本应该知道的，但我真记不得自己是如何站起来，又如何穿过房间走出门的。我只发现自己站在他家门前的大街上，胳肢窝下夹着包着猪尿泡和一瓶不知什么血的黄纸包，明确眼下所要做的就是找公山羊屎。我心想，我这干的什么事呀？我当时想到了娥，脑中浮现的那张脸依然美丽。历史教导我们，美丽的女人总是让丈夫备受折磨，只要问一问美国演员米基·鲁尼就知道了。我本该把这个纸包扔到最近的垃圾箱里，然后离开这个女人。这个想法可能连你都觉得奇怪，但对我来说，是否退出战场让我的蝴蝶远走高飞，这个决定太重要了。这可能是当时我脑海里的一闪念。后来我意识到，这也是我第一次有放弃我老婆的想法。这个想法转瞬闪现又转瞬即逝。我从胳肢窝下掏出那个纸包，看着它，思忖着新奥尔良什么地方能找到山羊屎。

我个子小，但很机灵，不知不觉就来到奥杜邦公园的宠物园门前。因为是清晨,又不是周末,园子里一个人影也没有。我心想,我的运气还真不错。现在只有我面前这个关着山羊和绵羊的羊圈了。圈里的羊全都忐忑不安,好像羞羞答答的婊子,盼望人们天天宠爱。跳进羊圈之前,我坐在条椅上开始琢磨怎么来干这件事。我的手开始解开拴在猪尿泡上的绳子,但心里想不必用尿泡直接去接山羊屎。我可以先把羊粪蛋装进好拿的器皿里,然后再把它们倒进尿泡里。我对自己想出的这个法子当时还颇感洋洋得意。我知道怎样做才能成功。

于是,我站起身,来到售货亭,要了盒爆米花,琢磨着把爆米花倒掉,只留下盒子。我四处张望了一会儿,耳旁响起爆米花被装进盒子里的哗啦声。感谢佛祖,我转过身,正好看见那个女孩要把盒子接到银白色的出口处,然后伸手去拉油泵。"别放黄油!"我喊道。女孩好像被打了一下似的,吓得缩回了手。没法子。我一心想的是,千万别因粗心大意而改变了约瑟夫医生的秘方,谁知道黄油会带来什么后果呢?

不管怎样,我拿到了盒子,心里也踏实多了。就这样,我又回到宠物园附近的椅子上,一边坐着,一边吃着爆米花,美极了。我后来才发现自己犯了个大错。我曾想过用手绢把盒子里的盐粒清除掉,但我在椅子上享受爆米花耽误了一段时间。我正要跨进羊圈时,来了一队小学生。我先听见他们又说又笑,然后看见他们沿着小路朝这边走了过来。我得当机立断,是跳出羊圈坐在椅子上等着他们都走了再干呢?还是现在就直奔山羊?太阳越升越高。我想,有可能今天一整天孩子们会一个班接一个班地来。我开始环顾羊圈的四周。圈里到处都是羊粪蛋，可我实在不知道绵羊粪到底是什么样的，也不想搞错了。这时我注意到一只白山羊在一根木桩子上蹭来蹭去，于是我走过去，在它的尾巴后面徘徊。

山羊继续蹭痒痒，孩子们已到了大门口。我开始拍拍羊屁股，一不想惹人注目，二想哄着它拉出点东西来。山羊抬起头，竖起两耳，听到孩子们叽叽喳喳的说话声。这时候只听老师的声音盖过孩子们的喊声，让他们安静些，善待小动物。山羊离开了木桩，我能感觉到山羊有点紧张，也知道很多小手往这个方向摸了过来。

我低声说："快点啊。"说着，我看到山羊尾巴抖了一下，又抖了一下，然后拉下一大堆黑黑的羊粪蛋。我的条件反射特别好，它才刚排泄了十来粒，我的爆米花盒子就到位了，噼里啪啦装足了我想要的。

正在这时，身后传来一个小孩的声音，他紧挨着我大声惊呼："吉布斯小姐！这个人把山羊屎掺到爆米花里啦！"

我又想起了老婆的脸，暗自问自己做的这一切是否值得，我感觉到许多眼睛都转过来盯着我，而我的一部分对我说，放她走吧。这是我第二次想放弃老婆。当时虽然明确自己的意愿，但觉得身不由己。我在家乡时听过一两个出奇勇敢的战友说，在战火硝烟中，有时你心里知道自己想逃，可身体却不能动弹了。看着杀气腾腾的部队冲你扑来，身体却站在原地一动不动。当这个孩子还在喋喋不休地说我做的怪事时，我的感觉就是这样。我耷拉着脑袋，眼睛盯着羊屎掉进了手中的盒子，身体一动不动。我站在那儿直到羊尾巴又摇了两下再也拉不出屎来了，这才看着山羊知趣地从我身后的那个小鬼头面前跑走了。

我也赶紧溜走了，再也不想回头看一眼折磨我的那个小东西，或什么吉布斯小姐，或什么其他人。我跟着这只白山羊，一起沿着羊圈边逃走了。当时我心里还突然产生个想法，想让孩子们和他们老师觉得我好像追着山羊似的，让它再给我的爆米花多加点佐料。然而，我最后没这么做，而是从这帮孩子中间挤过去，直奔大门逃走了。为了不再回想那些小脸上一双双迷惑不解的眼睛，我心里只想着刚干完的那件事。我能感觉到爆米花盒子的分量，还能感觉到胳肢窝下死死夹着的那个纸包。我今天就能搞到老婆的头发。难办的事都已干完了。我有公山羊粪了。当我的手碰到大门闩时，身子已不再打哆嗦了。

是不是公山羊呀？坏了，我还没查羊的性别呢！我转过身，看见孩子们正向我围拢过来，越来越近，肯定是想看一看这个怪人是怎么带着奇怪的快餐离开的。但我一转过身来，孩子们就尖叫着往后躲。那只白山羊在远处的篱笆墙停了下来。我知道那是"我的"白山羊，因为它站在我第一次看到它的地方，而且还因为，它正看着我，似乎要向我表示同情，好像明白我在这些小东西的众目睽睽之下有多么尴尬。

虽然感到很难堪，我还是从孩子们中间穿过去又回到羊圈里。我不想看这帮孩子的反应，但从余光里仍能看见他们都转过头来看我。一些孩子甚至还跟着我过来了。我走到山羊前，山羊看起来很害怕，于是我对它说："没事，没事。"下面要做的是最难办的事。我走到山羊的尾巴后面，蹲下来，听到身后十几个小孩的喘息声。

感谢佛祖，我看到山羊屁股下面我要看的东西了。我赶紧跳出羊圈，冲出公园，好像黑暗中有巫毒鬼在追讨我的魂似的。

那天晚上，老婆睡着了，我拿起她那把最锋利的裁缝剪刀慢慢靠近她。昏暗的灯光下，她更漂亮了。她的脸和我结婚时那张十五岁女孩的脸一样，非常平滑，一点皱纹都没有。命运怎么会把这样的女人送给我这样的男人呢？尽管在我表面下隐藏着的是一个完全不同的男人。她在睡梦中轻轻叹了口气，虽然声音很甜美，但让我感到不安。我必须把所有事情解决后，才能尽情欣赏老婆的魅力。我绕到她脑后，轻轻提起她一缕头发，如丝般的头发让我双手有些发抖，怕这绺头发剪不下来。我的手抖得很厉害。我更害怕自己没拿住剪刀伤了她的耳朵，割破她的脖子。我深吸一口气，只听剪刀咔嚓一下，接着该准备施展巫毒魔法了。

第二天早上，娥要和女友去逛商场。我说："你知道，即便我们打赢了那场战争，那些女人也不会变，仍在西贡胡同里嚼槟榔拔鸡毛。"

娥哼了一声，对着烤面包机小声说道："说点新鲜的吧。"

我以前的确是很注意自己的说话方式，所以我诚恳地对她说："对不起，我的蝴蝶。和你朋友好好去玩吧！"

娥转过身来对着我，脸上的表情让我不知所措。我的一半相信，那是充满期待的眼神，几乎是在用温柔和欣赏的目光看着我。她欣赏我，因为我是那种甚至能向老婆低头赔不是的越南丈夫。可我的另一半在琢磨，她眼里冒出的简直就是强压的怒火，一种越南妻子温柔的生气方式。不管我的左右两半怎么想，我们俩谁都没说什么。我走出门外，但没去电话公司。

我开车去了当地图书馆，看了几个小时的报纸和新来的杂志。这个世界到处都是斗争。为了生存，你必须聪明一点。这是众所周知的。我车后座上的背包里有装满血和公羊屎的猪脬，并用我老婆的一绺头发扎了起来（后来才发现这可是件不容易办到的事）。我有陈文和的地址，知道他就住在附近。差一刻十二点的时候，我小心翼翼地把报纸叠起来，放回报刊架上，然后一脸镇定自若的样子，蹑手蹑脚地从图书馆员面前溜了出去（我毕竟是个优秀的间谍嘛）。我开着车向北穿过曼哈顿大道，再往西岸高速公路奔去，然后转了几个弯，来到和先生住的大街上，发现他家就在拐角处。

我还有五分钟。我在街对面停好车，蹲在车轮后观察这个地方。他家房子是周围直筒式房屋中的一所。这些房子之所以得了这么个名称，是因为你站在前门厅拿着枪就可以直接射向后门厅。如果你用猎枪子弹打，可以打进房子里的所有屋子里。我觉得，这种样式的房子对想干我这种事的人来说，设计得太完美了。设计师可能也有一个蝴蝶式的老婆，这样他能轻而易举地射向他的竞争对手。我正想观察一下，明确射杀不是我今天要采取的方式，这种直筒式房子的某些特征引起我的注意。

约瑟夫医生说过，我得把猪尿泡扔过屋顶。我当时脑中浮现的是一所大平房，或被称为科德角式的平房，这样我可以站在离前门厅不远的地方，把猪尿泡抛过屋脊，让它从屋顶滚到屋子那一边去，这样任务一下子就可以完成。但这种直筒式的房子纵深很长，一直延伸到后院。我根本不可能把猪尿泡扔那么远。首先，我不是个优秀的投掷手。另外，这距离也太远了。如果我真能把猪尿泡从房子这一边扔到那一边，这岂不是奇迹吗？况且，和先生家与邻居家挨得很近，中间只有一道篱笆墙。

我还注意到这篱笆墙又高又结实，所以他的邻居从卧室窗户是看不见他会情人的。一想到这儿，我顿时怒火万丈。我看了看表，只有两分钟了。我必须想出个办法。我从后车座上抓起背包，跳下车。我心里喊着，一定要扔过房顶！一定要扔过房顶！如果从侧面扔到那一边，这也算扔过房顶。我琢磨这个法子肯定行得通。我的运气还真不错。和先生家就在拐角处。我用不着对付那条窄道和高高的篱笆墙。房子的另一侧正对着大街，于是我敏捷地绕过了街角。

房子这一边并排立着三棵大树。它们好像挡住了房子，看起来挨得很近，间隔只有几英尺。我看了看表，已不能再浪费时间，仅剩几秒钟了。于是，我把背包放在脚下，掏出猪尿泡。猪尿泡长长的，带着暗灰色，顶着娥丝绸般的头发。我在两棵树中间找好位置，这时手表开始发出报时的嘟嘟声。可我还不知道怎么拿着猪尿泡，也不知道如何抡起胳膊扔。是正手扔呢？还是反手扔呢？表响个不停，我开始惊慌失措，好像有只受惊的山羊在我胸中东奔西撞。于是我赶紧选择了反手扔。我把胳膊放下来，眼睛瞄着屋顶，然后就在表停止叫唤的那一刻，使出吃奶的力气把尿泡扔了出去。

尿泡几乎是径直飞上天的，接着又陡然落下来，刚好穿过我左边的树叶，吊挂在树枝上。我真无法精确地告诉你，此时这个东西在我眼里到底像什么。这个尿泡变成两个，荡在树枝上。好吧，我告诉你吧！它就像一对大睾丸。我气得想和陈文和拼命，但我知道这东西不能挂在那儿。它挂在那儿，可能还会产生魔法，效果和我所想要的没准正相反。我决定今天中午一定把这个尿泡扔过去。现在它仍处在被扔过屋顶的过程中。我心想，过程是没有时间限制的。于是，我向那棵下部长着粗壮枝条的大树走了过去，开始往上爬。

我同许多小个子男人一样，非常灵活。我其实并没有多少爬树的经验，但一看到头顶的尿泡，一想起和先生对我老婆的淫欲，就利索地往上爬。树皮刮伤了我，树叶纠缠着我，脚下的深渊变得越来越大，可我还是一个劲儿地往上爬，根本不往下看，也不想自己是否安全，直到爬到几乎和房脊一样高的地方，脸对着猪尿泡。当时我想抓住一根树枝稳住自己，可这是根死树枝，咔嚓一声碎成几段，噼里啪啦地砸在屋顶上。我猛地一惊，头一下子缩了回来。我骑在树上，离地面很远。

尿泡仍吊在那里，胳膊还够不着，但把它扔过屋顶对我来说已是件信手拈来的事了。谢天谢地！我马上就要达到诅咒陈文和的目的了。我手脚并用抱住了眼前一根大树枝，开始一寸一寸地去抓尿泡。小树杈绊住了我的手脚。这时我犯了个大错。我两眼没有盯着目标，而是目光移开，看向了离我很远的地面。这一看吓得我魂飞魄散，觉得胸一下子被掏空了，只剩下心在突突地跳。我闭了一会儿眼，再睁开眼时，便不错眼珠地盯着那个猪尿泡。尿泡里装满好不容易才弄来的羊粪蛋。我往前挪了一点，仅一点点，又挪了一点点，终于伸手抓住那个猪尿泡了。

就在这时,我听到下面传来声音。"怎么回事?"一个声音说。我往下一看,原来是陈文和,只见他光着脚,衬衣扣子也没系,披着衣服,一副慌慌张张的样子。他仰着脸朝我这儿看,我也正好往下看。他一定是认出了我,只见他张着嘴,向后趔趄了几步,说道:"是你?!"

"是的,是我。"我答道,手里紧紧抓着那个猪尿泡。我真不知道现在把尿泡扔过屋顶会发生什么事。是不是大地会裂开,把他吞进去?他会不会一股烟似的消失了?那一刻我的确觉得自己在树上是那么威力无比,就像一架 B-52 轰炸机打开了炸弹舱门。我准备好捍卫我的老婆、我的荣誉和我男子汉的尊严。这时,我又听到一个女人的声音。陈文和低下头,脸转向声音的方向。

"别过来。"他对那个声音说。但是,一个人影疾步穿过草坪,是个女的。她的头发又长又黑,丝绸般顺滑。她仰起脸望着我。原来是娥。是我老婆,一只美丽的蝴蝶。我看见她也张着嘴,没想到在这里看见我。我顿时觉得自己威风扫地。我又变成了小个子,骑在树上,手里攥着一个装满羊粪蛋的猪尿泡。我不忠的老婆站在情人身旁望着我。这就是我的下场。一个能让天降火的男人现在只能从树上扔羊粪蛋了。我看了一眼房顶,又看了一眼两张仰着的脸,觉得自己不得不在这儿施魔法了。就像约瑟夫医生预言的那样,我第三次拒绝了老婆。我心想,老婆如此漂亮的脸蛋给我带来的只能是痛苦。我攥着猪尿泡的手避开他们头顶上的树枝。我脑子里想的全是这个女人如何折磨我。我是能配得上这么漂亮女人的男人吗?我能怨她吗?我望着陈文和,觉得他长得真是无可挑剔。我抬起胳膊，并不想把尿泡丢下去，而是想发射出去。我就是这么做的，直接冲着勾引我老婆这个男人的脑门发射。我可以很高兴地说，炸弹击中目标啦。但不幸的是，取得这个精确度是需要代价的。我也跟着扔出去的尿泡从树上栽了下来。现在我正躺在医院病床上，两条腿做着牵引，左胳膊打着石膏，吊在胸前。

但我仍然觉得自己似乎超越自己的外表。我住在医院里，老婆每天过来，坐在我身旁，弯下腰，脸贴着我的右手。今天晚上她还带来针线活。她把椅子拉过来，靠着我坐下。她在做针线活之前问我是否想过在美国的越南人应以什么方式融入美国社会？还问我历史将对此应如何评说？她问了我一些这样的问题。其实，我对这些问题有很多想法。我和她谈了很久，一直谈到自己打瞌睡。我偶尔醒来时，察觉她正为我调整头下的枕头，然后又轻轻把被单盖在我未受伤的胳膊上。

中秋节

作为越南人，我和你都是幸运的，你还没出世，我就和你唠嗑了，用越语和你说悄悄话。我们越南人有个风俗，那就是妈妈能和肚子里的胎儿说话，聊聊来到这个世界上的事。美国人可没有这个习俗。我要是用英语和你说话，可能你也听不懂，何况我的英语讲得不怎么样，讲不明白自己的心里话。最重要的是你要好好听一听我的心里话。语言对我来说并不重要。我不知道你是否听过别人说话，就是那些用英语讲话的人。英语在这里就如花粉一样飘在我们周围，到了春天，我直想打喷嚏，但却让花儿们繁育出自己的后代。我自己还记得，在我家乡越南，母子谈话是私密的，只有你才能听到我的声音。现在，我可不敢保证了。我母亲已去世，再也不能回答这个问题了。我还在娘胎的时候，母亲就开始和我说话，记不清自己当时是做梦，还是醒着？只觉得是在梦里听见了她的声音。她就像一个光着身子跳进大海的人，奋力向我游过来，我在海浪深处等着她。

我的小东西，你在我身体里蠕动，想早一点游上来和我碰面。可这一刻，我正望着两个开满红色木棉花的橡木花盆。木棉花没有什么香味，但非常漂亮，有时会招来一群蜂鸟，扇动着无形的小翅膀采蜜，它们娇小的身体滑溜得好像刚从海里蹿出来一样。我望着屋外白色的篱笆墙，墙刷得非常白，即使在路易斯安那州这个又热又潮的地方，上面也没有一点霉迹。每天这时候，我都会把目光伸向院外，抬起头来，让目光越过高低不齐的树梢，向天空远眺。这片天空和越南的天空一样。有时，天上布满小小的云朵，安静得如同摆在新年餐桌中央碗里飘着的鲜花。还有时，天空布满大块乌云，好像中国士兵晃动着臂膀，要鼓噪起一阵暴风雨。我们都知道暴风雨很快就会过去。总有一天，你会像所有越南孩子们一样，笑着冲进暴风雨。

上星期我才第一次和你见面。医生把一些油膏涂在我的肚子上。油膏是我有生以来感觉最凉快的东西，甚至比我以前捧在手里融化的雪还要凉。医生拿着微探头在我肚子上滑来滑去，我在屏幕上看见了你的轮廓。我还能看见你身体里面的东西。我看见了你的脊柱，还看见你那颗跳动的心脏。这一切都提醒了我做母亲的责任。我的心肝宝贝。你说话呀！医生告诉我说，你是个女孩儿。

你要知道我爱你，还要知道你是个女孩子。母亲和我开始说话时根本不知道我的性别。但我知道她是个越南母亲。看见我是个女孩，第一次把我抱起来时，她和父亲一样都耷拉着眼皮，因为我不是他们想要的儿子，当时肯定非常失望。越南父母就是这个样子。我还在娘胎里时就知道母亲对我说的话都是讲给男孩儿听的，期盼着我是个男孩子，把胎里的我当成儿子，省得给他们带来晦气。我的小东西，我喜欢你是个女孩子，因为以后你长大后更能懂得我的心思。

婚姻在越南是件让人惊喜的事情。天上专有主管婚姻大事的神仙。他还算不上什么大神仙，所以我们管他叫牵红线的月下老儿。我现在已经结婚了，所以我才能这么说。假如我没结婚，又回到越南，我必须拜他，让他善待我。我们会特意为他设个神位，点着香烛好好供着。在婚庆日子里，仪式通常由新郎家里的男性长辈主持，所有人都要在神位前下跪祷告，求这位月下神下凡保平安，还把祷告词写在红绸布上，然后高声朗读。酒杯盛满后，新郎家的长辈先抿一口，再把酒杯递给新郎，新郎抿一口后，才传给新娘。这时新娘才能把酒喝了。我听人说，这是新娘有生以来喝的最甜美的东西了。我不知道是谁告诉我的这些风俗习惯。可能是母亲吧。也许我在娘胎里时就知道了这些事。新娘喝过男人抿过的酒后，写上祷告词的红绸布就得烧了。火焰苍白，腾空而起，绸布在燃烧的热浪中飞舞。

我的小东西，我也年轻过。那时我才十六岁，美若天仙，和豹哥相遇时，他才十七岁。中秋节是一年中恋人相爱的好时机。我是清早在去泉眼打水的小路上遇到他的。我到了泉眼，把脸和手连同胳膊一起扎到泉水池里洗，觉得又滑又凉，清爽极了。一般来说，泉眼里的水是村里的饮用水。只因这里没人看见我才敢这么做。况且，我早上刚在河里洗过澡。泉水池看起来是那么平静，那么清澈，让人忍不住想把手和脸扎到水里去。当我抬起身时，顿时觉得晒了我一早上的太阳忽然成了我的朋友，轻轻触摸我的皮肤，让我不再烦躁。

我灌满水罐，开始沿着小路往回走。正在这时，一个高个小伙子大步流星地迎面走来。我当时的反应是，他要过来抓我，惩罚我的手弄脏了村子里的饮用水。我望着他，觉得他的眼睛是那么黑，还那样热辣辣地看着我，弄得我几乎把水罐摔了。我回想起来觉得当时的感觉是恐惧，但现在知道那不是恐惧感。

他看到我的样子便一步冲上前来一把托住水罐，水溅到他的脸和胸脯上。他笑了。他这一笑让我觉得身子更加发软。他只好把水罐接过去扛在自己肩上，转过身和我一起朝我家走去。我们俩没有交谈，只不过想起差点摔在地上的水罐和溅了他一身的水笑了几声。我们一边走，一边各自用余光瞟对方。我望着他时，他眼睛看向别处，等我知道他看着我时，我也把眼睛转向别处。有好几次，我们一个人看着对方，另一个人正好也在望着对方。这情形让我们禁不住都笑了。快走到家门口时，我的双腿变得沉重起来。我告诉他，我们现在得分手了。于是，他慢吞吞地从肩膀上把水罐拿下来递给我，然后告诉我说，他叫豹，从另一个小村庄过来看他表亲并要在这里待上一段时间。他问我今天晚上能不能出来庆祝中秋节。我回答说，我会来的。

我的小宝贝，中秋节的庆典都和月亮有关。每年农历八月十五的中秋节是一年中月亮最亮的时候。中国人教我们庆祝这个节日，因为他们古代皇帝喜欢读诗，也喜欢写诗。诗人看到月亮又大又圆时，就会浮想联翩。中国皇帝每到这时就梦想飞到月亮上去。到了八月十五这一天，皇帝再也忍不住了，于是叫来巫师，命他想出一个办法来。巫师绞尽脑汁，不停地念着咒语，点燃一炷奇香，然后一道闪光，倒在地上了。接着，皇宫院子里出现一道彩虹，在夜空中架起一座桥通向月亮。

见此，皇帝跨上千里马，带上自己一摞诗稿，催马跃上彩虹桥，向月亮飞奔而去。他到了那儿才发现一大片黑色海洋中央矗立着一座美丽的岛屿。他到了岛上，下了马，被一群仙女包围起来。她们将他托起，边舞边吟自己写的诗。皇帝也用自己的诗相和。他端坐在这些可爱小精灵的肩上，恍如到了天堂，似乎觉得这里将是自己的归宿，自己的灵魂应属于这个妙不可言的地方。然而，那里不是他的久留之地。他还有老百姓需要他。他还要应付另一个世界。最后没办法，他恋恋不舍地跨上马，又回到自己的皇宫。

第二天早上，彩虹不见了。皇帝为老百姓做了应当做的一切。一天晚上，他想休息一下，至少想还能回到月亮上休息到天明。就这样，巫师又被召到皇宫。巫师伤心地告诉他，他再也无法回到月亮上去了。皇帝听了很伤心。从此以后，他宣布每年农历八月十五是他的月游纪念日，举国上下都要庆典，纪念世上仅存的那片乐土。

小宝贝，你会喜欢我们那天晚上点的纸灯笼。那里有龙灯、麒麟灯、星灯、船灯、马灯、兔灯，还有蛤蟆灯。我们通常会点亮里面的蜡烛，黑夜里用棍子挑着灯笼满处走。那时，村里处处都是旋转的焰火和各种各样的灯笼。灯火中我见到了豹哥。他手里提着走马灯。月亮刚刚从天边升起，大得像头象，颜色如藏在雾里的太阳。我见他站在村中心我们聚会和挂走马灯的地方。每当我们目光碰到一起时，他就突然装作被一个看不见的水罐压得趔趔趄趄的样子。他假装用肩扛着水罐开始转圈子，转了一圈又一圈，表演了一场绝妙的哑剧。后来他假装脚下一滑，只见他肩上的水罐子，一点一点地歪下去，然后掉了下来摔碎在地上，接着又见他向后一跳，躲开飞溅的水花。他的表演把我们俩都逗笑了。

中秋节，大人不禁止未订婚的男孩和女孩聊天。我们越靠越近，孩子们跑过来挡住了我，但我仍能感觉到灯笼里扑面而来的热气。我和豹哥仍想靠近些，最后终于在村中心广场上站到各自面前。后来我们攀谈了起来。他问我家里人好，我也问候他家里人好，想不到他表兄的父亲是我父亲的好朋友。豹哥询问我的水罐子，我问他扛水罐的肩膀是否还疼，然后我们慢慢挪到没人的黑暗处，一起向那个泉眼走去，然后又来到河边。

我们这样做可能已超出村里定的规矩，但当时我们都没在意。小宝贝，我是个泼辣的女孩，豹哥是个规矩男孩。我知道他的为人。我的判断没有错。他对我非常尊重。我感到很安全。我们站在河边，看着一只舢板悄悄地划过去了。舢板上挂着桔灯。桔灯的颜色和那晚刚升起的月亮一样。豹哥为我表演哑剧时，舢板向着地平线驶去。

月亮升得更高了，变苗条了，月光亮得发白，而且光芒还有些刺眼。月光正处于刺眼但不伤眼的程度。此时的月光最美丽。它尽量发出所有的光芒，令人心旷神怡。这时豹哥悄悄搂住了我的腰，我愿意让他搂着我，至今仍觉得美滋滋的，非常快乐。我们一起站在那儿，仰望着月亮，极力想看见住在黑色大海中的神仙，听他们吟唱自己写的诗。

小宝贝，豹哥是我最爱的人。我们两家人也都很喜欢我们，同意了我们的婚事。在我家乡越南，新娘新郎因情投意合定下婚约的情况很少见。所以我说，你也很幸运啊，宝贝。这是我来美国碰到的一件好事。对我来说，也是件幸运的事。我不知道你能否看见我眼里正闪着泪花，你是否察觉到我眼角溢出的点点泪水。我的眼睛像你一样，被水包围起来。不要担心。这些都是幸福的泪水，是为你而流的泪水，为你将来美丽人生而流的泪水。

我正望着白色的篱笆门，你爸爸等下会从那道门进来回家了。我想告诉你的是，你是个幸运的姑娘。我眼泪中的含义已经变了。即便如此，我还得把话说完。豹哥和我订婚了。但不久他应征入伍了。婚礼还没举行，他就开拔了。最后他牺牲在山里的一次战斗中。门开了，你爸爸，我现在的丈夫，进了那道门回家了。他也是个好男人。让篱笆墙和房子不发霉是他的功劳。他用漂白粉把霉迹都除掉了。每隔半年他就用自来水冲洗它们。他现在站在我们木棉树旁，没看见我正站在窗前。我再唠叨一会儿就得住口了。这个男人原是个美国大兵，也是个好男人，永远爱自己的越南女人。他看见我站在窗前时，会过来用细嫩而强壮的手背轻轻抚摸一下我的脸，还会摸摸我的肚子，觉得是在抚摸你。

我的小宝贝，你会爱他的。我知道你能理解我。我不想让你再为我悲伤。我曾在月亮上度过自己美好的中秋夜。再从彩虹下凡时，我发现人间也不错。没有回头路是令人伤心的，但我们在这儿仍可以点着灯笼，遥望夜空，回想过去。

一片开阔地

亲爱的儿子，我们从未见过面，但千万不要以为我不再爱你了。南越被北越人接管时，仍然在战斗的战士谁也没料到自己会选择逃跑。那时你在母亲肚子里没出世呢。我自己没想逃跑，也没想带上未出世的你一起跑。我根本没想过离开自己的祖国去变成一个美国人。但我这辈子自己做的选择真的实在太少了。西贡垮台时，我才十八岁。你那时正在安溪的一所茅草房里，漂在母亲肚子里的海洋中做美梦呢。你妈妈爱我，我也爱她。我是在万不得已的情况下才离开她的。现在我住在路易斯安那州的新奥尔良，在这里碰到许多和我境况差不多的人。有件事我一直觉得奇怪，之所以奇怪，是因为我知道很多人当时都想拼命逃出去，他们甚至藏在正要撤离的飞机的起落架上，而我自己从没想过逃跑，也没选择逃跑，可我却逃出来了。

对不起，我现在写信给你并不是想让你对新爸爸不孝。我知道你母亲担心的正是这一点。我给你写信完全是出于对你的爱，因为我必须跟你讲一讲处于少年和成年之间的男人是什么样的。我拿起枪参加战斗的时候，正是处于那个年龄段。手中的 M16 式步枪是个黑家伙，黑亮得像只大蛐蛐儿，出奇地轻巧，能发出可怕吓人的声响，像我爸爸在村里天黑时给我描述的河鬼的叫声。那时的我就喜欢这些吓人的东西。

我必须给你讲讲我过去经历的那些事。你要是个男孩，你也会想要那种心惊肉跳的刺激。你也会喜欢那漆黑的夜晚，喜欢那种和朋友谈论鬼魂和离奇古怪故事的恐惧，愿意一头扎进黑暗，头也不回地钻进树林深处。你会和朋友一起沿着小路往前走，没人敢说你走得太远了。当听到茫茫黑夜中传来的微弱声音，虽然这让你一阵心跳，你还会执意闯下去。你觉得我说得对不对？我经常梦到你，梦见你和伙伴们这么淘气，和当时我和我的伙伴们一个样。

做些让你害怕的事情不要紧。这很自然。这能帮你获得男人的勇气。但当你长大成人后，就不能犯糊涂了。不能像小时候那样，摸黑出去，寻找令人毛骨悚然的刺激。你不要再留恋人生那个阶段了。其实我手中的枪一听到别的枪发出呼叫时，我自己的胆量就坚持不了几分钟。我不再留恋那几分钟的惊险了。我现在梦里只有你。

我记不清真正让我恐惧的具体是哪一个时刻，记不清那个战友们只有恐惧毫无乐趣的时刻，记不清那个不幸的时刻，也记不清那一刻自己是多么无助。也许那一刻自己真正克服了恐惧，也许那一刻能和朋友转过身来走出丛林不再战斗。我只记得宽阔的稻田和迎面扑来的风。它们令我陶醉并对我说，它们认识我。我还记得自己靴子里灌满了水，但我总怀疑自己是否弄错了，低头看一看自己靴子里是否都是血，是否踩上了地雷，脚没感觉了，意识不到自己穿着满是鲜血的靴子走路。这段记忆停留在诸如此类的画面上。稻田、水泥跑道和扫荡过的丛林小路——这些精确而又具体的地方——统统从我记忆中消失掉了。

此时留在我脑海里的只有这一点开阔地上的经历。那片开阔地位于高地上红树林中的阴凉处。四周的树围着我们形成一个完美的圆圈。在开阔地的中央有一棵很久以前倒下的大树。我们当时正执行巡逻任务，任务完成后便一字排开靠着倒下的树干坐下，有的伸着腿靠着，有的把腿抱在胸前坐着。我们那时都很年轻，以为明白自己究竟在干什么。我们那时也许太愚蠢，不该在那儿停留。我到现在也弄不清到底是怎么发生的。

当时是排长让我们这样做的。他坐在树干上，胳膊肘放在膝盖上，身子向前探着，嘴里叼着一支烟卷。他坐在我旁边，可我知道他想转移到别的地方休息。排长虽然新上任，但好像知道自己应该怎样做。排长叫阿彬，大概只有二十一岁，而我才十八岁。他看起来像个男子汉，而我只是个小兵。他是我们的头儿，我们的新排长。我想和他聊几句，因为当时心里特别害怕，好像一条鲶鱼刚从河里钓上来，被摔在船里，嘴里还吞着鱼钩，躺在船底上垂死挣扎。

我坐在那里想着和彬排长聊什么。但我脑子里能想起来的不过是一点抱怨。我还真不知说什么好。正琢磨着，坐在我身旁的一个小兵发话了。我虽没记住他的名字，脑海里也浮现不出他的脸，甚至记不起他哪怕一个特征，但我记住了他的话。他摘下钢盔，放在身边，说："我敢打赌，没人来过这个地方。"

我听彬排长对这话哼了一声,没弄清他对此是不屑一顾呢?还是愤愤不平?我当时大概有点丈二和尚摸不着头脑,否则我会不吭声的。我没有保持沉默,而是对那个小兵说:"自那条龙来到南方后,就没人来过这地方。"

排长又哼了一声。显然,这一次排长对我和那个小兵的谈话有了反应。我们看着他,他对那个小兵说:"如果你这样想,那你就是个榆木脑袋。你来得太迟了。这个地方有人来过。你最好指望这是几天前,而不是几个小时前。"

我们挨批后把脸转了过来。虽然排长是冲那个小兵说的,但我觉得脸在发烧,比太阳晒得还烫。我也没有幸免。排长用硬邦邦的指头拍了拍我的肩膀。我回头望着他,他板着脸,弯下身子面对着我,好像我说的话比那个小兵说的还难听。

他问道:"那条龙有什么故事?"

我吓得脑子都转不动了,只是低声重复道:"那条龙?"

"那条龙,"他说着,脸离我更近了,"那条龙来越南的故事。"

有那么一会儿,我松了口气。我至今不知排长对我的话是如何想的,但不知怎的,当我说起龙飞向南方时,他知道这不仅是个意指很久很久以前的习惯用语。他知道我是真的相信。但那一刻我并不知道他因此觉得我有多么愚蠢。我说:"那条龙。你知道,就是那条温柔的龙,他是所有越南人的祖先。"

我父亲尽管和许多越南人一样,甚至也和一些美国人一样信鬼,但他讲的那条温柔的龙和仙女的故事和半夜里烛光下听到的那些可怕的鬼故事不一样。人们一般都是白天家里许多人聚在一起的时候才讲有关我们国家诞生的故事。讲时没人跟我说，这个故事是瞎编的，也没人说这不过是好听的瞎话。在我为了成为美国公民而学习美国历史时，读到一个名叫乔治·华盛顿的人的故事。他砍倒了一棵小树，然后说出了实话。老师当时马上解释说，这不过是个杜撰的故事。他连这点小事都得解释解释。华盛顿不就是砍倒一棵树后说了实话嘛。看来我们还真得把传说和真实的历史故事分清楚。

别人替我选择了这个国家，然而这个国家让我难堪。我同时也为整个成人世界感到难堪。我甚至还为彬排长感到难堪，因为我想起他接下来问我的问题。他板着脸，声音如同我们身边响起的急促发狂的枪声。"是那条和仙女睡觉的龙吗？"他大声问。其实他在真实历史中那一刻所问的话比这还要粗俗。

"他娶了一位仙女。"我回答说。

"谁娶了她们？"排长又问道。

我已来不及回答了，尽管这个问题很简单，而且现在看来，也毫无意义。因为我正坐在处处充满杀机的树林中央那块开阔地上，端着枪朝丛林中的身影射击，他们的子弹从我脸庞呼啸而过，已看到两个人牺牲了。我立刻转过脸去，但仍目睹了这两个人鲜血飞溅的情形。我立刻瘫坐在树林中，心里充满恐惧。我听见排长那个小小的问题，一下子意识到自己是多么愚蠢，多么幼稚。

排长喊道："是那位要下蛋的仙女吗？"

我好像一下子又回到初为成年人的恐怖时刻。我吓得转过脸来，不敢看排长。我把目光转向开阔地以外的树林里，知道有人正朝我们靠近，心里还想着龙和仙女没孩子的事。与此同时，排长的声音在我耳畔响起，只听一声喊："逃命吧！"

我瘫坐在枯树干上，不知道时间过去了多久。也许就几秒钟，也许根本没那么长。我见前面的树林里发出一道火光，接着又一道火光。我还没来得及看看身旁的那个小兵，他的脑袋就成了一摊血肉模糊的东西。这时我的动作快得像步枪射出的子弹，一下跃过树干，躲在排长身边。我们俩谁都不说话，一起只顾开枪射击。剩下发生的事我现已记不清了。我想战斗打响没几秒钟，我们排有一半人被消灭了。空中支援到达时，仅剩下我、排长和另一个小兵，那个小兵在刚才几秒钟里的空地激战中受了重伤，不久就牺牲了。

数月后，排长过来找我。那时我们正在西贡城边准备挖战壕。排长对我说："是时候了。"我们看见所有南越共和军部队拥入城里。部队里没有指挥官，陷入一片绝望之中。我跟着彬排长，还有他手下另外一些所谓的好战士，还没来得及明白他所说的"是时候了"到底是什么意思，就登上了他朋友准备好的一艘摩托艇，然后我们快速沿西贡河而下。这就是我未成年生活中最后一点经历。那时我把枪抱在怀里，随时准备战斗到底，不管排长领我打到什么地方。但排长说了一句："你现在不需要那么做了。"

他带着我和其他人驶向南中国海。当我意识到自己正离开祖国，将要抛弃妻子和未出生的儿子时，只能两眼瞪着排长，心里明白我再也回不去了。那时排长微笑着望着我，笑得很温馨。那是一个男子汉对另一个男子汉的微笑。他朝我点点头，好像觉得我是个好战士、好男人，是值得他尊敬的人。他做的一切的确出于真诚。他觉得他在真心帮我逃生。也许是真的，也许不是。但你得明白，不是我选择了逃跑。

儿子，我爱你。你妈妈现在已不爱我了。你有了一个新爸爸。她和你讲过我吗？你在看这封信？请你读读我的信吧。我要用从田野里找回的童年理想中闪闪发光的小石子来恳求你读一读我的信。我写信是为了告诉你的身世。数千年前，一条温柔而慈祥的龙孤独地在中国严酷的广阔平原上长大，然后游荡到了南方。他找到了一片土地，那里到处是美丽的山峦、绿色的山谷，还有清澈的小河唱着歌一路奔腾向前。

这个地方虽然美丽如画，但这条龙依然备感孤独。它走遍自己的新国家，终于遇到一位美丽的仙后。她也非常孤独。他们相恋，然后决定结为夫妻，永远相爱。他们在这片美丽的土地上生活，直至有一天，仙后发现自己在一个漂亮的绸袋子里生下一百枚卵。后来卵被孵出来，变成龙和仙后的孩子们。

这些孩子非常优秀，继承了父亲的勇敢和温柔的性格，同时还继承了母亲美丽动人的容貌和细腻的情感。他们长呀长呀，又乖又可爱的孩子们长大了。但最后这条龙不得不做出一个艰难的决定。他觉得这个家庭太大了，一个地方已容纳不下，于是把全家人召到一起，告诉他们，虽然很爱他们，但他不得不把家一分两半。他让妻子带五十个孩子迁往东方，他将带着五十个孩子迁往南方。每个人都为不得已的分离感到难过，但都明白他们别无他法。

于是，仙后带着五十个孩子远远地向东奔去，成为海洋王国的皇后。那条龙带着另外五十个孩子迁往南方，成为南方大地的国王。龙与仙后各自和孩子们待在一起，直到他们长大，变得既聪明又结实，并能够自立。后来，龙和仙后消失了。他们在天堂重新团聚，并永远幸福地生活在一起。孩子们也都成亲了，家业兴旺，从北到南在广袤的大地上建立了越南。龙的子孙是我们所有越南人的祖先。是你的，儿子，也是我的。

在我一生中，有段时间，坚信这个传说的我已经死了。我常在这里的新家反省自己，觉得部分自我意识仍沉睡着。现在我至少还可以做到唤醒死去的自我意识，不觉得唤醒那部分沉睡的自我会让自己显得愚蠢。我的信仰可能也是自我意识的一部分。我爱你，儿子，但愿你能自己拯救自己。把我刚才讲的故事讲给别人听。千万相信这个故事是真的。

鬼故事

我们的故事这么开头吧。我登上一辆叫大灰狗的公共汽车。你坐在车上看见一个东方人，正沿着通道走过来。你用不着费劲，一眼就知道我是越南人——一眼就能认出这是个东方人。即便如此，你也猜不出我下面要讲的是个离奇的故事，一个鬼的故事。你在车上看见的只不过是个年过半百、衣着有点寒酸的亚洲人。他的袖口和领子都磨破了，盖耳的头发乱蓬蓬的，现在朝你走过来，因为你旁边正好有个空位。靠近你时，你会不会也拿起报纸遮住脸，或转过身向外张望？坐在新奥尔良的公共汽车里，除了便道和一个司机正把箱子扔到行李仓外，什么可看的都没有。但你的姿态能让他知道，你不欢迎他坐在你旁边。这位东方绅士知道如何去领会这个暗示，会知趣地走过去到别处坐。你能不能在他走近时看着他，冲他笑笑，让他知道你欢迎他坐在那个空位上？其实到毕罗西的路途这么远，有人坐在身旁还是不错的。毕罗西是我女儿住的地方，我每月必去一趟。如果你能用眼睛向我示意，让我知道坐你在身边没关系的话，我会给你讲一个越南的真实故事。

这个故事发生在一九七一年，离安溪市不远的一块高地上。春末的一天，一个叫阿冲的南越军少校去市里看望情人，和她在花园里相拥了一下午。还没到傍晚，他们便早早地上了床，一起共度春宵，脸上、胳膊上还残留着花粉呢。在屋里昏暗的灯光下，他们俩都睡着了。少校醒来时，天已漆黑一片。他睡得太久了，一下子从床上跳下来，冒着汗，骂着街，赶紧披上衣服冲了出去。他的军营位于山的另一侧，早上他要做的第一件事就是向基地司令报告。所以他必须连夜赶回兵营。他的情人有点担心。白天这条山路属于南越共和国。但是，到了晚上，随时会有越共走出丛林偷袭，充满风险。可少校别无选择。他和情人吻别后，出门朝着自己的汽车走去。

他心里其实也很害怕，可在南越共和军里还算得上一位既勇敢又办事认真的军官。他打开自己车门之前，把发抖的双手举到面前，发誓要控制住颤抖的双手，直到手完全不抖时才坐在车里准备离开。那天晚上月亮很亮，但云彩也很多，时而遮住了月亮。少校伸手看不见自己的五指。他耐心地等到云彩飘过去后，才清楚地观察到自己的手在他眼前不再抖了。然后他才把车开走了，甚至没回头朝情人屋子的窗户再看一眼。透过窗户能看得见她正在哭泣。

少校把车开得飞快，不一会儿便来到盘旋到山顶的公路。因害怕被共军发现，只要月亮从云中露出来，他便把车灯关上，借着银色的月光，向前探着身子，沿着弯弯曲曲的山路盘旋。借着能照见情人拥抱的明亮月光，他翻过了那座山。但少校心里明白现在处于什么样的危险之中。只有月亮消失，看不清哪里是路哪里是沟时，他才极不情愿地打开车灯。

就这样，他开着车向上盘旋，每到转弯处，双手便紧紧握住方向盘，恐怕碰到路障，或碰到百杆枪对着他开火，打碎车窗，要了他的命。他终于到了山的顶峰，见到车灯照射下的目标，就是位于转弯处的一块狼牙石，然后开到山口处。路这时变得平缓起来，树木黑压压地耸立两旁，车灯所照不到的地方一片黑暗。路看起来平缓，其实车已开始下坡了。他沿着山路向右转，猛然看见什么东西在灯光下一闪。他的心一下子揪了起来。啊！原来是只兔子窜过公路。他看见这只小动物跳入黑暗树丛时飞起来的后腿。少校见此甚至放心地大笑起来，笑自己刚才吓坏的样子。

路猛地向左转，月亮从云隙里露了出来，光芒被周围的树打成碎片。少校知道，再走一英里左右就可穿过山口，路又会盘旋向下了。路两旁一侧是绝壁，另一侧是悬崖。他抬头望了一眼被树割碎的月光，等再把目光转向前方时，突然看见一个女人出现在灯光中，堵住他的车道。他的车当时正向她冲去。他不相信这个身材苗条、穿着美丽白长袍的年轻女子怎会出现在这个地方？只见这个女子冲他扬起手，手势清楚地告诉他停车。所有这一切仅发生了几秒钟。这个可爱的姑娘扬着手定在那里。少校向她冲了过去。一想到越共和他们的鬼把戏，他觉得绝不能夜里在这山上停车。他把车猛地一拐，绕过了姑娘，轮胎在路面上发出尖叫声。他感到方向盘沉甸甸的，又猛然一拉，车回到了自己的车道。其实灯光下除了路什么都没有。

少校心想，这也是个诡计，想用当地女子引我上钩。这时，他面前又出现了一个女子。也许是另一个女子，可能她妹妹吧——怎么可能是同一个女子呢？他一路狂奔，想把她甩到后面——又一个身穿白长袍的年轻漂亮女子扬着手站在他面前。这次他可看清她的模样了。不知为何，她的脸显得很清晰——圆圆的，皮肤很光滑，高鼻梁，嘴巴很大，好像有法国血统。第一眼看上去感觉不错，可没想到后来在车灯的照射下眼睁睁地看着她的嘴巴越咧越大。他的手又准备打轮绕过这个女子——并大胆断定她和以前见到的是同一个人——眼看着她的嘴巴仍在越咧越宽，美丽的圆脸出现了一个大裂缝。她的嘴巴一咧，宽宽的，像条深不见底的山沟，接着还把舌头吐出来。她的舌头开始变大并肿胀起来，胀得先和她的脸那么宽，后来又胀得和肩膀那么宽，从嘴里出来，上下起伏，红红的，软软的，马上和马路一样宽了。这个可怕的大舌头舔着汽车，把它举了起来。此时上校的眼和脑子里充满了她的大舌头，紧接着失去了知觉。

当他慢慢恢复意识后，发觉自己躺在地上。他睁开眼睛，倒吸了一口冷气，见这个年轻女子的脸正从上方俯视着他，月光正巧照在这张脸上。他盯着她的嘴。嘴巴虽很大但还是人的嘴，张开后没见舌头吐出来，只有说话声。她叫了一声："阿冲少校。"她的声音非常温柔，甚至比他和情人舌头相触时的吻还要温柔。这个年轻女子说："你现在得先睡一会儿。因为前面有埋伏。我叫阮芝琳，住在安溪市一条叫作荷花的小街上。你还会碰见我。我想让你活着。"少校想答话，可他说不出来。他眼前一黑，又昏过去了。

当少校再次醒来时，天上还有微弱的月光，可路面仍是黑漆漆的。他用胳膊肘支起身子，环顾了一下四周，见自己正躺在路边。

他以为被树撞得粉碎的汽车也停在那里，可眼前的车好像被人小心翼翼停靠那里似的。少校站起身来，惊奇地发现自己身上哪儿都不疼，既没有蹭伤，也没有擦伤，根本看不出来是撞了车、被甩出了车外。他看了看表，发现自己昏迷了两个小时。于是他断定这可能是自己的幻觉。驾车翻山的紧张，加上午后的纵欲，还有花粉的缘故——也可能是一朵奇花的毒素麻醉了他，让他停好车，从车里出来，睡在马路上，梦见那个身穿白旗袍女子做的事，还从梦里得知她叫阮芝琳，住在荷花街上。自己好像就记得这些。哇，一定是一种荷花让他动了心，随之激起他的荷花梦。

少校又上了车，继续向前开。他仍有时间在天亮前赶回营房。刚才这段惊奇的经历和令人陶醉的幻觉让他微微一笑。但他还没开出一英里，就看到一片吓人的景象。很多尸体横在路边。那是从树林里扔出来的战士尸体。它们或横在路上或被抛到山坡下。上校停下车，从车里出来，站在血泊和硝烟中。他走近几步才看清楚一个人仰面朝天，痛苦得脸都变了形。这人已死了两小时了。这是少校一次夜间巡逻中曾看到过的惨状。显然，这些人遭到埋伏，在这个地方被消灭了，正如那个年轻女子在梦中警告他的那样。他当时还不敢肯定他是否仍在梦中。

但他深深鞠了一躬，对幻觉中的女子大声道了谢。然后，他开车安全返回了驻地。

这不过是个鬼故事。如果我说话时你看着窗外，我马上意识到我的故事让你觉得没劲，像其他人一样有相同的感觉——例如：我女儿的美国丈夫。如果这样的话，那么我说到这里为止，让这个故事算你的。其实我还有很多没讲呢。假如我讲故事时，你看着我，两眼炯炯有神，并无屈尊之意，那么我就再多给你讲点。我知道，我讲的可是真事。

一星期后，少校又来到安溪，没有直奔他的情人。他先去了那条叫荷花的小街。那条小街很窄，位于城边一小块高地上，眼睛从那里能越过香蕉树顶，穿过平地，望见远处的山峦。太阳还未升起来，小街静悄悄的。少校只听到风声和小鸡咕咕的叫声，听不到其他任何声响。他面前出现了一片覆盖石板顶的普通小木屋。少校想先敲最近一所木屋的门，打听一下是否有这位姑娘。

这时，一位年轻人骑车从房后过来，从他身旁擦过去。少校赶紧和他打招呼。年轻人停下车，少校对他说："你认识一个叫阮芝琳的姑娘吗？"

可年轻人的反应让少校大吃一惊。他轻蔑地笑了笑说："很不幸，我认识这姑娘。但我不会说死人的坏话。"

听到姑娘已经死了，少校的呼吸一下子停住了，觉得冒出一股冷气，如同冬天的寒风。过后，他又不觉得有什么奇怪的了。他知道，活人不会像他遇到的鬼那样显灵。浑身的冷战刚过去，少校的呼吸开始变得急促，看到小伙子对救过他命的美丽姑娘不敬，他感到十分愤怒，恨不得一步上前揍小伙子一顿。然而，他突然镇静了下来。嗨，这不过是个好嫉妒的臭小子，觊觎琳姑娘的美色，但遭到姑娘的拒绝。少校对此十分肯定，就好像琳姑娘突然贴近他的耳旁告诉他这一切似的。

少校问道："她父母住在这条街上吗？"

"街尾的红房子里。"小伙子说道,还没等答话就转身骑车走了。

少校走过一个路口,在街尾找到了一所小木屋,可能从前被刷成过红色,颜色已褪得比以前更柔和了,在夕阳下呈现出粉红色。他走到门前,敲了敲门。过了一会儿,出来了一个女人。这个女人上了年纪,背已驼了,但很苗条,高鼻梁,抬起头来用游移不定的眼神望着少校。

"我是冲少校,"他接着问道,"我可以进来吗?"少校说这些话时,自己觉得怪怪的,好像无须任何解释。老太太什么也没问就点点头,打开门,站到了一边。上校进屋时一眼便看见了靠墙摆放的龛位。龛位里摆着花和蜡烛,香火缭绕,中央放着一幅姑娘站在山路上的大照片。不会错,相片上的人正是琳姑娘——圆圆的脸,大嘴巴,高鼻梁,和她妈妈长得一样。

他转过身来问老太太:"是您女儿吗?"

老太太点点头,掏出手绢轻轻擦了擦眼睛。"是的。四年前她到另一个世界去了。"

"对不起。"少校说。

"我们都很难受,"老太太说,"整个世界都感到伤心。这场战争夺去了妈妈怀里最乖的女儿。"

少校回答道:"是的,大娘。上星期她还救了我这个当兵的命呢。"少校边说边让老太太坐下,给她讲了自己那段经历。

听完他的话,老太太只是点了点头,转过身冲着窗外说:"我真高兴,知道女儿的魂还在这个世界上。"

然后，老太太低下头，一动不动，看起来又沉浸在悲痛之中了。少校知道他不能再讲下去了。于是，他站起身，冲老太太鞠了一躬，然后转过身，又冲琳姑娘的龛位鞠了一躬，默默说了几句感谢话，离开了荷花街上的那所木屋。他信步来到附近的树丛里。突然，他觉得自己疲惫不堪，一屁股坐在地上。他轻轻叫了一声她的名字——琳——看着淡淡的银色月光洒在树丛中，又陷入了梦乡。

少校醒来时，天色已漆黑一团。从噩梦中醒来的惊恐让他一下子蹦了起来。他不记得做了什么梦，但明白自己在哪儿，都发生了什么。他已在琳姑娘家附近的树丛里睡了一整天，直到天都黑了。他再次让自己镇静下来。他急忙准备开车回军营，知道琳姑娘的魂在山里正保护着他。他走回车前，路过琳姑娘家门口时，看见屋里黑着，人都睡着了，又冲着她家鞠了一躬。上了车，少校手把得很稳，心里格外轻松，开车走了，不再想自己尘世间的情人了。他心想，他的那个情人肯定躲在城里的某个地方哭呢。

夜空中既看不见星星，也见不到月亮，周围黑成一团。少校眼前的世界只是车前的两束光柱。他穿过平原，爬上山，道路起起伏伏。山的一侧是绝壁，另一侧是万丈深渊，一切如故。少校一路镇定自若。他脑子里空荡荡的，只听到沙沙的声响，好像夏风轻轻掠过榕树，又好像旗袍的下摆在丽人身后的飘动声。他盯着灯光照射下的转弯处，每到一个转弯的地方，便半信半疑地盼着琳姑娘出现。到那时，他一定会主动停车。他要上前和她打个招呼。

路继续向上盘旋，直至到了有白色路标的地方，接着路又变平缓了。这次少校感到了夜色中的变化。他还能区分出哪里是黑漆漆的山沟，哪里是高耸的黑色山影。这里离琳姑娘显现的地方不远了。少校的心跳开始加速。他觉得自己就像个少年，拿着一朵花，穿过校园，准备献给自己偷看了一年多的姑娘，现在他终于鼓足勇气挪动双腿向她走去，但还没有足够的力气和胆量向她表白。路开始缓缓向下延伸，向右转了下去，路过上次看见兔子高高跳起后腿后眨眼间消失不见的地方。路又开始急向左转。就是现在了，少校心想，就是现在。可是，灯光下，能看见的只有眼前的路，没有穿长袍的姑娘。路过姑娘第一次出现的地方时，少校把车开得很慢，但仍什么都没发现。少校觉得脸在发烧，一阵失望和沮丧。他心想，可能我今天晚上没危险吧？这时他甚至愿意让越共来袭击，准备将他杀了，这样，琳姑娘就能降临了。

他这种想法刚一冒出来，路陡然向下滑，在车灯灯光照到的远处，琳姑娘出现了。少校叫了起来，那叫声中带着狗要吃食般的欢快。他踩着刹车，让车速降下来。离她越来越近了，终于看清了她的模样。她的脸蛋很可爱，圆圆的，大嘴巴挂满微笑。他冲她也咧开嘴笑了笑，然后把车停在路边。

少校跳下车，站着没动地方。姑娘正朝他走了过来。他真想好好欣赏一下姑娘走路的姿态。这个安溪高地来的姑娘飘飘荡荡地过来了，像大多数美丽的西贡姑娘一样，微笑挂在脸上，身上白色长袍下摆轻轻撩起。她的高鼻梁可与西方女人最好看的鼻子相媲美，她的脸是东方女人最美丽的脸型。她开始越走越近。少校这时开始浑身发抖。她走到车前停住脚步，站在车灯的强光下，让少校以为自己好像有血有肉，是个有血肉之躯的鬼魂。少校使劲叹了一口气，然后叫了一声："琳姐。"他说完就感到自己似乎命里注定来山顶与她相会似的。

那姑娘也叫了一声："阿冲少校。"她的声音温柔得像夏风掠过榕树叶。现在少校明白一路上自己脑海里回荡的都是她的声音。

他说："很高兴在这儿又见到你。"

"我也很高兴，"她说，"现在是我们以前约会的时间。"说完她冲少校笑了笑。她那张可爱的嘴巴又咧开了，越笑咧得越宽，嘴巴咧到了两边，可微笑还没停止，只见她的嘴咧得更大了。笑嘴咧开后，又红又软的舌头又吐出来了。这时，少校把双手攥成拳头。姑娘舌头越长越大，挡住了他的视线，并朝他伸了过来，开始舔着他。这是情人的舌头，湿漉漉的，坚定不移地伸了过来。舌头黏住少校，让他的双脚离开了地面。紧接着，舌头又把他提了起来，把他拽向前。少校趁机瞟了一眼琳姑娘的眼睛。那双眼睛在灯光下闪闪发光，巨大的眼球就好像一对月亮。虽然死得很快，但在还没被嚼成碎末吞下去之前，少校还是有感觉的：他觉得周围漆黑一片，感到从头到脚顺着脊梁一阵撕心裂肺的疼痛。

如果你现在仍在听我讲话，甚至还记下我曾说过这个故事是真的，那么，你就会对这个故事结局感到惊奇。你可能以为，我如果是那个少校的话，故事结局一定会大不相同。其实你的预测很愚蠢但不乏浪漫色彩。我可以现在就毫不犹豫地告诉你故事结局。少校最后悲惨地死在这个魅力十足的女人口中。我没有什么骗人的鬼把戏，也没使什么魔法让你把此事当真。假如你还愿意听我说，假如你没有因为我笑你傻而对我讲的不屑一顾，那么，你还真是个少见的美国人。我愿意告诉你，我是怎么知道这个故事是真的。

一九七五年四月，西贡由越共接管时，我正为你们的使馆工作。我执意等我上司，一位美国外交官，帮我逃出去。一星期前他离开时，告诉我等着他。局势变得太快——我现在不怨他——走得有点太晚了：越共已打到城郊。我知道必须离开阮惠街的住所到美国使馆去。使馆最后一架直升机马上就要起飞了。

我出门后，开着使馆给我配备的美国车离开自己的住处。我住的地方与使馆仅几个路口的距离，我当时琢磨着，开着使馆配的美国车可能会帮我向门口警卫的陆战队士兵证实我的话。我知道，许多同胞都想抓住最后机会逃走。我刚开过两个路口，还没到洲际宫酒店，就发觉大街上人们都疯了。逃难的人到处都是，人人惊慌失措，肩上背着能带走的财物到处跑。很多人都往使馆方向奔去。我转向嘉龙街，见远处街头上人山人海。于是，我把车速降了下来。就在这时我又看见了她。

是琳姑娘。我知道是她。给我讲阿冲少校故事的人就是她的哥哥。他还真的给我看过琳姑娘的照片，就是摆在她母亲龛盒里的那张。我认识她那张圆圆的脸，高高的鼻梁，当然还有那张我特别关注的大嘴巴。她来到大街上，站在我面前，举手示意。我停下后，快速跳下车，走直角绕过了她，而且还回过头来偷看她到底要做什么。她其实什么都没做。她看见我绕开便笑了。但那仅仅是一丝淡淡的苦笑。

我穿行了数米，又来到另一个街口，挤过密集的人群，徒步朝使馆方向走去。我来到街口时，看见琳姐在十字路口又挡住我的路，不让我过去。两辆汽车正在燃烧，人们正挥舞着棍子。琳姐又救了我。你是否能明白这事如何让我捉摸不透。

一架直升机在我头顶上轰鸣。我顾不上想这些鬼魂的事了。我知道，撤退马上就要结束，于是我拼命跑到使馆街。可到那儿后，我的心一下子跌到了谷底。使馆门被同胞们围得水泄不通。大门已上闩，没人能进去。有人试图翻墙而入，但我听到自动步枪的枪声，紧接着那些人又从墙上跳下来。我把目光转向使馆屋顶，见直升机停在那儿，机翼仍在旋转，一队人鱼贯而入爬进飞机的肚子。在这个距离之内，我辨认出登直升机的人几乎都是美国人。

正在这时候，耳畔有个声音在轻轻呼唤我的名字。我转过身来一看，原来是琳姐。她的圆脸在我的头顶上好像胀满的夏月。我倒退了几步，吸了口凉气，而她却微笑着。我可不愿意看那张嘴变大。我开口说话了，但声音在我听来似乎来自远方。我问道："这是我们约会的时间吗？"

琳姐点了点头，嘴上仍挂着微笑。她向前走了一步，我赶紧把眼闭上，不忍再目睹她的大舌头。过了一会儿，我没觉得有什么东西出来。又过了一会儿，我睁开眼，那位姑娘不见了。我转过身，看见琳姐在大街上，就站在我身旁，正朝着一辆驶过来的汽车扬手。这是辆又黑又大的轿车，车前插着的美国旗在风中飘动。琳姐站在那里一动不动。车停下之后，她走到车后面打开车门。车里坐着一位美国要员，我上司的上司。他认出了我，然后说了声上车吧。我看着琳姐。她仍冲着我微笑，多么甜美的微笑。最后她冲着车门点了点头。我上了车,然后就被带到了美国。

  我身边这位大眼睛的美国朋友,你是不是有点糊涂了?要不然,你怎么会这样看着我?你说我现在在哪儿?我要告诉你的是,我为什么要在外国和陌生人聊天,因为我想看看自己在异国他乡能得到什么样的待遇。你现在假装有兴趣听我讲故事讲了这么长时间。我怎么知道少校故事是真是假?当我坐上黑乎乎的大轿车离开时,眼睛望着窗外,看见琳姐的舌头又从嘴里吐出来了。她舔着自己的嘴唇,好像刚把我吞下去似的。她真是那么做的。

雪

我不知他看着我睡了有多久,直到现在我仍觉得有点不可思议。那时候他就这么干坐着,也不叫醒我把外卖的菜单拿过来。他看见我在睡梦中来回转动的眼珠了吗?最后我终于醒来,发现他已在那儿坐了半天,便转过身来对着他,当时还不能马上看清他的脸,只见他的头微微侧向一边。他的胡子修理得整整齐齐,但下巴上的胡子有点长,胡子曲线好像小木船的风帆。每当我见到海上漂着小舢板时,船帆最吸引我的眼球。当时我抬起眼皮,看了看他的鼻子。你知道,我是个越南人,我们看人有不同的比例感。我们鼻子小,他的鼻子大,鼻梁弯曲,但线条还是柔和的,给人留下深刻记忆的是他的下巴。我又看了眼他的下巴。他的胡子是黑灰色,好像刚从烧炭窑里爬出来似的,我用的这些比喻都来自我的家乡话,只是想说清楚这张脸是什么样的,倒不是这个人让我想起了自己的家乡。和科恩先生初次见面时,家乡在我心中已成为最遥远的地方了。我当时盯着他看的表情一定很奇怪,因为当他完全转过脸来看着我时,我正好睁开眼和他对视,只见他眉毛轻轻一扬,好像在问我:"怎么啦?有什么不得体的地方吗?"

我经常坐在饭店大窗户下的一张桌子边。虽说是个饭店，但这个所谓的湖南农庄根本不像个饭店，只是有个真正的老式庄园房子，要不然的话，没人会给它起这么一个名字。这所房子很大，摆满了古董。里面倒很安静。现在还不到五点钟。我耳朵听到座钟报时——但我坐在这里时一个顾客也没有。在我们越南，家里没有和人一样高的座钟。时间在越南不那么重要。但这里的钟高高大大的。人们都用我喜欢的称呼尊它为爷爷。这座老爷钟让人觉得时间走得很慢，又让我昏昏欲睡了。我可不想再睡了。

这所房子一定让人觉得像个难民所。这里充满了异国味道，有姜味、中国辣椒味，还有做馄饨用的炸虾米味。房子一边是客栈，另一边是加油站，还有粗壮的橡树环绕着它。可能庄园还没建时那些树就长在那儿了，但这所庄园原主人所熟悉的生活方式却不在了。这所房子坐落在一条繁华的街道上，它的新主人是中国人。这家中国人把这座庄园房子改成海鲜饭店，这样就可以雇我这样的越南女人在这里当服务员。店主和我都知道我们属于不同民族。中国人待人非常和善。他们是中国人，我是越南人。中国人非常善良。况且，我们同住在路易斯安那州。那天我的中国老板和城里其他中国人找地方玩去了。我知道，在这个繁华区里有四家中餐馆、两个洗衣房，还有一些中国人在炼油厂里当工程师。中国人只要能和同胞在一起，似乎不在乎自己住在哪个国家。

那天，那个长着船帆胡子的顾客进来时，我正在睡觉。那是圣诞节前的下午。几乎将近平安夜了。我不是基督徒。我和母亲都是佛教徒。我和母亲一起生活。母亲经常替我发愁，因为我三十四岁了还没结婚。这里还有其他越南人也住在路易斯安那州的查尔斯湖,但我们不属于同一社区。也许我们这些越南人都忧心忡忡的,也许我们活得都太累了。也许并非如此。也可能只有我才这样说。可能其他越南人早已成为真正的美国人了。我母亲有两位越南朋友,和她岁数差不多。这两位朋友看着我时,脸上同样露出忧愁的表情,她们看出我的失落感。她们知道,要是以前在越南时,我早就该结婚了,只因原来的未婚夫去当兵才没成婚。虽然,这个人在越南还活着,但我最近听到的消息是,他在胡志明市开出租车,已和别人结婚了。我从未真正了解过他,所以也不感到失去什么。只不过每当母亲为我着急时,唯一放不下的仍是这位小伙子。

我有时也为自己发愁,但并不是因为我没丈夫。那个平安夜的下午,我好长时间才醒过盹来。前面的餐桌为开鸡尾酒会已安排好了,还留出专送外卖的桌子。餐桌椅又大,垫得又厚,软乎乎的。我的脑袋舒服地靠在椅子一边的扶手上,睡醒了也不愿动弹,睁着眼懒洋洋地躺着。我身体其他部位还在睡觉,可我的眼是睁着的,还能看见天空的碎云虽被染上粉红色,但仍然显得湛蓝。天似乎很热。我当时就是这样的感觉。我觉得自己的脖子正冒汗。我先转动了几下眼珠,瞥见饭店前生机勃勃的橡树在摇晃,觉得所有的树叶都在抖动,让人觉得它们是冷得发抖。我知道这是外面吹过来的热风。空气又湿又黏,透过生姜和辣椒的味道,还传来一股发霉的气味。

可能我仍在做梦。我想起在美国度过的第一个平安夜。和这天一样,我在一家中国餐馆里,睡了一个长长的午觉,然后迷迷糊糊地醒过来。我也是在中国餐馆打工。但当时打工的地方叫圣路易，离这里很远。醒来后我看到漫天飞雪。那是我第一次看见雪。我很害怕。很多越南人喜欢看到的第一场雪景，我却很害怕，以我无法解释的方式深深地感到害怕，甚至现在回想起那一刻——即使我是在另外一家中国餐馆睡午觉——仍感到非常恐惧。回想起那段经历，我猛然转过脸，没心思去看湖南农庄窗外的风景，也就是在那一刻，我看见了科恩先生坐在餐厅里等着。

就像我刚才说的那样，我目不转睛地看他脸上的某些部位，用这法子躲开对雪的可怕回忆。可能出于这个缘故，他才看见我脸上的表情有点不对劲儿。他的眉毛往上扬了一下，但我没解释自己心里正在想什么，只是察觉到他有点不知所措了。我觉得，他一定在琢磨：我是不是问了不该问的问题？该不该跟她说要外卖呢？我并不是害羞的人，希望他选择要外卖。我一下子醒过来，站起来对他说了一声"对不起"。我极力想让我们俩都从梦里走出来回到现实。于是，我问道："你要点菜了吗？"

他犹豫不决，眼睛紧紧盯着我的脸。这是一双黑眼睛，和越南人的眼睛一样。他这样看我的时候，脸庞似乎很大，大得很难尽收到我的视野里。他说："是的。科恩要点菜。"他嗓音低沉，好像电影里扮演老爷爷的演员的嗓音。那种嗓音让人觉得，如果他要问我梦见了什么，我会马上告诉他。

他只说了这几句话。于是，我急忙走进厨房，但菜还没做好。我想抱怨两句。

厨房里的所有人好像都在闲着。我没为任何人烦过他们。

所以我又回到科恩先生面前。他一定以为我手里提着他的饭菜,见我过来便站起身来。

"还没做好呢,"我说,"实在抱歉。"

"没关系。"他说着冲我笑了笑,花白的胡须打开,露出了牙齿。牙齿非常白。

"我去催催他们,"我说,"你不应在平安夜等那么长时间。"

"没关系,"他说,"今天不是我的节日。"

我侧过头来,显然没听懂他的话。他和我一样也歪着脑袋,好像想对着我的眼睛。他解释说:"我是犹太人。"

我直起了脖子,看见他跟着也挺直了脖子,觉得怪好玩的。我仍没明白他的话到底什么意思。他从我脸上的表情看出了我的困惑。于是,他接着说:"犹太人不过圣诞节。"

我说:"啊!我以为美国人都过圣诞节。"

"不是的。根本不是。"他耸了耸肩,眼眉也随之扬了扬,又把脑袋歪向一边。这些动作实际上只持续了一秒钟。他的姿势似乎在说,有什么办法呢?世界就是这个样子。我也知道这个道理,但这让我有点烦。他又说:"我们只是都待在家里,但不过节。"

他仍然看着我,但没再说话。我惊奇地觉察到,自己也没话可说了,脑子里找不出什么词儿可讲。这位美国人不过节,我觉得有点奇怪。我们越南人什么节都不错过,没人管我们是佛教徒,还是和好教徒,或天主教徒。我们什么节都过,没什么区别。我心想,这位科恩先生今晚怎么会一个人在家里干待着,而其他美国人都在欢庆平安夜?但我什么都没说。他也没说话,只是一直看着我。我低头看着自己揉菜单的手,想不起来要把菜单拿出来让他看看。我说了声:"我再去看看你的菜好了没有。"便转身走进了厨房。我站立的地方离闲聊的厨师、服务员领班和店主母亲仅一门之隔。我一直等到菜做好才回来。

我提着白色纸袋子,情不自禁地看看袋子里面到底装了几份菜。里面装了足够两人的饭菜。我把袋子递给他,按菜单清点一下,收下钱,没再理他。我数着找给他的钱,并放在他的手心里。哇,他的手那么大。我只听他问了一句:"你不是中国人,对吗?"

我说:"我不是。我是越南人。"他走了,我没再抬头看他离去。

过了两天,科恩先生又来了,甚至比那天来得还早。大约是在四点三十分。老爷钟刚刚敲过半点。我现在好像一个人迷上一个话题,极想找机会把它说出来似的。那天,我还是坐在餐厅前的椅子上,见到他进门,脑子里忽然冒出一个念头:科恩先生一定认为我是个懒婆娘。想到这儿,我一下子蹦了起来。他见我起来了,朝我摆摆手,让我待着别动。那只大手在空气中使劲摆了摆,好像他眼前站着个小孩,他要把手放在他肩膀上似的。他说:"你看,我又来早了。"

我说:"我可没偷懒。"

"我知道。"他说着坐在我对面的椅子上。

"你怎么知道我不懒?"话一下子从我嘴里蹦出来。我有时也是个什么都敢说的女孩。母亲告诉我,这就是我嫁不出去的原因。这也是她为什么总和别人提起我在越南要嫁的那个小伙子。那个小伙子非常腼腆，也很温顺，对媳妇言听计从，从不抱怨。可我的看法是，这就是他为什么只能在胡志明市开出租车混日子的原因。我这愣头愣脑的问话冲着科恩先生刚脱口而出，便发觉自己心里有点胆怯。我可不想让科恩先生讨厌我。

但他笑了。我能看到他那笑嘻嘻的脸上露出洁白的牙齿。他说："你是对的。我没证据说你懒。"

我说："因为你进来总看见我坐在这儿。"刚说完，我心里开始自责，你干吗老逮着这个话题不放呢？

我见他笑脸上露出更多的牙齿，接着听他说道："上次你甚至还睡着了。"

一听这话，我觉得我一定显出不高兴的样子，因为我看见他的笑容一下子消失了。他其实用不着帮我打马虎眼，可他说："没关系。白天时间太长。我自己也很难保持清醒。甚至上了法庭也很难做到。"

听完他的话，我又仔细地端详这个人，但不再盯着他的脸了。他看起来是个有钱人。身上穿着和他胡子一样颜色的西服，整件西服还有很细的蓝条纹，条纹很细，几乎看不出来。"你是法官吗？"我问。

"是律师。"他说。

"那你能在店主嫌我懒、不要我时为我辩护了。"

科恩先生听到我的话哈哈大笑，但当他停止发笑时，他一脸严肃。他似乎向我靠近了一点，尽管我很确信他一动也没动。"你那天做了个可怕的噩梦。"

谁能知道他到这儿来是跟我聊梦的？但我第一次听他说话就知道了。"是的，"我说，"我正梦见在美国过的第一个平安夜的情形。那天，我在密苏里州圣路易市的一家餐馆窗前睡着了。醒来时，看见满地都是雪花。这是我有生以来第一次看见雪。我睡觉时是个灰蒙蒙的下午，细雨纷纷，如漫天迷雾。我没想到事情会变成这个样子。我醒来，看见雪覆盖了一切，便感到有些恐惧。"

我当时突然感到，自己像疯子一样语无伦次。科恩先生那时会认为，我不仅是个懒婆娘，而且还疯疯癫癫的。我觉得自己别瞎说了，于是眼睛开始朝窗外望。我看见街上有个跑步锻炼的人，穿着背心和短裤，跑得汗流浃背。我觉得自己额头似乎也冒出了点点汗珠，像趴在脑门上的小虫子。我一直让自己的眼睛望着窗外，盼望科恩先生快离开这儿。

"为什么雪能把你吓成这样？"他问道。

我当时说的并不完全是心里话。我回答说："我也不知道。"我时常想如何回答这个问题。我虽然从未对别人讲过，但自己还是能想出原因的。

科恩先生说："我小时候也怕雪。我看了一辈子雪，但还是怕。"

我转过身来，但他却望着窗外。

"你为什么怕雪呢？"我问道，心里并没想让他回答我。

他转过身来，不再望窗外了，而是望着我，微微一笑，好像在说，他问了我这个问题，所以我也可以问他这个问题。他回答说："嗨，说来话长了。你真的想听吗？"

"想听。"我说。我当然想听了。

"我有两个家乡,一个是波兰,另一个是英国,都离这儿很远。"他说:"我父亲在华沙是教授。一九三九年初,我才八岁。当时父亲知道国家要遭殃了。人们刚刚开始讨议论怎么从海上逃出去。父亲开始四处打听。他知道该怎么逃。他先把我和妈妈送到英国。他在那里有很多朋友。我是那年二月份才离开波兰,当时到处都是雪。尽管才八岁,但我有预感。我在楼前的院子里大哭,扑在雪里,死活不肯走。我哭得仿佛爸爸要我们永远离开他似的。他和妈妈哄我说,只是分开几个月。但我不信。事实上我的预感没错。他们不得不把我拽起来,抱进了出租车。雪花还留在我的衣服上。车开走时,我爬起来从后窗遥望父亲。雪在我的皮肤上化了,我开始浑身颤抖,因为我又冷又怕。雪已经告诉我,爸爸会死的。他确实死在那儿了。他在街上向我挥手,变得越来越小,车子转弯时,那是我看他的最后一眼。"

我那时也许太迟钝,对科恩先生失去父亲的事没多想。我自己也没有父亲,而且我知道这是一个小孩会经历的事。在越南,人人都相信,祖宗将永远在我们身边保佑我们。我想对科恩先生说,他父亲仍在他身边。但我当时想到的是,科恩先生要到另一个地方,或另一国家,和他母亲在一起。就像我这样,和母亲一起生活。甚至现在也是。

他接着又说:"所以,雪也是令我恐惧的东西。每当英国下雪时,我就知道父亲早已死了。我们花了好几年时间才从别人那里打听到这个消息。我每到下雪时,就说父亲已离开人世了。"

我问他："你和母亲一起生活吗？"

"是的。我们直到战后才离开英国来到美国。和我们一起来的有波兰人、匈牙利人和俄国人。他们都去了纽约，在那儿落脚了。我母亲喜欢火车，还读过有关新奥尔良的一本书，所以我们坐火车来到这儿。我们都很高兴来到这个几乎不下雪的地方。"

我当时想，他怎么也是个外国人？他不是地道的美国人。我们所有雪的话题让我心里阵阵发冷。可能是我也愿意谈出心里的恐惧吧。科恩先生和我讲了那么多自己童年的事，因此我不想让他觉得，我只听别人讲而自己没什么可说。他又朝窗外望去，嘴唇紧紧抿在一起，让整张嘴都陷到胡子里了。我见他好像很伤心，于是说："你知道为什么圣路易的雪让我害怕吗？"

他"啊"了一声立刻转过身来，两眉之间皱起了一道深沟，然后大声说道："快讲给我听听！"他好像责怪自己忽略了我似的。我可不是个好虚荣的女人，总想吸引男人的注意力，让他们因对我关照不周而感到惭愧。我当时就是这种感觉，连我自己都很吃惊。如果我好虚荣，我绝不会有这种吃惊的感觉。他又重复了一遍："快告诉我你为什么怕雪？"

我说："我觉得大概是因为雪悄悄地降下来后，把一切都掩埋起来了吧。雪让人觉得地球的本色成了白色，一切都从这个世界消失了——所有的树、草、街道、房子等等——总之，一切都没了，都被雪掩埋了。什么都没了。我知道雪落在我的身上、落在屋顶上，我想，我也死了。"

"你们国家很特别。"科恩先生说。

他和我以前的想法一样，这让我很高兴。看得出，他想找一个简单的法子让我感觉好点，不再做噩梦了。我对他说："我以前也有这种想法。去一个暖和的地方，让人觉得就像在家乡一样。和你一样，我和母亲先去了新奥尔良，然后才搬来查尔斯湖。因为这里很像越南。这儿的稻田、气温，甚至暴风雨都和越南差不多。简直一模一样。这里没有让我恐惧的雪。每天午后我的活动就是独自一人靠在这把椅子上睡觉，听老爷钟的嘀嗒声。"

说到这儿我打住了，觉得自己的话没意思。我赶紧对他说："我再核对一下您的菜单吧。"

科恩先生把手放在桌子上，问："我能知道您叫什么名字吗？"

我说："叫我姣小姐好了。"

"姣小姐？"他问道。但他重复我的名字时，发的是另外一个音，越南字的意思是随着嗓子发出的音调而变化的。

我笑了起来，说道："我叫姣，是降调。越语的意思是'富贵'。你把这个字念成升调，好像在问问题。那么，你念的这个越南字就是别的意思了。你把我叫成了'噘嘴小姐'。"

科恩先生也笑了起来。他的笑声带有某种让我心动的东西，听到他的笑声我心里觉得美滋滋的，仿佛一个风尘仆仆的人，一下子站在淋浴喷头下，光着身子任水冲刷身上的污垢。我心想，他要拿着饭走了。想到这儿，自己心里有点难过，我没再想下去，但这想法让我迈往厨房的脚步变得沉重起来。我提着袋子，把它拿到餐馆前边，心情和刚才不一样了。我走到柜台，把袋子放在上面，真想送出去之前再瞧瞧袋子里的东西。我甚至不顾他的注视，拼命想往袋子里看。啊！袋子里装的只有一份菜和一份汤。

这时听见科恩先生还在问："那个姣字指的是我看到的你脸上的表情吗？"他把这个字的音发得非常正确，声调还带着拐弯，使那个字的意思变成了"噘嘴"。

我抬头望着他，本想用微笑告诉他念得很不错，但后来说的话让我这个噘嘴显得很不得体。我对他说："我想，您妻子一定病了，今晚不想吃饭了。"

他本可以笑我说话太唐突，但他没有那样做。他手捻着自己的胡须，把胡子捋顺后对我说："平安夜那天我要了两份饭，其中一份是带给进城来看我的儿子。我夫人几年前就去世了，我没有再婚。"

我不是没心没肺的女人。我知道孩子痛失父亲和男人痛失妻子的经历。我很善良，但我并不同情科恩先生的遭遇。我反而很高兴。他把手放在我的手上并问我，他是否可以给我打电话。我说可以。我后来才弄明白，新年的前夕才是犹太人的节日。我们越南的新年和这里时间也不一样。在越南，人人不管什么节都要过。今晚科恩先生约我一同去饭店吃饭。我们决定不去中国餐馆。我现在所要做的，就是坐在这儿，细心听着老爷钟的报时。

遗　物

如果你听说一个从越南来的人拥有一只约翰·列侬的鞋子，大概会感到很吃惊吧。这不是约翰·列侬一只普通的鞋子，而是列侬在达科塔公寓门前被枪打死时穿的那只鞋。现在那只鞋子的主人就是我。当然啦，我也是因为有钱才买下这个东西。那些没脊梁骨的穷光蛋投降了，让越共接管了南越。以前，我在自己原来的国家是个大富翁。我讲这话时，可能你脑子里一定会对我产生一些想法，觉得这一定是个丧尽天良、冷漠无情的人，怎么能说出"没脊梁骨的穷光蛋"这类的话呢？我的意思不是说他们懦弱才变成穷光蛋。我的意思是人穷志短。穷人被踩在脚下，失去所有权力，生活在最残酷的暴君压迫之下。但他们的这种悲惨，还比不上贫困带给他们的悲惨。要不然的话，穷人怎么会为了得到一点好处而甘愿受苦、致残，甚至牺牲生命呢？如果我是穷人的话，也许也会丧志的。

我在越南很有钱。钱让我鼓足勇气漂过南中国海，抛弃那里拥有的一切，来到异国他乡，重新东山再起。我就是这么做的。我来到了美国的路易斯安那州新奥尔良，安了家。因为我原籍在北越，又是个天主教徒，我最终和奥尔良社区最东边的同胞们住一起。这个社区叫作凡尔赛，实际上是美国人为我们这帮难民提供的一个公寓区。我在难民营待了一段时间。屋里的天花板还没八英尺高，也没有走廊，甚至连挂风铃的地方都没有。一贫如洗的屋子曾使我一蹶不振，差点让我失去生活的勇气。我在西贡曾有很多好东西，如柚木家具，家具上面还有用珍珠和象牙镶嵌的故事场面，讲述征氏两姐妹如何在公元四十年把中国人赶出我们国家的故事。我原先家里还有古代传下来的部分卜骨，这是祭祀时占卜用的动物骨头，上面还刻着占卜的中国字，还有一把带有鹿角把柄的青铜剑。你觉得可能是这些古玩意保佑我免遭国难。这些古玩意的确有些神力。我们教堂里明白地讲过这些道理。圣人的骨头渣，一块皮，一缕头发——都具有神力，用它们就能创造出奇迹，还能治病救人，而且妙手回春。

你看，征氏姐妹虽然打败了中国人，但一年后，中国人又回来了，她们只好撤退。最后，她们俩在公元四十三年投河自尽。我不能确定卜骨上写的是什么，但我知道卜骨是用来解释远古发生的事，能预示我的归宿和这个世界的未来。青铜剑似乎是在举行仪式时使用，肯定从未在愤怒之中拔出过。如果我有圣人身上的骨头渣就更好了，但教堂里不卖这些东西。

现在，我坐在书房的桌子旁。我又发财了。书桌中央摆着列侬这只鞋。这只鞋像是短靴，靴高刚到脚踝，没鞋带，后面有个皮套。早上约翰·列侬的食指就是从那个皮套穿过去把鞋提上去。甚至他在这个世界最后一个早上也不例外。我和你们说这件事时，你脑子里会闪现出另外一些看法。赚钱的天分让我知道别人心里怎么想的。你一定在琢磨我是怎么搞到这只鞋的？我怎么知道它就是列侬穿的那只鞋？我可不能把交易人的名字透露出来。只能告诉你我是个独特的收藏家。我一个纽约销售商问我是否对一件不同寻常的东西感兴趣。他跟我提起这只鞋时，我也有同样的反应。是呀，我怎能肯定这只鞋是真的？我见过提供鞋子的人，我手里还有照片和一篇报道。那篇报道证实了他和约翰·列侬的亲密关系。他说，有些遗物让列侬家里人看着难受，所以想处理掉。他还说，他有这些东西，还知道有人想收藏这些东西。他告诉我，他也是天主教徒。很不幸，另一只鞋丢了，但这只鞋还在，于是我花了大价钱把它买下来。

当然，这是因为我在这个新国家里赚了大钱。我有赚钱的天分，再加上美国这个地方充满机遇。我起步时经营的是纸灯笼、爆竹、竹树——就是迎新年的竹竿。越南难民们在这里都很想家。因此，我就趁过年，过越南春节，兜售这些东西。我也向他们销售过三明治和饮料。后来，我开了一家餐馆；再后来，又开了一个电子游戏厅。凡尔赛已有了一家娱乐厅，一位精明的生意人先开的。但我的游乐厅胜他一筹，有很多电子游戏。年轻人喜欢这些东西。他们来这里攻打外星飞船、妖魔鬼怪和武林坏蛋，攻击技术比他们父辈和越共作战时高明得多。我还在做别的生意，更大点的生意，主要是鲜虾生产和销售。十年后，越南移民将是墨西哥湾里唯一捕虾人。我当然用不着卜骨来告诉你这个趋势。到时如果真这样发展下去，我还能赚更多的钱。

这钱甚至还能让我离开凡尔赛。现在，我坐在书桌前，目光越过约翰·列侬那只鞋，向窗外望去。我从这儿能看到什么呢？我的房子和这街上别的房子不一样，是个两层小楼。我住在二楼。楼外是我精心修整的院子，茂盛的草绿中带蓝，还有砖砌成的烤肉炉和一套室外柏木家具。远处的小河横穿凡尔赛。我的房子建在一公顷半的三角形地上，所以从这儿能看见别人家的后院一个挨着一个，一直延续约四分之一英里，直到盐水湖的入海口和凡尔赛单元楼矗立的地方。所有这些房子的后院，无一例外都被精心整理过，还种上了庄稼，让人觉得似乎到了越南乡下。在美国，没人这么做。种菜在美国是种嗜好。可对于住在凡尔赛的越南移民来说，种菜是种生活方式。院子后面有条小路。小路以外是沿盐水湖边的城市空地。越南人把这块地当成社区菜园，而且还让这个菜园一直扩展到盐水湖边上。我能看见菜园里星星点点的尖斗笠。女人们弯着腰，光着脚，在菜园里劳作。我幻想着，骑在水牛上的牧童将会沿着小路走过来，可能还会出现穿过盐水湖、顺流而下驶向南中国海的舢板。你明白我说的话吗？我仍生活在过去。

我的钱终于能使我离开凡尔赛，成为美国公民了。我必须要把自己变成美国人。然而，我发现事情并不那么简单。有些东西一去不复返了。我刚才说过，我还会从事鲜虾业，或其他什么产业，以赚更多的钱，好让自己最后摆脱过去。现在看来，我错了。也许是我的买卖全部和这个越南社区有关系的缘故。我起步时实在没有其他路可走。也许，我应投资一些美国的产业。即使我是从越南人那里开始发的家，但这个越南社区没有什么东西能留住我。我在生意场上可不是个收银员。

也可能是我家人不在身边的缘故。留在越南是他们自己的选择。我老婆是个朴实的女人，不想离开父母，对美国有恐惧感。反正孩子是她生的，属于她。而且，我老婆觉得自己属于越南。我唯一的遗憾是，身边没留下她什么东西可让我触摸，没留下她的一缕头发，或一枚戒指，甚至头巾什么的。她有那么多漂亮的头巾，有一些围在腰上。假如我家里人和我一起来到这儿，有他们的拖累，我不更难变成美国人吗？就这样吧。在这个问题上我只能自顾自了，好让事情变得简单点。

人生总有些事情是自己左右不了的。我的教义说得很清楚。对有钱人来说，特别是对有能力东山再起的有钱人来说，有时很难看到这点。有钱人应意识到，自己只是个凡人，得靠超然的力量，盯住财富给他的机会。

我对约翰·列侬的音乐不十分了解。但我听过，很好听。在越南，我更喜欢用母语演唱的大众歌手。有时从《生动的弦乐》和《波希·菲斯》音乐节目广播听到的好听的歌曲，虽然知道这些歌曲原来出自约翰·列侬之手，但我在美国只喜欢所谓"容易听懂"的歌。我买鞋之前是否了解过他的音乐和约翰·列侬这个人，似乎没有太大关系。这件遗物的意义和以前没有太大变化。众所周知，列侬是个非常重要的人物。他写过很多歌，影响了许多美国人的一生。他歌唱爱情，歌唱和平，最后却死在纽约大街上成为烈士。

我抚摸着他的鞋。皮面很光滑，呈柚木颜色。我的食指沿着鞋掌滑向鞋尖，摸出了凹凸不平的磨损。我又移动手指去触摸开始磨损的部位。那个部位正在脚尖处。然后，我沿着裂口，探到皮子下面露出来的一条破损的痕迹。我接着把手指伸下去，内心隐隐一震，好像摸的是肉体上的伤口。约翰·列侬的伤口。我明白鞋底上的磨损是怎么回事了。约翰·列侬死时摔倒了，腿在便道上向前冲了一下。这个鞋子上的裂口，是他作为烈士的标记。

我用一只手托着鞋后跟，然后将另一只手放在鞋下面，把它拿起来，吃惊地发现鞋子是那么轻，好像一个人壮烈牺牲前还有点时间来惊奇地发现自己的灵魂有多么轻似的。我把鞋子转了个角度，冲着窗外射进来的光线，往鞋里看。我只看见鞋边印着"萨维尔街"几个字。就这么几个字。鞋里没标鞋号。我猜，这双鞋一定是为约翰·列侬定做的，而且他的脚被仔细量过了。最软的皮革里盛着最纯洁的东西。我内心非常平静，只觉得胸口承受着很大的压力，连自己都想不出是什么在压迫着我。我当时一心只想做一件事。

我得等到自己能喘上气来再讲下去。我坐在椅子上，轻轻把鞋放在地上，摆在我光着的右脚前。我比画了一个十字，把脚慢慢塞进约翰·列侬的鞋里，又慢慢把食指套进鞋后面的皮套里，轻轻提上鞋，同约翰·列侬升天那天早上所做的一样。包鞋边的材料如丝绸般柔软，却让人感到阵阵寒气。我站在书桌前，觉得鞋有点大，可能理所当然。我向前走了一步又一步，来到屋子中间。我站在那里，心潮澎湃，盼望我祈祷的东西终有一天能到我手里。我还有种说不出来的感觉。我真正接触了这件遗物后才明白了内心的感受。我让那个纽约商人去找约翰·列侬的另一只鞋，就是左脚上的那只鞋。即使是他穿的其他鞋，我也愿意买。这样，我就可以两只脚都穿上约翰·列侬的鞋，然后走在大街上，想走多远就走多远，直至找到我的归属。

入 殓

水姐的尸体一丝不挂地躺在布单下面。我们俩小时候曾跟着家人一起到芽庄海滨去度假。从那以后,我就再也没见过她的身体。我和她也没再亲近过。虽然她嫁给了黎文礼,一个我曾爱过的男人,但我们俩一辈子都是最好的朋友。水姐身材苗条,乳房在我们长袍的包裹下如此诱人,连礼哥都禁不住诱惑。我最后一次见到水姐裸体时,才发现她的乳房还没发育好,只不过是一对褐色的小鼓包,和我七岁时的乳房一样。我们小时候曾一起在防浪堤边的浪花中奔跑,看着舢板荡出珊瑚礁。

我们俩都不是农家女,即那种在地里干活,似乎对自己体形毫不在乎的女孩儿。我们俩还都是天主徒。我们都认为圣母玛利亚谦虚谨慎,把身体从脖子到脚踝都裹得严严的。我们曾学教堂里玛利亚雕像的样子,不再修饰打扮,只把自己的脚指甲染得漂亮一些。尽管如此,水姐仍很有魅力。她即使穿着衣服,也遮不住美丽的身形。我们同在浪花中奔跑,她的身体开始感觉到了青春的萌动,而我什么感觉都没有。她的心像大海一样躁动不安,身体在她的衣服下,也像活泼的大海,体内奔腾着一股热流,在向男人召唤。她母亲总为她操心，因为她一来，男孩子们就好像变乖了，她一走，男孩子们又开始胡闹起来。没人担心过我。我手很巧，采来香草就能炖出香茅鸡，还能伴随着柔和的风铃声煮茶待客，用尤加利树油为有病的孩子按摩。

正是这双巧手让我找到了好丈夫，但他不是黎文礼，也永远不会是黎文礼。我丈夫也是个好男人。我惊奇地发现，虽然我的乳房在紧绷绷的长袍下没显得那么招人喜爱，但我的手还是能让他生活快乐。但我丈夫在那场战争中牺牲了，在一场注定会输的战争中白白送了命。战争结束后，我带着儿子来到美国，来到新奥尔良一个叫凡尔赛的地方定居，因为这里只有越南移民。我来没多久，我的好朋友水姐也和她的孩子、丈夫黎文礼来到这个地方。他们在这里没待多久就移居到加利福尼亚。不料，三年后他们又回来了。就这样，我们又一起生活了十年，并且都盼望着我们俩待在一起的日子更长些。我们年纪差不多，先后不到一星期，下个月就都到五十岁了。

水姐现在已经去世了，就在这个地方躺在我的面前。我们社区经营丧葬的华先生把这个地方叫作"入殓室"。水姐在这儿等着我为她进行最后一次化妆和梳头。她死得很快，但死前还清醒地嘱咐一定要我亲手给她化妆，好让她漂漂亮亮地躺在棺材里。她不让任何人做这件事——甚至自己也不动手——那时长在卵巢的肿瘤还没大得引起任何痛感。她是个对一点小事就大惊小怪的人，但这样的人有时往往忽略了大事，等意识到时就太晚了。谢天谢地，等她感觉到疼痛，知道真相时，折磨也快到头了。

她在病房里紧握着我的手。布帘围着我们。我的手劲已经够大了，可那天早上，她握得我生疼，这让我大吃一惊。我看着我们紧握在一起的手。她那柔嫩的手指因使劲变得苍白，手指甲仍修得那么漂亮，每个指甲都精心地修成同样的弧形，并细心地涂上她最喜欢的红苹果色。这是我最伤心的时刻。甚至比听到她痛苦的呻吟声还要难受。她这只手虽然突然变得可怕地有劲，但她那可爱的爱美之心仍不减当年。

　　现在我在入殓室里站在她身边，她的手没露在外边。它们在布单底下某个地方。我还要做许多准备，所以我先凝视着她的脸。她那双合上的眼睛看得出是西方人的双眼皮，继承了可能不止一个法国人的血统。礼哥从未提过她的眼睛，也许在众人面前曾奉承过两句，可我知道，这是她脸上最吸引人的部位。礼哥本应该会对人们说："我老婆的眼睛特别好看。"但事实上他没有。他一定盯上了她的乳房。这是他的私密，只有他自己知道。他的眼神曾流露过。

　　我们三人认识时才十六岁。水姐和我常在西贡体育馆里玩，我们就是在那儿碰到礼哥的。我们经常露出美丽的双腿。见此，礼哥对我们说，如果圣母玛利亚爱打网球，会让她的孩子们穿网球服的。我们故意暴露我们的腿。真的，我的腿很好看。但没有水姐的那么好看。我第一次见黎文礼时，就愿意把腿露给他看。他在球场算是个高个小伙子。我和水姐打球时，他总是抢在我们前面，把掉到地上的球捡起来，然后还给我们。我的网球打得比水姐好。我早该意识到，把球故意打到网上有多好。这样，礼哥就会在我这边抢在前面把球捡起来还给我了。现在一切都太晚了。水姐当然懂得这些。我们打球时，黎文礼就在网球场边摆着架势等着我们出错。见此，水姐的球艺就会比以往更糟糕。

我看见礼哥的一双眼甚至初次见面时就瞄上了水姐的乳房，虽然只是轻轻地瞟了一眼，但意味深长。我一看就明白了。我一开始跟他交往就跟着他的眼神走。他那双眼睛像我的眼睛，没有一点西方人模样，一切都是从我们祖宗那里遗传下来的。我们祖先是在慈祥的龙父抚育下长大的。它的一百个孩子成为越南的缔造者。我不愿意回想这位慈祥的龙父曾娶过一位美丽的公主的故事，因为那位公主只长得漂亮，理家过日子不行。我十六那年心里的确还对礼哥怀着希望。礼哥的眼睛却总瞟着水姐的乳房。我没接着球时，他就对我微微一笑，用压得只有我才能听见的声音对我说："你球打得不错。"对一个十六岁的女孩来说，这话听起来好像他马上就要和我谈恋爱了。我那时真傻。

现在，水姐躺在我面前的不锈钢桌子上，脑袋被铬架托着，脑后的头发散开，脸几乎变得一点魅力都没有了。屋子里弥漫着一股味，气味里有些强烈的东西刺得鼻子直发痒。那味道好像我儿子在学校科普课上用的杀虫剂。我知道这里的花不是真的，花上喷洒的香味盖过了这股味道。我不喜欢这个地方，所以心里只想着自己来这儿的目的。华先生离开后，我就这么一动不动地站在水姐身旁。华先生从身后帮我系上工作服的带子，并告诉我他已给水姐洗过头了。接着，他把乳白色窗户上的空调打开，点头哈腰地出去，随手把门关上了。

我打开放在高脚铁椅上的化妆包，拿出水姐带有珍珠把柄的梳子,然后弯下腰看着她。我们互相给对方梳了一辈子的头。她上了岁数还愿意披着一头黑发。她去世那天,仍把头发小心翼翼地散在枕头上。一定是她在弥留之际自己这样做的。礼哥还有她大儿子和我晚上进屋时,她已经死了,头发梳理得很漂亮。

我伸出手,想碰碰水姐。这是她死后第一次有人动她的头发。她的头发纠缠着梳子。这股拧劲让我浑身直打冷战。她的头发仍活着。她身体僵硬了,变凉了,绝对一动不动了,可头发仍不顺从梳子。水姐虽没像以前梳头那样梳一下就叫疼,但现在她的头发执意让人觉得她还活着。这倒让我有点惊讶不已。看见水姐这样子,我的心就开始缩成一个拳头,觉得自己开始生气了。水姐虽已过中年,但没像其他中年越南妇女那样在脖子后面盘个髻,仍是长发披肩。一看到她这个臭美样,我便妒火燃烧。后来我才意识到,自己生气是因为她身上还残留着生命力。一想到这儿,我又觉得有些惭愧。我感到脸在发烧,热得我好像浑身冒汗。

然而,这种羞愧感没有持续多久。我马上直起腰,转过脸,冲着空调送来的凉风,望着对面墙上玻璃柜里挂着的所有工具。柜子里有叮叮当当的钳子、管子,还有刀子。这儿不是活人待的地方。我又端详了一下水姐的脸。她那苍白的嘴唇向下耷拉,眉头微微皱着。于是,我拿起梳子,开始给她梳头,和以前给她梳头的感觉是一样的。我这次一定要把她的头发梳好为止。

我想对水姐说几句心里话。她的魂可能还在屋子里,能听见我说的话。"没关系,水姐。我这辈子从未怨过你,现在也决不会埋怨你。"水姐永远是我的好朋友,会永远喜欢我的。记得我们互相梳头时，她总夸我的头发是多么漂亮。即使我快五十岁，美丽不在，她也总是求我别剪头发。她曾夸我是多么有本事。她还督促我在凡尔赛再找个对象。她曾跟我讲，我能成为这个人的好老婆，或那个人的好老婆。她给我介绍的男人都很成功，也很有钱。但他们都上了岁数。一个六十多岁，另一个七十多岁。还介绍过一个男人都已八十一岁了。她没直接向我推荐这个人，只是不经意地提了提，说她上个星期见过这个人，他是如何精神、身体健康、精力充沛等等。

她丈夫黎文礼当然比他们都成功，在凡尔赛仍算得上很帅的男人。他还是那么英俊。他的脸庞就像勇士。我在西贡博物馆见过勇士的雕像，都长着黎文礼那样的高颧骨和厚嘴唇。那些勇士几百年前把中国"入侵者"赶出我们国土。想到这儿，我提起水姐的头发，一缕一缕地梳，细心地把梳好的头发放在托架后银光闪闪的桌面上，让发梢垂到桌下。她的头发很软，在我手里变得听话了。我好像又看见水姐的头发服服帖帖地飘在浅蓝长袍后面，眼前又浮现出水姐和礼哥在洲际宫酒店附近广场上漫步的情形。

但愿我还能再看到那一刻，让眼前重现那个小小的情景。我想让人觉得，我并不是对他们的相爱无动于衷。那时我真想大哭一场，甚至还想大吵一架。他们是故意让你知道他们的关系，想用一种特殊方式平复你的情绪。我们以前一起到洲际宫饭店长廊喝过柠檬汁，所以他们邀请我时，我想这和以往没什么两样。我们三个还像以前那样在城里沿河散步，穿过阮惠街花市，逛礼利书摊。我们自从俱乐部见面后就成了好朋友，而且这种友情持续了近两年。我当时心里还没有明确的选择。礼哥是个非常传统的小伙子，总是彬彬有礼，好像并不着急追求什么浪漫爱情，所以我心里还有些期盼。

虽然如此，我还是有意无意地注意到一些事。水姐和我说完话没多久，便和礼哥一起离开了酒店。直到礼哥参军，我才惊讶地意识到自己很长时间没搞明白的事儿。就像突然发现自己老了似的。这些变化日积月累了好长时间，但是一天早上你照镜子，才突然发现。在阮惠街花市时，我只顾着兴高采烈地谈论该如何摆放鲜花，什么花该摆在一起，屋里该用什么花来装饰，这种花能用在什么场合，那种花能用在什么场合等等。而水姐却弯下腰把脸凑到花前，头发散落在花瓣上，使劲闻着花香，然后直起腰，让身体里充满花香，她的乳房自然会显得更大更漂亮。礼哥当时一定偷看到她的乳房，然后轻轻闭上眼睛回味。逛书摊时——是我提出来逛书摊的——我总是沉浸在幻想中，憧憬着稀奇古怪的小世界正向我招手，忘了自己身边的小圈子里到底发生了什么。我只看见水姐当时正盯着明信片和礼哥聊去远方旅行的事。

我这两个朋友尽其所能在洲际宫酒店里招待我，我满心以为，这是理所应当的。水姐邀我和她一起去厕所，我们还在厕所里拿礼哥说的话取笑。我们走到镜子前，看到两张脸并在一起。我们都是十八岁的大姑娘了。我站在她旁边，显得比她老。我已经显老了。我能看出来。我听见水姐说了一句："我真幸福。"

那天我们确实玩得很开心，但我没明白她为什么那么说。毕竟礼哥是要离家去打一场持久之战。但我还是附和她说："我也很高兴。"

水姐紧紧靠着我，把手放在我的肩膀上，说："我有个秘密想告诉你，我已经迫不及待地想告诉我的好朋友。"

她的话里没有一点嘲讽之意，我敢肯定，可我没明白她的话。

她说："我恋爱了。"

我几乎就要问她爱的人是谁。那是我最后一次冒傻气。我明白了她指的是谁。她把头靠在我的肩上，从镜子里对她的好朋友甜美地笑着说："礼哥也爱我。"

咦！这个话题怎么以前从来没人提过？我们俩总在一起谈论礼哥多么好。我的表白和她一样生动，一样充满激情呀。实际上我的表白甚至比她的还要生动。如果让我来判断，她的话表明了她对礼哥的爱，那么，我对爱的表白也和她一样是明白无误的。显然，我的表白没她清楚，不是我期待的那样。水姐一点也没料到我和她在争夺礼哥的爱。对她来说，我空爱礼哥一场，简直是件不可思议的事。

她从我肩膀上抬起头，冲着我微笑，觉得我一定会为她高兴。她看我不说话，便急着问："这不是件大喜事吗？"

我从未表白过我也爱礼哥。我知道，这是我最后一次机会了。但我能说什么呢？我回想起他们之间的蛛丝马迹，终于明白了。水姐就是水姐，我和她不一样。她和礼哥的情意是早已定下的。我只对水姐说了一句合乎情理的话："真好。"

这句话让水姐更加高兴。她拥抱了我一下，并执意要我给她梳头。回到酒店前我们在外边逛了一小时，她那笔直的长发有点乱。

她递给我那把带有珍珠把柄的梳子，是她母亲传给她的，转过身来背对着我。于是，我开始给她梳头。第一下就碰上一个结，水姐嗷的一声，哭咧咧地叫起来。我停顿一下，几乎想把梳子摔到墙上然后跑出去。可我没那么做，而是一下又一下地梳下去。当我暗示她应该在临别前和礼哥单独在一起时，她背对着镜子，没能看见我扭曲的脸。听到好朋友的建议，水姐高兴而感激，几乎要掉下眼泪。我继续给她梳着头，直到把头发梳得无可挑剔。

水姐的头发在入殓室里被我的手梳理得顺顺溜溜的，但不知怎的我却冒出个奇怪的念头：水姐又要对我故技重施了。她让我把她头发梳得漂漂亮亮，好上天去勾引我爱的男人。这是水姐最后一次超过我。想到这儿，我的手不禁颤抖起来，而且抖个不停。我能清楚地看见水姐到了天堂，那又长又软的头发直垂腰间，乳房在天使的白袍下还是那么有魅力，那些和征氏姐妹共同战斗的勇士都来迎接她。他们等了我一千九百年，但一见到水姐就不想再等我了。勇士们等的是我这双巧手，可他们却撩起水姐的头发亲吻她。

我后退一步，凝视着水姐的脸。我在洲际宫酒店的镜子里见过这张脸，那时它太漂亮了，而此刻我眼前这张死人的脸却如蜡塑一般，美丽消失得无影无踪，等着我的手把它找回来。水姐盼望着我能再现她的美丽。我总是有能力把她打扮得比本人还漂亮。亲近她一点就能办到。一想到这儿，我就想躲着她。但我如果这样做，只能让她笑话我小气。我要是不给她化妆，别人也会给她化妆，水姐照样会带着美丽的面容飞向天堂，而我却会在人间暗自惭愧。

想到这儿，我转过脸来面对那条布单。尸体就藏在布单下面。

那是我从未见过的女性裸体，为了这具裸体礼哥献出了爱。她的脸和头发吸引了他，但现在这具布单下的尸体，被覆盖的肉体，正是礼哥所渴望的。我半小时前见过礼哥。我来时，他正在华先生办公室里。他站起来，双手握着我的手，握了好长时间，同时还说，看我来太高兴了。他说话时满眼泪花。我真替他感到难过。他递给我装着水姐那把珍珠把柄木梳的化妆包，接着对我说："你永远知道该怎么做。"

礼哥说这话是什么意思？仅仅因为我知道如何给水姐梳头和给她化妆吗？还是他觉得这是我擅长的，就像以前他以为我是个优秀的网球手一样？又或者说他意识到自己还从来没有和这样知道如何过日子的女人打过交道？当他在华先生办公室里站在我面前时，我觉得自己又变回到那个满怀希望的傻丫头了。也许我并不傻。水姐的乳房已不能再让他的眼神不安分了。

水姐的乳房！难道在女人世界里能确立自己位置的东西只有这些吗？它们现在正在布单底下。我伸出手，想去抓布单的边。但我停住了。我告诉自己现在一切都无关紧要了。她已经死了。我松开布单，转过身来望着她蜡塑般的脸，拿出她的眼影、口红和睫毛油，然后弯下腰，让色彩使这具死尸恢复生命。

我一边给水姐化妆，一边琢磨是不是该把她埋在天主教堂后面高出地面的石墓里。人们在新奥尔良都必须这样做，就是把尸体埋在地上面，因为这个地方地下水位比较高。如果我们把水姐埋在地下，不定哪天她的尸体就会漂上来。我能想象出那时的情景。她从地下漂上来，死而复生，想法顶着热浪又回到凡尔赛，看到我在和礼哥说话，礼哥正弯下腰和我亲近，听我说悄悄话。一看到她，礼哥的目光又移开了，水姐的脸上了妆，头发也梳好了，乳房仍如从前那样美丽动人。我一想到她被埋在地上面，又开始有点担心，似乎水姐没有完全离开人世。她永远不会。礼哥会在教堂后面感到她的存在，让她的魂魄在空中游荡。他永远忘不了她，将从他们的孩子们那里得到宽慰。

当我用毛刷触到水姐的眼睛时，我的手又开始抖。我拿着口红，使劲往她嘴上抹，一气之下忘记自己内心那点惭愧，目不转睛地盯着这张嘴。这张嘴上仍挂着那种一闪而逝的微笑，这么多年来从未改变过。她只感觉到我的忠诚和谦和，除此以外，对我的情感一无所知。妆已化好了。我后退一步，又转过身让脸冲着空调机送过来的凉风。我尽量让自己全神贯注听着空调机的嗡嗡声，让我自己忘了当时这些感受，即对这位已故女友酸甜苦辣的感受。这个女人永远是我的朋友。即使在这些有关情感的事情上，我也从未和她争过。直到这时，我才觉得自己那时是多么怯懦。

我不想自责了，只是望着水姐，把她的头发放在手心里，然后再挽成一个髻，用卡子别在她的脑后。她毕竟和我一样，已是五十岁的人了。我们都是上岁数的人了。想到这儿，我瞟了布单一眼。

盖在胸口上的布单比我想的要靠下。她的乳房也五十岁了。她仰面躺着的时候，两只乳房瘪瘪的。她从未让自己的朋友看过它们。这些私密部位让我所爱的男人神魂颠倒。我现在能看这些部位了。它们没有力气再提防了。我退了一步，然后抓住盖到她下巴颏底下布单的边，刷的一声拉了下来。

她的一个乳房不见了。虽然人死了，但她右边的乳房还是那么漂亮，浅褐色的乳头大大的。左边的乳房没有了。一个月牙般的伤疤从那个部位一直弯到胳膊下面。我看着眼前这一切，觉得自己有点喘不上气来，好像伤疤长在我的胸口上，肺被人掏走了似的。我看得出，伤疤也老了，有年头了。这时我才想起她在加利福尼亚那三年的苦日子。她怎么对此只字不提呢？她是怎么用微笑把自己所遭的罪掩盖起来的？

我一动不动地站了好长时间。我的手好像自己会动。这双手把布单拉上来，并轻轻拉到她的下巴颏下面。我原以为和水姐赌气能把我的羞愧感拉回来，但一点也没有。这只是孩子气，过于天真了。现在已经没有必要解释这些情感的纠葛了。于是，我弯下腰，吻了吻水姐的额头，松开她脖子后面的发髻，很高兴能再把她打扮得漂漂亮亮的，很高兴能让她齐齐整整地走进天堂，但愿她到天堂还能吸引英俊勇士们的眼球。我知道自己能让黎文礼幸福，水姐如有在天之灵，终会明白我对礼哥的一片痴情。

一对美国夫妇

我和妹妹都在猜谜节目中扮成鸭子，然后亮出我们身上的字："让我们生意兴隆吧！"就这样，表演一结束我便和丈夫来到了墨西哥的巴亚尔塔港。这是我和妹妹在表演结束后做的交易。她将拿到藏在二号幕帘后面的钱，而不要附带的特殊免费度假优惠。我将带丈夫去巴亚尔塔港免费度假。如果我们在表演前有机会做笔交易的话，我会赢得一辆汽车。我能察觉左侧三号幕帘稍微鼓出来。当主持人打开幕帘，让人们把目光一起投向一对扮成大蜜蜂的夫妇时，没人注意到那辆停得离我们有点儿远的福特车。他们有时会如此粗心。但我注意到了。而那对大蜜蜂却没注意到。结果，他们赢了一号幕帘后面的一只山羊，就是舔着金发美女电蓝裙边的那只山羊。除了那对扮大蜜蜂的夫妇，大家都哈哈大笑。我和妹妹也笑了。当我偷偷告诉妹妹我知道汽车藏在哪儿时，她懊恼地拍着自己的脑门，不再笑了。我这个人很善于观察。我觉得这是我的优点，可在我的家乡越南，女人的观察力只能藏而不露，因为善于察言观色不被人们看成是女人的优点。

我丈夫对此犹疑不定。有时我的优点能对他做生意有帮助。他是个出色的生意人。他在美国一切都是从头开始，但和在越南一样，生意做得非常成功。他原来在越南是做鸭绒进出口生意的，并赚了很多钱。他的生意也给了我灵感，所以我才能设计出带有"让我们生意兴隆"字样的演出服。鸭绒在南越共和国进出口贸易额中占第四位，被用来做柔软的枕头和暖和的被子。有一次，一个我丈夫信赖的生意人到办公室对他说，他只和我丈夫做生意。可我注意到他裤子边上挂着的鸭绒不是我们的。那天丈夫对我的观察力十分钦佩。我知道我的观察力同时又让他感到紧张，因为他觉得很多事都逃不过我的眼睛，我对他的心思总是了如指掌。

我的确能用眼睛观察到不少事。我也很高兴能有机会带他到巴亚尔塔港来度假。这是自己和妹妹交易而赢来的免费度假机会。现在我和丈夫一起飞过了高山。我兴致勃勃地望着窗外，他却在我身边睡着了。我看见山上郁郁葱葱，好像披了条绿毛毯，这里的山太像越南的山了。我们脚下有一条大河穿过崇山峻岭，河水黄澄澄的，如同墨西哥儿童的肤色那般黄。我们的飞机沿着这条河，一直飞到一个沿海而建的城市。美丽的风光即将映入眼帘。我捅了捅身边的丈夫，让他醒来和我一起贴着脸向下观望。但丈夫醒来想做的是找他的鞋。他睡觉时总是把鞋脱了。他这会儿所关心的是别丢东西。他无论什么时候都不放松警惕。眼看就要降落，我们无法再浪漫了，所能看到的景色变成了崎岖不平的田野和田野附近用铁皮和木头搭建的简陋房屋，和越南、和我家乡西贡周围的环境并无两样。

这里的机场破破烂烂的。跑道中间满是疯长的蒿草。机场大楼又长又矮，像一块炉灰砖。人们可能极想掩盖住它的寒碜，所以大部分外墙露出一种不同的质地，粗粗拉拉的，让我想起了皱纹纸。他们给外墙刷上鲜艳夺目的颜色：红的、黄的，还有石灰绿的。但这一切只让人觉得寒酸。我观察到丈夫寻找商机的眼马上注意到这里的条件和那些蒿草。他去过拉斯维加斯、迈阿密海滩和太浩湖，知道顾客需求。出租车每过一个路坑他便哼一声。有好几次出租车不得不慢得几乎和停下来差不多，一会儿在偶尔出现一堆石渣的地方慢下来，一会儿又在荒草地里停下来。丈夫抱怨通向豪华饭店的走道应该铺好。他对这次旅行其实没有什么兴致，我心里明白。他一个星期不上班就觉得难受。他更不喜欢借我妹妹的光。特别惹他不快的是，我和妹妹都打扮成鸭子出丑。

我其实也不喜欢这样做。但我必须承认自己喜欢游戏节目。我喜欢看美国电视。那些肥皂剧。你一定以为我日常生活已足够糟糕了，但肥皂剧让我觉得在某地某个人了解真正的生活是什么样的。这让我能欣赏到美国美好的一面。我尤其喜欢一个中年女演员出演的一部肥皂剧。她已经演了好几年，尽管电视剧被制成了录像，我总觉得她生活里好像要遭遇不幸似的。我指的是这位女演员自己。她虽然念着台词，但我总觉得她没有激情。你能观察到她的眼睛一瞬间从镜头移开看向别处。你明白我的话吗？她在找提示卡。她忘词了。她一定是经常走神，虽很不惹人注意，但这些忘词的时刻留在磁带上了。可能我是在这个国家里，除专业演员外，唯一注意到这些的人。戏中总有真戏在上演。我非常喜欢这位女演员。她很勇敢，忘词了竟然还接着演。有时她会让另一位演员及时上台，这样她的目光就能越过那位演员的肩膀偷看提示板。你能看出她念台词时，眼睛在暗暗扫视着台词板。这个动作做得非常隐蔽，但我能观察到。在这个时候，我对她就更有好感。我觉得她很了不起，甚至觉得有点激动，就像看花样滑冰选手在做跳跃动作那样让人把心提到了嗓子眼。每当忘词时，她扮演的人物突然话多了起来，东拉西扯。这是因为她离开了提示卡，正现编词，直至又回到剧本中来。这就是美国。这个地方总能让人即兴发挥，总有点新玩意。一感到事情不妙，你不会靠老套子，而是琢磨点新东西出来。

不过，我参与游戏节目时要是没把自己扮成鸭子出丑就更好了。我真希望是靠正确回答问题、猜谜语或猜价格赢得这趟墨西哥的免费旅行。我最擅长这些活动了。上星期，我就做到了别人做不到的事。我认出了杰里米·布雷特在公共电视上扮演的福尔摩斯和在电影《窈窕淑女》中扮演的弗雷迪。我还能读出英文短语"Desperation Tactics"，而且快得不带任何元音。我还知道，厨房帮手牌洗碗机和烤面包机的价格在六百到七百美元之间。你必须在这些活动中亲自体会一下，否则美国节目制作人不会让我们这些有外国口音的人参加。我常把英式发音和美式发音搞混，所以你还是能听出我发音中有外国腔。

其实，我这次是想试一把。我聪明地把自己名字次序颠倒过来，把中间两个字去掉。这样一来，我的名字 Trần Nam Thanh Gabrielle 便变成了 Gabrielle Tran。我父母给我取的这个法国名字，因为他们崇尚法国文化，喜欢西贡的法国大餐，更推崇法国骑马俱乐部。正因为把名字改为 Gaibrielle Tran，我才有机会试试身手。节目制作人大概以为，我和关南施差不多。关南施是美国老电影里的女演员，她只要一开口，就能把英语每个音发清楚。

我们游戏节目进入高潮时，我按他们的要求做得不错。你以为美国人对这些要求好像习惯了并不介意，其实不然。那个戴着耳机拿着场记板的人在场时似乎就很害羞。他提的那种要求，或什么莫名其妙东西，让我们觉得自己好像在恋爱。当时，我们三个女的要一起上台。他暗示我们："要想演得精彩些，你们能不能……"他结结巴巴，然后直言不讳地说："你们能不能用身体表演一下？也就是说，能不能卖点风骚？扭着走一圈。"听了他的话，我们都笑了。但我们照做了。我扭得还不错。他让我停下，甚至把手搭在我的肩膀上冲其他人大声说："对，就这样。照陈太太的样子走场。"

你看，我会演戏。表演对我来说很自然。我也觉得很好玩。可是，当他们开始和我们聊天，盘问我们姓名、住址等诸如此类的问题时，我察觉到他们相互挤了挤眼。他们问我时，我对答如流而且还蹦蹦跳跳，反正知道自己没被看上。可能我说的话太多了。我甚至还拿主持人取笑，但没提他的名字。我笑话他休息时吻了女主持人。我笑他们俩在导演正忙着跟着摄像机转时消失了，回来时两人谁也没看谁地吻了一下，两人嘴唇周围的妆都毁了。我没瞎编。我一眼就知道他们做了不该做的事。

丈夫讽刺我说，这就是我所期望看到的事。他在美国经营工作餐生意，没开饭馆。他觉得，在美国靠纸灯笼、瓷汤碗诸如此类的东西开越南餐馆，就好像马戏团里受驯过的大象在做拙劣的表演。他知道，那是用异国情调作招牌装样子。他绝不那样做生意。他要为机关或医院、学校、飞机、大型会议提供工作餐。他是个非常出色的商人。他也很欣赏美国这个地方，因为这个地方能让他这样的人成功。但他对我所喜欢的美国东西不屑一顾。他说，你早就该知道美国游戏节目不会找一个有你这样脸和声音的女人参加。

然而，有些情况下，我可以证明他错了。我的证据就是，他和我已到达美丽的巴亚尔塔港，登上瓦拉尔塔五星级假日酒店的电梯。我们将在这里度过开心的四天三夜，让看到"让我们生意兴隆吧"这几个字的观众们明白这次奖项的价值。他们羡慕地发出长长的赞叹声。我清楚，他们是被指示这么做的。节目中获奖者也被告知要装出又蹦又跳的样子。我的确看过那些人的作秀。每当有人赢了一个电咖啡壶和一盏床头灯时，下面就会发出一声赞叹。但事情过后，人人都笑自己出洋相。人们不过是积极参与这个充满娱乐活动的美好世界。每天早上咖啡从赢来的咖啡壶的过滤纸里滴滴答答流出来时，你会觉得咖啡是那么好喝，这时你就会由衷地赞叹一声。当关上所有的灯，只留下床头灯时，你会望着床头各种各样灯影，转过身来对丈夫说："快看！多好看啊！"然后你再说："是我赢的。我们一分钱没花就得到了这些。"这趟旅行也应该让人发出一声赞叹，因为是我赢来的。

就这样，我和丈夫上了十楼，进到自己的房间，对面墙上的玻璃门敞开着，窗户上的白纱帘在风中呼啦啦地飘动。走到阳台，这里景色宜人，海平线清晰可见，远处的班德拉海湾绿如碧玉，左侧是弯如钩的沙滩，所有的饭店都挤在那儿了。遥看远处，城里的红瓦顶和椰子树连成一片，大山从城后耸起，树木布满山岗。漂亮极了。我曾经见到、但当时没仔细观察的黄带子，大约有七十五米宽，正沿着海滩伸展开来。我猜，这肯定是在飞机上看见的那条穿过崇山峻岭的大河，流到这里汇入大海。河水里满是泥沙和丛林里的树叶。如果你想象一下山水拥抱着海滩的景象，一定会觉得非常浪漫。可在我丈夫眼里，海湾里不过是一片浑浊的水，看不出里边有什么浪漫的情调。他只是摇了摇头。

"看！"我指着飞过我们十层楼的五六只鹈鹕叫道。它们在空中离我们非常近。我看见它们脖子向下弯，美丽而又软塌塌的下颚有点往里缩，还看见了它们的眼睛。我又说了声："看呀！文哥。"这些鹈鹕围着我们绕了一圈，然后飞走了。

我们住在路易斯安那州的新奥尔良。虽然鹈鹕是州鸟，但我们在那里从未见过。可在这儿，六只鹈鹕就近在咫尺。文哥只是点点头，靠在阳台的栏杆上，胳膊一动不动。这时我特别想把手搭在他肩膀上。我能看出他心事重重，知道他心里头总有些东西让他跟自己过不去。商人的脑子永远不能歇一歇。我是怎么知道的呢？我见他正唉声叹气。他叹气的原因当然不是商人在巴亚尔塔港这个地方做得不怎么样，想让他们把机场弄整齐有序点，路修好点，通往饭店的马路两旁弄漂亮点，让海滩洁白无瑕，让大海碧绿荡漾。那我丈夫为什么唉声叹气？即使他抱着胳膊说："他们应把这个地方弄好点。"我对他的了解也只停留在表面上。

我恨不得提醒他，这趟度假是不花钱白赚的。但我不想让他找茬贬低我所做的一切。我真想抬起手来搭在他的肩膀上搂着他，可我丈夫是个很传统的人，他更喜欢先主动抚摸我。所以我听完他的话后只是点点头。他批评得没错。我们俩现在都低头望着阳光下闪闪发光的游泳池，觉得脸让太阳晒得发烫。于是，我们快速跑到楼下，趴在那些红的、绿的、白的气垫上在游泳池里打水漂。游泳池周围长满了开着黄花的扶桑、大叶草、喜林芋和叶子花。我丈夫划过来对我说："游泳池还挺不错的。管理得也很好。水很干净，没放那么多漂白粉。"说完，他又自顾自地划走了。我真想让他拥抱我一下。他是我的好男人。我想让他亲口对我说，我干得不错，他已经开始享受这趟假日游了。只因我自己顾虑过多，总觉得有点不好意思。他就是这个样子。其实，娶了我这个善于察言观色的女人是他的福气。

我开始四处张望，另外三对夫妇引起了我的注意。他们都是美国人。我一看他们的脸，他们的站姿，那松松垮垮、没个站相的样子就知道。他们好像不时得有什么人告诉他们站直才行。这里边还有许多值得观察。我发现，他们似乎都是游戏节目的中奖人。他们彼此不认识，但我认出了他们。真的，这一点也不让我觉得奇怪。长期以来，几乎所有游戏节目大奖都是在巴亚尔塔港美丽的瓦拉尔塔五星假日酒店度过愉快的四天三夜，我早就预料到，酒店里住满了游戏节目的中奖人。所以一看到游泳池边上这三对夫妇，我马上就知道他们是干什么的。不用说，每对夫妇中至少有一人很兴奋，这个人通常是有着动人脸蛋的妻子。而我确实看见他们中一个女的意外地看见丈夫从泳池吧带给她饮料时，高兴得又蹦又跳。

他们彼此还不认识，而我早已认识他们了。他们分散在泳池的各个角落。我一边轮流地划到他们附近，一边暗自玩起了一个小游戏，想猜出他们参加的是哪个节目。一个女的穿着两件式黑色泳衣，首饰没摘下来，戴着一对镶银的土耳其玉耳环，配着一条粗项链，甚至在泳装的胸罩上还别着一枚金属胸花。她大概有五十岁了，但希望自己显得像三十多岁，头发染成金黄色，颜色太浅了，在阳光照射下，看起来几乎和她的银饰颜色差不多。我很容易就把她归为参加了猜字谜的节目。这不仅仅是因为我看见她在折叠得紧紧的报纸上解字谜，还有她解谜时露出的安然自得的笑容，以及她手上拿的墨水笔。

离她不远的是一对年轻夫妇。就是那个见了饮料高兴得又蹦又跳的女人。我看见她微笑着用眼睛扫了圈游泳池。但她在躺椅上躺下去时，我从她那双布满皱纹的脚掌前划过，知道这对夫妇肯定在商场里逛过几百里。我想，她参加的一定是个猜价节目。

接着我又漂到游泳池宽敞的另一侧。我从一个美国男子身旁漂过，看见他正非常耐心地和一个套着游泳圈的墨西哥小女孩玩。小孩的父亲正站在水里几米远的地方。小女孩可以从她父亲那儿游到那个美国人那儿，然后再欢快地游回来。那个美国人是个大嗓门，却非常温柔地鼓励着小女孩。女孩的父亲很高兴，但有点紧张。那个美国人笑声朗朗，长着两撇金黄色的八字胡，脖子上还挂着一块身份识别牌。他的头发蓬松，不可能是个新兵，而且可能已四十出头了。从他的年龄和身份牌来看，我知道这是参加过越战的退役军人，属于那些不能、也不愿忘掉那段经历的人。我意识到他老婆参加的是游戏节目。她正坐在躺椅上看书。我认出她是退役军人的老婆，是因为他嗓门一变大，这个女人就瞪他几眼。只听他又亮开了嗓子喊道："游啊！小家伙，游到你爸爸那儿去！"他老婆放下书，歪着脑袋，眼睛和嘴巴露出的表情让人有点猜不透。那表情让人觉得她很爱这个人，但这个人又老惹她生气，爱和恨各占一半，只能对他表现出得过且过的平和态度。也许只是想找到平衡吧。

我朝文哥那边望去，他还漂着，但看不见他的肚子，似乎他要从浮板慢慢沉下去。我不知道他是否舒服，是否需要过去帮他调整一下漂浮的姿势。我想，让他漂着，再慢慢下沉，也许他最终会扎下去凉快凉快，然后舒服地调整自己，也许就会更喜欢这个地方。他要是扎下去上不来，肯定又会激起他的犟脾气，还有商人的那种挑剔，又会批评那些只提供浮板而不提供气垫床的服务人员。最后，这点烦恼会让他在剩下的假日里都快乐不起来。我的这两种假设都可能发生。所以，看见他一动不动，我便把浮板慢慢转过来不理他，回头看着那个手里拿着书的女人，猜测她参加的是快速抢答节目。

可后来才知道，我对这三对游客的猜测，有两对猜错了。戴首饰的那个女的赢的是猜价格赛。那个活泼的少妇原来是个猜字谜高手。直到这三位女游客各自泡在池边热澡盆里享受了一阵后，我才搞清楚她们的来历。她们一个接一个地漂过我身边，礼节性地冲生人点点头，说了一声你好。我不想失去听她们闲聊的机会，于是，也从游泳池里出来，把泳装往上提了提，看到自己还那么苗条颇感得意，唯一不足的是胸脯有点平。我朝热水池走去。一个肤色黝黑的墨西哥美女走在我前面，先踏上热澡池的台阶。她穿着小得不能再小的两件式泳装，走起路来泳装就显得更小了，泳裤拧成一条，嵌进她那可爱的屁股沟里,几乎变成了绳式比基尼。那三位美国女人撩起眼皮,然后目光像水里的热气一样转了过去。墨西哥女人躺在水里,另外三个女人对她故意卖弄风骚不屑一顾。她们挪了挪,彼此靠得更近了。

我进到热水池,在她们和这个墨西哥女人中间坐下来,她们谁都没瞧我一眼。那个墨西哥女人仰头靠着,闭着眼睛,好像世界上最英俊的情人在问她能否亲一亲她的脖子。那几个美国人都怕她能听懂英语,所以谁也没把自己的想法说出来,但至少她的出现打破了她们之间的僵局。

那位被我定为购物狂的活泼女人第一个开口了。她看着另外两个人,说道:"嘿,你们看上去和这个小老太太一样,都是从那条边界过来的吧?"

我看了看那个墨西哥女人,她一动不动,可能仍在不断地和情人鬼混或跟什么人接吻呢。我在她们中间简直就像不存在似的。虽然我对此并不感到别扭,但我还是朝着游泳池那边张望。每遇到这样时刻,文哥的那种丁是丁卯是卯的商人眼神会给我某种宽慰。在我眼里,他似乎总能把所有事情看透。我想象自己和他一起站在山上,能活得很超脱。

不过这只是一刹那的事情。我回过头,她们都在因刚才那句话咯咯大笑,那位退役军人老婆还用手捂着嘴,好像这句话让她觉得有点不好意思。戴首饰的说道:"听起来,你家离边界好像很远。是从得克萨斯州来的吗?"

"是从路易斯安那州来的。"活蹦乱跳的女人说。出于条件反射,我往热澡池里缩了缩。她接着又说:"不是新奥尔良,要更往北一点。那里才是美国真正的南方。"

戴首饰的问道:"你周二不忏悔做礼拜吗?"

"不,亲爱的。只有有罪的人才去。"说着,她把目光转向那个墨西哥女人,另外两个人的目光也随着她转了过去。那个参加快速抢答的女人是最后一个转过去的,但她第一个把目光移开。当她把目光移开时,看到了我,似乎吓了一跳,好像之前没注意到我似的。也许她确实没注意。也许我泡在水里只露下巴颏儿的缘故,还有可能让人觉得我只剩下个脑袋在热澡池里漂来漂去。我对她笑了笑,好像她是照相机上的小红灯。

"我敢打赌,你是从加利福尼亚来的。"路易斯安那州北部来的对戴首饰的女士说。

"明尼苏达州来的,"另一个说,"不是明尼阿波利斯。我来自北方。我们那里住着真正的美国北方人。"

大家都笑了。我只想往下沉,可再没有可淹的部位了。我不想在热澡池里待下去,可还想听她们讲如何发现游戏节目中的秘密。幸运的是,无地自容的感觉一刹那过去了。从路易斯安那州北部来的问从明尼苏达来的是怎么到墨西哥来的。她一定是想让那些女士知道她是游戏节目的获奖者。但明尼苏达女士先抢到了机会。她宣布自己赢得了《价格正确》比赛的大奖,而北路易斯安那女士激动得活蹦乱跳,大声叫道,她在《好运之轮》节目中取得胜利。我噘着嘴发现自己猜错了两个人。这时第三个女士终于开口了。她说,她赢了《快速抢答》大奖。我当时差点没淹死在热水池里,这三人因暴露了自己的来历兴奋得又蹦又跳,热浪扑到我的脸上,溅到我的鼻子里,又灌进我的嘴和眼睛里。

我很高兴没有人注意到我。趁其他人七嘴八舌地抢着说话,我站起来,悄悄喘了口气。那个墨西哥女人在看我,我冲她点点头,告诉她我没事。她鄙视地瞟了她们一眼,闭上眼睛,然后又把脑袋向后靠。这次她微微把脑袋偏向一边,好像要让她的情人吻一个新地方,耳朵下面那个地方。我准备从热澡池里出来,躲开这些闹哄哄的人,但我停了一会儿,望着这位墨西哥女士,她的身体是那么放松,对待性接触是那么轻松。

没过多久,我就和文哥沿着海边在散步。我心里想着的是那位墨西哥女士,而不是那些参加游戏节目的美国人。我知道自己把她们简单化了。其实她们和我们一样,都很复杂,尽管她们尽量表现得很单纯。但此时她们让我觉得没劲。我想起那位墨西哥女士,希望自己也能拉着文哥的手。我做这么点事还犹豫不决,也许显得很愚昧。其实我很聪明,也很现代。文哥从来没对我说过,逛海滩不许和他亲密,不能牵他的手。其实是我脑子里有股非常强的力量阻止自己这样做。这股力量让路易斯安那州北部来的女士和明尼苏达州来的女士想说什么就说什么,想怎么打扮就怎么打扮。有了这股强大的力量让人想干什么就干什么。她们在这些事情上从不压抑自己。即使她们能意识到,也想有所克制,但我怀疑她们是否真能改变。我在另一个国家和另一种文化中生活了二十年。那个国家的文化传统塑造了女人和男人应是什么样的。你不会因为心里想着为什么不,就把那些束缚丢在一边。没有人有如此强大的意志。你只能等待。事物变化必须从内心开始。

就像文哥。他在海滩与我并肩散步,海浪在我们脚下哗哗作响,不时地冲上来舔着我们的脚心,头顶上阳光明媚,蓝天如洗,站在海湾远眺,还能看见远处电光闪烁,山峦消失在黑灰的天空中。这边阳光明媚的海滨和那边风雨交加的山区形成鲜明的对比。这该是多么浪漫啊!可文哥的眼睛看不到这些东西。他又在开始琢磨三角洲航空公司,或超级圆顶体育馆,或希尔顿饭店,惦记着五百份鸡肉套餐、一千个瑞典肉丸子。我们前面,一个男的穿着降落伞的安全套从海滩上飞起来了,一条保险绳拴在海湾的一只快艇上,绳子紧绷绷的,他被提到了半空中。我止住脚步,看着他飞向天空。文哥意识到我在看什么,也停了下来,随着我的目光往天上看,但什么都没看出来,只听他说:"我们回去后,你能提醒我给尼克森打电话吗?他们要召开大型工程研讨会。"

"好吧。"我说,眼睛仍盯着降落伞下的那个人,他在蓝天上变得越来越小。我想这可能是我喜欢做的。飞起来在他们头顶上荡来荡去。

"你能记住吗?"文哥看见我答应时眼睛仍望着别处,问道。他这么问并不是说他生气了,而是我在这方面对他来说很重要。他得靠着我。因为我记性好。

我垂下眼皮,他看着我,那张脸上带着渴望的表情,几乎像个孩子。他有时对自己所干的工作似乎真的喜欢。我为此感到高兴。我说:"我忘不了。你是知道的,我的脑袋像大象。"

文哥听到这话终于笑了。其实这相同的话对他说过很多次了,每次都能引他发笑。只要他高兴，我也会总是笑嘻嘻的。我正笑着，一个墨西哥女孩出现在文哥身旁。她两个肩膀上趴着蜥蜴，脑袋上还顶着一个大大的。

"想和蜥蜴照个相吗？"她问道，"很便宜。"

文哥看着她，倒退了几步，我想他可能被趴在姑娘身上的绿色家伙们吓着了。他连忙对那姑娘说："不，谢谢。"

"就像拍电影一样。"姑娘说。

文哥问道："你有相机吗？"姑娘耸了耸肩，然后看看我，我猜她是看见我正提着个能装下相机的手包。文哥对她说："你应该有照相机。如果想赚钱，就应该自己拿着照相机给别人照，明白吗？"

我觉得姑娘根本没听明白。即使听明白了，她也不会投资买台照相机来招揽顾客，因此文哥的提议没什么价值。于是，我对文哥说："她一次拿不出那么多的钱来买照相机。"

文哥点了点头，叹了一口气说："哎，她成功不了。"

我心想，这个女孩肯定认为我们俩有点神经病。于是她走开了。我又回到文哥身边，继续散步。他叨咕了一句："鬣蜥。"

我对他说："你知道为什么要和鬣蜥照相吗？"

他摇了摇头说："不知道。"

我解释说："巴亚尔塔港是个非常浪漫的地方，和鬣蜥有关系。"

我知道的东西有时让他感到吃惊，通常都是我告诉他一些轶事。这和他不接受美国文化有关。但他这个人天生好奇。这次询问也只不过是他好奇而已。他转过脸来看着我，准确地说，是完全转过脸来对着我，试图在说，他对这并不感兴趣，即便如此，我最好还是告诉他怎么回事。每次遇到这种情形,我一般不会马上告诉他。我故意不看他的眼神。我偏要他问我。在我成长的文化环境里,女人总是用一种非常含蓄的方式来维护自尊。

"为什么?"他终于问我了。

"什么为什么?"我答道,好像忘了这码事。

"就是那个为什么,"他自信地说,"那个鬣蜥和海滩联系在一起的理由。"

"啊,原来你问这个。"我故意拖着不回答,等着他继续问。

文哥突然止住脚步。我继续走了几步,摆出一副漫不经心的样子。"加布丽埃勒!"他从后面叫住我。我停下来转过身,假装露出发现他没在我身边那种惊奇的样子。我是个温顺的妻子,所以马上往回走。当我来到他面前时,他又假装矜持,不想让人看出那么渴望听我知道的事情。他用法语喊我的名字,甚至喊我的昵称。我觉得他还没学会用英语取笑我的法国名字。"加比,他们这帮人怎么知道游客想和鬣蜥照相呀?"

"没什么。不过是哄人玩的。"

"加布丽埃勒。"他用我期待的那种声音叫住我。这种时候的我丈夫非常有魅力。别的男人可能会生气,或耍横,或不屑一顾,或开始抱怨。文哥却能温柔地表现出急切的样子,好像被弄疼的孩子,想让妈妈揉揉。他说:"那么,请告诉我怎么回事吧。"

我非得等到这时才告诉他丽兹和迪克的浪漫故事。伊丽莎白·泰勒在影片《玉女神驹》中扮演一个十分漂亮的姑娘。她在后来拍摄的《埃及艳后》中仍充满魅力。你也许认为,越南人不会欣赏那种胸脯丰满的美人。其实人们经常羡慕与自己不同的人。就拿理查德·伯顿演的电影《愤怒的回眸》和《布兰布尔·布什》来说吧，那时的理查德·伯顿和她一样有魅力。特别吸引人的是伯顿的嗓音。他的声音让所有女人都兴奋。他在《埃及艳后》中也扮演过角色。我当然从他们演过的电影开始，给文哥讲他们俩的故事。丽兹和迪克——克里奥帕特拉和安东尼——坠入了爱河。那是一九六二年，因为他们俩都已和别人结了婚，所以在整个世界才引起了轰动。一九六三年，理查德·伯顿来到巴亚尔塔港拍电影（我没告诉文哥电影的名字，这样一来，我可以先不回答他的问题，好让他继续关注我——他仍在琢磨鬣蜥的事呢）。伊丽莎白·泰勒跟他来到这个地方，租了两间房子。房子之间正好有座桥连接，桥两边是石子路。当时所有好事的人都盯着那座桥，而且还盯了好几个月。说到这儿，我看出文哥有点不耐烦了，便只好告诉他电影的名字叫《鬣蜥之夜》，电影里出现了巴亚尔塔港鬣蜥。这就是这里女孩都用它招揽生意的缘故。

　　文哥对故事的结尾有点失望。我就知道他肯定会这样。他几乎每次都这样。他皱着眉，抿着嘴，可我对他这种表情一点也不生气。我看中的正是他这点。他非常实际，觉得这些事没什么价值，或无聊，或简直不可理喻，但仍执意让我把故事讲完。他想让我说下去。还非得让我说完。我真不理解这是为什么，但我把这当作他对我的忠诚。

　　"鬣蜥。"傍晚，我在菲耶斯塔瓦拉尔塔酒店前厅又听他低声嘟囔了这个词。文哥和我有一大把免费饮料券，是从二号幕后得来的意外优惠。我们下楼来到前厅面对大海的露台。那三对参加游戏比赛的美国夫妇早已坐在那里了。这时我觉得文哥有些紧张。这些美国人正吵吵嚷嚷，打情骂俏。我马上意识到，文哥这次旅行的情趣可能会被这些人搅和没了，因为他是个喜欢安静的人。

路易斯安那州北部来的女人和她丈夫坐在酒吧里，对着前厅两手背过去靠着吧台。丈夫很年轻，毛发金黄，头发和两撇胡须的颜色浅得几乎发白，在晒得黝黑的皮肤衬托下显得更白了。我猜，这个路易斯安那州人肯定在室外工作。正在这时，我看见明尼苏达来的女人和她丈夫过来坐在我们附近小桌边过于松软的椅子上。她丈夫至少比路易斯安那州北部来的先生大三十岁，头发稀疏，银丝如雪，皮肤皱皱巴巴的，也被太阳晒得黝黑。我没见过他晒太阳，所以我猜，他们俩一定享受了特殊阳光浴。阳光浴吧能让这些客人变成这样的。

参加快速抢答的女人坐在离我们很近的桌子旁，笑着和别人聊着天。我是从她那儿听到"鼹鼱"这个词的。她可能正给那帮美国人讲我给文哥讲的故事。她的特点（我对她的判断没有错）是抢答，所以这不过是她脑海里无数故事中的一个。我也有那种相似的记忆力。我正观察她时，她丈夫走出酒吧，从我眼前过去，手里拿着两瓶饮料。他递给她一瓶，然后转身坐下。身上的T恤衫印着一幅越南地图，上面还有一行字："我去过，并为此自豪。"这些东西并没让我觉得惊讶，自己刚才对他军人身份牌的判断没错。这位退役军人陷进过度松软的椅子上，想调整一下姿势，并朝我们这边看了一眼。文哥捅了捅我的胳膊肘。我知道他想走开。我没理会，仍注视着那个退伍军人。他张大眼睛冲我们这边看，然后溜到一边。明尼苏达来的美国人这时正放声大笑，对他老婆说："艾琳，我亲爱的，如今没人再把他们当回事了。这点风流事算得了什么呀？"

文哥紧紧抓住我的胳膊，我挨着他，说："亲爱的，我们来这儿是享受免费饮料的，我还想再要一瓶呢。"

文哥低声说："我宁愿花钱找个安静点的地方待着。"

我答道："没那种地方。"我这话有点儿冒险，我不想让他对这次度假更反感，但又想坐在这儿观察这帮人。这和看电视差不多，好像游戏节目和肥皂剧的大杂烩。

文哥叹口气，冲我点点头，示意他不在意。他一旦卷进来，就没办法只好随我了。我带他来到一张桌子旁坐下，没挨着那三对美国夫妇，但离得也不远。文哥把椅子转过来，和他们形成一个直角，背对着他们，面对前厅尽头的叶子花盆及远处的大海。我继续细心地听他们聊天。

明尼苏达来的女人仍抱怨如今人们不把通奸当一回事。我注视着她丈夫，他似乎想要从饮料里的冰块中扒拉出点什么东西。我心想，他大概已听惯了这类谈话。最后，她抓住他的胳膊，说在座的这些人当然都应该被排除在外。路易斯安那来的女人开始大谈自己的故事。她告诉大家，因为不让主持人亲她的嘴，她是怎么被一个游戏节目开除，最后还和指导参赛者的导演发生了争论，导演说，主持人总是要吻女参赛者嘴唇的。她告诉他，亲她的嘴唇可不行，并跟他打保票，亲爱的，在她家乡可没人这么做。参加快速抢答的女人——显然她就是艾琳——笑着说，她情愿做这所谓的"倒霉事"。她真正想要的就是在节目中一展风采。她还说，这和是否愿意亲某人没关系。如果这样的事真的妨碍了她，也没什么让人失望的。

我慢慢品着服务员送来的饮料，觉得没人理会自己。我发现那个退伍军人还在不时地从远处朝我这儿张望。我不知道他是否在越南对我们很了解，因此一看见我们就认出我们是越南人。我看出他正在琢磨我和文哥是否真从越南来的。但过了一会儿，我开始有些担心他对我们的态度。我遇过越战退伍军人，有时他们会干出让人意想不到的事。他们对我们的态度似乎走向两个极端。有人觉得我们有意思，知道我们经历过那么多的磨难，但有人认为我们滑头滑脑，为人不诚实，接触我们很危险。我一直在观察他老婆。她不像其他两个美国女人那样一说起游戏节目就眉飞色舞。她对节目露出的失望表情引起我的好奇。我原以为她会对自己能在所有节目中取胜而感到骄傲。我对这个美国人的猜测其实正说明我对美国人有偏见。这个美国女人失去自尊怎么能不沮丧呢？即使她没像我那样把自己装扮成鸭子，但如果失去自尊，照样会感到沮丧的。

为了活跃聊天的气氛，从路易斯安那州北部来的女人大声说，所有参加游戏节目并中奖的美国人聚在一起真是件凑巧的大好事。那个退伍军人一听这话便转过身来对我说："你也是从美国来的吗？"

他的突然发问让我大吃一惊。我第一次看克劳德·雷恩斯演的电影《隐身人》时，曾想象过隐身术把人变没的情景，其中最恐怖的是把你带到不该去的地方，然后突然被人发现。这就是我当时的感觉。那个退伍军人是个大嗓门，在座所有人的注意力一下子便转到了我身上。当然，也转到了文哥身上。开口之前，我看了文哥一眼,看他是否愿意为我们说话。文哥瞟了退伍军人一眼,又转过头,望向大海。我面对着这帮人,努力用标准的英语回答:"是的,我们是从美国来的。我赢了《让我们生意兴隆》的比赛才有机会来到这儿。"

大家都哈哈大笑起来。我知道这是友好的笑声。其实天下所有人的笑声都是友好的。我们大家都高兴看到,这件凑巧的事一下子又扩大了范围。没人笑话我,也没人想象我打扮成鸭子的模样,更没人认为让这个亚裔女子赢得游戏节目大赛有什么荒唐。明尼苏达来的女人叫了起来,压住了所有人的笑声:"四个获奖人!太好玩了!"

那个越南老兵似乎特别高兴。我能看出,他对我们来自哪个国家仍存有疑问,但他对我们的猜测越来越有把握了。他这些想法都表现在脸上了。别人还在哈哈大笑,他没有,只微笑着对我们挤了挤眼。我能看出,他至少不是那种把越南人当作敌人的美国退伍军人。笑声渐渐停了。我观察周围人的脸色,人人都很友好。我这样谈论他们,没有对他们不尊重的意思,也并非傲慢。我的确对他们的友好态度感到宽慰,就好像他们还是小孩子,表现得出乎意料的好。

那个退伍军人问:"我能问你们从哪儿来的吗?"

我明白他的意思,但我诚心不马上透露出来。我说:"新奥尔良。"也许我当时不想暴露我和这位越南老兵之间的关系,我说话时没用眼睛看着他。我扫了其他人一眼。那个从路易斯安那州北部来的少妇听了这话,掩饰不住内心的一阵厌恶。这些人都是美国老百姓，自然有自己的局限性和偏见。这位少妇流露出的厌恶表情，并不是因为我是亚洲人，也不是因为我在游戏节目中获奖和她享受一样的权利，而是因为我是从新奥尔良来的。

那个退伍军人接着又问："我的意思是说你的原籍在哪儿。"他马上补充了一句："你不介意我的问题吧？"

我正要转过身来看着他，准备冲他笑一笑说，我不介意，只不过想让他再耐心等一会儿，然后证实他的猜测。我还没来得及说出口，便吃惊地听到文哥的声音。虽然他的声音里没有敌意，也没有愤怒，但口气非常坚定："我们来自南越共和国。但我们都是美国公民了，将来我们的孩子也是，我们孩子的孩子们都是美国公民。"

文哥替我回答这个问题不令我惊讶，但他一本正经的样子，说我们孩子、孩子的孩子们之类的倒让我大吃一惊。（按我们越南文化传统，未出生甚至刚怀上的孩子都被认定已是家庭成员了。）文哥直勾勾地看着老兵，老兵也直视着他。文哥可能想划出一条界线，像所有男人和雄性动物一样，向那个男人暗示，这是我地盘的边界——看着点，别离得太近了。然而，这个美国老兵却突然满脸堆笑，跳了起来，几步跨到我们面前，弯下腰非得要和我丈夫握手。文哥毫不犹豫地伸出手来，两眼直视着这个美国人，好像这个人需要一千份鸡肉套餐但还未决定从哪家买。

老兵说："我叫弗兰克·大卫。这是我老婆艾琳。"接着他回过头，朝老婆招手，让她过来。他老婆一脸茫然，不知是和其他人接着聊，还是到我们这儿来。然后她脸上的疑惑散去，露出了我在游泳池边看到的那种表情，确切地说，是那种又恼又爱的表情。弗兰克·大卫叫道:"亲爱的,快过来呀!"但艾琳·大卫没有马上过来,而是听着靠吧台的那对夫妇转过身喊了一声服务员,又听了一会儿明尼苏达女人跟丈夫说的悄悄话,才不慌不忙地走过来和我们握手,然后和她丈夫一起坐下。

我没注意到文哥在这种场合下露出的尴尬表情,但他的神情告诉我,他在犹豫,琢磨是赶紧躲开这两个美国人呢,还是别马上这么做呢?看他这副表情,我觉得很有意思。他稍微侧了侧身,面对着这两个美国人,但仍没把整个身子转过来。他身体仍有大半个角度对着阳台,对着阳台边有一圈叶子花的地方和大海,比这个老兵对着她老婆的角度还大得多。用这个姿态,他已清楚地表明,他还是能接受这俩美国人和我们坐在一起。他的目光没逃避他们,但也没望着我,似乎在说,瞧你,让我也掺和到这里边来了。显然,他也未觉得有什么不妥。

弗兰克·大卫说:"你能看出来吧?我去过越南。"他挑着大拇指指着自己的胸脯。我和文哥煞有介事地看了一眼他T恤衫上的字。

艾琳伸出手来,轻轻摸着丈夫从胸脯上放下来搭在椅子背上的手。这个姿势似乎在提醒丈夫,不要再说以前那些事情了。弗兰克发觉了老婆抚摸他的手,看了她一眼,刚说:"我老婆……"便止住了,掂量着该如何措辞。我估计,他想告诉我们,他老婆不喜欢他说太多往事,很明显,这件事他也同意不再提了。所以,他只说了句:"我老婆是我家的获奖者。"就没再说了。

这只是在介绍他老婆是游戏比赛的获奖者。但你能看到,弗兰克的前段话还没说完,便突然换了另一种说法,他的脸抽动了一下。他不得不往下说:"我愿意让你们获奖。"

艾琳淡淡一笑。我看了看文哥,他沉思了一下,在椅子上转了一圈,不再看大海了。他问道:"你们想喝点什么吗?"

"可口可乐,"弗兰克大声说,"我已不再喝烈性酒了。"

"你呢?"文哥微笑着对艾琳说。她看了我一眼。她在观察我脸上的表情,好像在试探和我丈夫搭话是否合适,接受他的酒水是否合乎我们国家的文化传统礼节。

我觉得自己还能明白她心里是怎么想的,正想提醒她,我们现在已经是美国新奥尔良人了,但还没开口,就看见她回过头去对文哥说:"我要白葡萄酒。"

文哥把服务员叫过来,买了饮料。弗兰克趁服务员还没回去拿饮料时,拽了拽文哥的袖子说:"我要瓶装可乐,不要罐装可乐。"

服务员冲他点点头,似乎明白了他的要求。文哥问:"你们也都不要罐装可乐?"文哥一进入商场如战场的状态时,常常就像今天这样试探他的对手,语气并不总是友好。弗兰克大声笑着告诉他,他绝对不想要罐装可乐。文哥微笑着点点头。这倒令人有点吃惊。我还真猜不出他现在是何心态。我过去常根据观察来判断别人,而且由此得出的判断往往是正确的。但今天文哥的态度让我有点琢磨不透。一般情况下,我得在他身边多观察一会儿。目前需要这样做。

饮料来了,我们聊了起来。这里有我和文哥,还有那个洋洋得意的越南老兵和他老婆艾琳。我们询问了弗兰克在哪个部队服役。

结果发现，他原来在归仁市当过直升机机械师。他给我们讲他和一个"黄油条"闹别扭的事。闹别扭的原因是，弗兰克在服役期间还得上直升机充当机枪手，而他原本只是个机械师。我逮住机会问他什么是"黄油条"。他说，"黄油条"的意思就是二等兵。但这并没有解释明白。他说的"黄油条"可能是指某个兵种，也可能是指某种军衔。他开始滔滔不绝。我坐在那儿胡猜黄油条到底什么意思，想象弗兰克·大卫来到军营食堂吃饭时，看见了黄油条，然后和黄油条吵了起来，最后发展到动手打起来，弗兰克双手使劲攥着黄油条，黄油便从他指缝间涌出来，所有人都瞠目结舌在那儿观看，并说弗兰克这次可惹麻烦了。

艾琳坐在我身边。她把椅子挪了挪，离我更近了，然后对我小声说："男人是不是都爱打仗？"

她的话让我从胡思乱想中醒过来。我看着坐在一旁的弗兰克，他正注视着我丈夫。文哥则听着他说话，身子向前倾，似乎听得津津有味。他对弗兰克说了几句话，我没听见，只见弗兰克使劲点头，接着说了些什么。我转过身对艾琳说："我丈夫不经常谈这些东西。"

"他过去也是个军人吗？"艾琳问道。

"是的，"我说，"是个好军人。他曾是空军少校。战争结束前一年，被派到西贡市政厅工作。在那儿负责城市贸易发展这类特殊任务。他们竭尽全力使国内经济有起色，而且一直努力到战争结束，目的是让人民有能力捍卫自己的生活方式。那时大家都很尊重他。"

艾琳看着她丈夫，抿着嘴说："弗兰克也是个好军人。但他想做的事太多了。他自己的确喜欢管事。"

我看了眼弗兰克，他的双手在眼前比画着，想解释自己的观点。他在谈论直升机的发动机。我说："他还是那么精力充沛。"

艾琳轻轻叹了口气，似乎半欣赏半恼火。"我只希望能让他必要时静下心来。"

我听得有点云山雾罩，但也没多问。也许我也有迷惑不解的地方。也许艾琳有些事得等我问她才会说。但我没再刨根问底。我不能看别人露出点情绪就瞎打听。我也难以掺和别人的事。我抿了几口白葡萄酒，和艾琳听着那两个男人又说了一会儿话。艾琳探身捅了一下丈夫的胳膊说："我们该走了。"

弗兰克转身看了看表，然后说一声"对"。他站起身，和我们握手——他的手大而有力，但又出奇的温柔——艾琳逐一向我们表示感谢后说，希望我们很快再见面，然后离开了。我仔细观望着他们的背影。弗兰克带着一股坚定不移的神情走在前面，好像一个经验丰富的侦查员要从这些桌子和软椅子中通过。艾琳在他后面仅两步之遥。经过时弗兰克把椅子踢到一边继续往前走，艾琳则停下来，把椅子摆好。

弗兰克走出餐饮区，停住脚步，回过头来等他老婆。等她追上他时，他朝我们靠大海这边张望。她说了一句话，他便转过身去和她一起离开就餐区。他们肩并着肩，没有拉手，尽管美国人经常手拉手。

我和文哥又在吧台那儿坐了一会儿才离开。电梯里只有我们两个。电梯刚要关上门,一对年轻夫妇进来了。女的刚做完头发,发型让人觉得她好像刚刚倒立着睡觉似的,脑袋上都是乱七八糟的卷儿和波浪。那个男的脖子粗壮。两人都穿着浴袍。他们的头发没湿,身上也没有防晒油味道。我一看就知道他们白天是在床上混的。这是对新婚夫妇。我猜,他们也是节目中奖者。他们进来时,女的还把浴袍上部敞开,露出大部分的乳沟。丈夫立刻把浴袍合上,看着我说:"她就喜欢这样。""你也是。"她说着拍了几下他的手。"好臭美的小宝贝。"他边说边要亲她的脸。她转过脸去假装生气,然后又去亲他。我眼睛看着电梯间前方。"这是新婚宴尔。"确定无疑。

我想起刚离开就餐区的弗兰克和艾琳。他们俩离开时怎么还保持着距离?他没拉她的手,她也没握着他的手。晚上夜幕降临时,我和文哥躺在一起。趁他还没发出睡着时均匀的呼吸声,我对他说:"你觉得那对夫妻怎么样?"

一阵沉默过后,文哥终于搭话了:"你在说谁?"我知道他明白我在说谁。如果真的不知道,他会马上问我的。但他没接着问,正琢磨自己说过的话,想弄明白自己怎么会接受那对美国夫妇。他这个人即使想出理由也不想现在告诉我。或许,他和我一样也没弄明白自己。我们不知道我们俩到底哪个判断准确。

"就是弗兰克和艾琳·大卫那两口子呀。"我对他说。

"噢,他俩呀。"他说完,又不说话了。

我等了一会儿,不想让他逃避话题:"你说呀!"

"说什么?"他装出迷迷糊糊的声音。我知道他没睡着。

"看起来,你对弗兰克很友好啊。"

"我很友好吗?"

"你给他们买了饮料。"

"他们在那儿也躲不过去呀。"

"你们俩说话时,我看你伸着脖子听得挺带劲。你和别的美国人没这样过。"

文哥猛地把被单撩到一边说:"但你要玩那一套,我就会很生气。"

两个人一起才能玩他的小把戏。我等了一会儿才说:"你说的是哪一套?"

"你知道我在说什么。要不是你告诉我刚才举止和眼神是什么意思,我自己根本意识不到。"

这时不知从什么地方传来了乐曲声。非常微弱。我忍不住发自内心地叹了一口气。在漆黑的屋子里,我的叹气声格外清楚,但我不知文哥是否听到了。但愿他能听到。但愿他有我这点天赋,能告诉我为什么叹气。

可是,我只听见他用盖过音乐的声音温柔地对我说:"我不是在责怪你。"

我没理他。我转过脸冲着拉门。我要敞开一扇门,好让窗帘在微风中飘动,听到外面海边传来的乐曲声。我听到小号声、吉他声,还有小提琴的声音。文哥对我说:"我不知道。"

"你不知道什么?"我问,其实我并没问对那对美国夫妇的印象。

"我不了解那个男的。"

我已不在乎他说什么了。我起身走到窗前,聆听着传过来的音乐。音乐里带着一种有点疯狂的旋律,是马里亚喀华尔兹。我拨开窗帘,走到阳台上,黑夜中遥远的海湾出现一座三角形彩灯,有红的,还有蓝的,慢慢向前移动着。我再使劲一看,才发现是艘船。甲板上灯光微微闪烁,彩轮不停地旋转。我想象人们在成双成对地跳着华尔兹,随着欢快的音乐,跳得满头大汗,相互搂得更紧了。他们在甲板上滑来滑去,皮肤上流动着彩色的灯光。

"那是什么?"文哥的声音轻轻传来,好像是站在海边和我说话似的。我甚至还能听到马拉卡的沙沙声,接着马拉卡的沙沙声渐渐退去,又传来小提琴的声音,紧接着是小号声。我望着船一直消失在大海尽头。当我溜回床上时,文哥已经睡着了。

第二天早上,我让文哥在床上酣睡。天色还早。我想让他在我给他的假期中至少享受一下睡懒觉的滋味,便披上浴袍,轻轻关上门,下楼去游泳池。躺椅都还叠放着。身穿白裤的墨西哥男孩把裤腿卷到膝盖正在擦地,其中一个用长杆上的网兜捞着水面漂浮的杂物。我不想回到楼上,便站在那儿。晨光怡人,没完没了温柔地吻着我的额头。其中一个男孩发现了我,朝我鞠了一躬,然后把一把躺椅打开,打着手势让我过来。我对他道了一声谢,伸直身子躺下去,回头向上望着宾馆的正面,想认出哪一个阳台是我们的。但我控制住自己没那样做。我是希望看到文哥正向我这里张望吗?不知为什么这小小的欲望让我对自己有点生气。我闭上眼睛,想起昨晚海湾游弋的游船,觉得更生气了。这让我有点吃惊,但愿我能超越自己，反省自己。也许，我还能觉察到一些事情，能给自己一点提示，明白自己当时的感受。我闭着眼睛，脑海里闪现的不过是弱不禁风的灯光造型。正在这时，一个女人的声音传了过来："我能坐在您旁边吗？"

我睁开眼睛，原来是艾琳·大卫。"当然可以。"我说着站起身来，帮她把一把躺椅放在我旁边。我又坐下去，注意到她脱掉了睡袍，只穿着一件式泳装。她身材不错，是美国人喜欢的那种女人的身材，不过身上的肉有点松弛。这是我对她的第一印象。当她细心地叠好睡袍，把它放进脚边的帆布袋时，我才看出她屁股有点过大，上面还布满麻坑，用电视广告的话来说，"惨不忍睹的脂肪细胞"开始出现在她大腿后面。这些东西肯定也是最近几年才长出来的。她丈夫在越南时，她的身材一定特漂亮。

她坐在我旁边，冲我笑了笑说："我们都是早起的人。"

"是的，"我说，"这是改不了的习惯。"

"我喜欢清晨，"她说，"有时你会觉得世界上只有你自己。"过了一会儿，艾琳似乎听出自己的话不对劲，便把手伸向我，好像要把我可能听出来的弦外之音抢回去似的。"等等，"她说，"我这种感觉可能不超过一小时。"

我说："一小时正好。"

"我爱我丈夫。"艾琳其实无须这样来解释她刚才说的"世界上只有自己"的话。我猜，一定是两人老待在同一地方才让她这样说自己丈夫。我已见过好几次她这种眼神了。

对我来说，我可以有几种方式来回应她。我可以保持沉默，或点点头,或哼哼哈哈应付着,或以另外什么方式应付。但是,我哪种方式也没用,只说了一句:"我也爱我的丈夫。"

我这样回答让自己感到有点意外,但艾琳并没觉得有什么奇怪的。她只是点点头,然后仰面躺下,把太阳镜从额头上拉下来。我也躺下了。我们默默地躺在太阳底下睡觉。但我不想让我们的谈话以这样奇怪的方式结束。我努力和她闲聊。"你们以前来过这儿吗?"

"没来过。你呢?"

"我也没来过。"不行,这不够,我心里想。我得绞尽脑汁想办法绕回到刚才那个话题。

但不知怎么回事我的社交手段不灵了。我们俩又不吱声了。我还没想出法子和她聊下去,就听艾琳说:"瞧!那艘爱之船停下来了。"

啊,我本应该知道她在说什么。我前面说过,我喜欢美国电视剧,但一开始我以为她是在比喻或说其他什么。"什么东西?"

"电视剧,"她说,"《爱之船》。它永远停靠在巴亚尔塔港。"

我笑着说:"当然啦。"

"加布丽埃勒,你相信浪漫爱情吗?"

我扭过头来望着她。噢,我还真没想过这个话题,尽管如此,我还是想点什么。事实上,我很好奇从自己嘴里能蹦出什么话,就好像我正坐在自己身后的椅子上偷听似的。这种感觉可真有点怪。"浪漫爱情?"我问道:"我不清楚。反正我没有。没那么容易碰上。二十岁以上的人都不会再有浪漫了。"

艾琳若有所思地重复着我说的词:"那么容易。"我心里也在琢磨着这个词。就比如《爱之船》里的浪漫情景吧。除此以外,电视剧里还有好多其他东西轻易就能让我掉泪。我经常对着电话公司的广告抽泣:拿起电话,两个恋人海誓山盟,约定要相亲相爱至永远。听起来真容易。但我知道,对艾琳和弗兰克来说并不容易。

"从来没那么容易。"她又说了一遍,语气十分肯定,好像这变成了她此刻的想法。

我这个浪漫爱情不容易碰上的结论下得有点草率了。于是,我闭上嘴不再瞎说。艾琳又对我说:"你知道吗?巴亚尔塔港是个非常浪漫的地方。"

"是吗?"

"他们在这儿拍过电影。"

"《鬣蜥之夜》,"我说,"我全都知道。"

"对他们来说也不容易。"

"丽兹和迪克吗?"

"对,就是他们俩。对他们来说也不容易呀。"她说着托起太阳镜,转过头来目不转睛地看着我。

"你说得完全正确。"我说。

"残破的电影布景还留在那儿。就在米斯马洛亚海滩附近,"艾琳坐起来说,"我们为什么不去看看?"

"就咱们俩吗?"我问道,还没想好自己到底要干什么。

艾琳扬了扬眉,紧闭双唇,没马上说出自己的打算。终于,她脸上的表情松下来,重新戴上太阳镜。"我们尽可能带上他们。"

"难道我们想要的就是这个吗？"

她躺下来，思考了一下这个问题。我深感震撼，这多么奇怪啊，我们对待男人的方式竟然一模一样！这就是我完全没有明白的地方。这就是我昨晚在一片漆黑中问文哥对弗兰克印象的原因。我这个女人不接受那种"男人就是男人，天下男人都一样"的观点。

艾琳说："当然。这正是我们想要的，不是吗？他们是我们的丈夫。和我们的人生伴侣到处走走，难道不是件很惬意的事吗？"

"那当然了。"我应声道，但心里并没有被她说服。我们俩都不再提这个话题了。艾琳也没再说下去了。我们沐浴在墨西哥的阳光下，各自美美地享受了好一会儿。又过了好长一段时间。我甚至睡着了，突然被眼前掠过的红中带黄的大鸟惊醒了。我眨了一下眼睛，鸟儿已经飞走。我侧过身来蜷缩在躺椅上——我已经换成了平常睡觉的姿势。我坐了起来，望着大鸟飞走的方向，原来那是其中一个帆船手，他被绳子提得越来越高，正转身冲向大海。我看了看表，发现已经近两个小时过去了。

艾琳似乎看出我的心思，对我说："你睡得可真够死的。"

我觉得自己的头变得好大，脑袋里的东西简直装不下，威胁着要从眼眶里挤出来似的。我转过头来看着艾琳。她躺椅的后部已经竖起来，她坐在那儿，戴着草帽遮住脸，手里拿着本《名人》杂志。她说："你没看见非常有趣的一幕。"

"什么？"

"我们的男人显然在前厅碰到了一起。半个小时前，他们从这里经过，还和我摆摆手，继续朝海滩那边走了。"

我揉了揉太阳穴，使劲想明白她在说什么。越南人会通过几个方式来搞笑。有时很含蓄（这也许是中国文化对我们的影响，虽然我们不愿意接受这个事实）。但有时又很直率。没错。美国人也是自相矛盾的。所有民族都是自相矛盾的。我不想批评自己的新国家，但不管怎样，时而含蓄，时而直率，也许对我们这种人来说，还没那么惹人讨厌，那种时而容忍时而刻薄的人才更让人烦呢。

我越南式的直率劲儿突然让我不再揉太阳穴了。我靠近艾琳，对她说："快告诉我。你知道我们俩的男人一下子又能和睦相处的原因吗？弗兰克对文哥怎么看？"

艾琳摇了摇头，似乎要使劲掏出耳朵眼里塞着的东西。她说话的声音有点尖，甚至还带些烦躁。"我丈夫可从未说过越南人的坏话。当然，他恨越共，但他知道越南人之间的区别。"

"当然。"我肯定地说，好像自己早就知道这点似的。也许我真的知道。有一点我很确信，那不是我真正所指，尽管我也说不出自己真正所指的是什么。

"你丈夫呢？"艾琳的声音尖利，"他对弗兰克怎么看？"

我又往她身边挪了挪，对她露出最热情的笑容。"和您丈夫一样，他知道怎么去看一个人。"

用这种话去安慰艾琳受伤的心灵，消除我们之间的误会可没那么容易。我们之间谈话的结果就是这样。我和她在相互理解上做得都不怎么样，但这会儿我们至少还能相互微笑。她说："你现在想去找他们吗？也许我们可以带他们乘出租车去看拍电影的地方。"

"好啊。"我说了一句。于是，我们俩收拾好各自的东西，沿着游泳池走过热水池下了石台阶,来到了海滩。谢天谢地!好在其他游戏节目的获奖人还没起床,这让我松了一口气。

我们一出来,身穿白衣、头戴草帽的小商贩们马上围住了我们。他们中有卖白衣服的,还有卖草帽的。在乱哄哄的人群中,我看见了肩扛鬣蜥的女孩。艾琳和我一边说着"不,谢谢",一边挤出人群。接着,我们俩开始四处张望。我们在附近都没找到自己的男人。这时我们面前出现一片水洼。我们俩二话没说便蹚过了湿乎乎的沙坑,朝海边走去。

从我们这里看,海湾显得非常开阔。我思忖着昨晚听到的音乐在这里是否会更大声。我思忖着要是昨晚那艘船开走时我和文哥都在这个地方会如何。他会不会只问一句那是什么?他会不会将我搂在怀里在沙滩上跳华尔兹?但我脑子马上清醒了过来。噢,这不过是自己眼前一闪而过的"容易"的浪漫情景。我那时还想起了肥皂剧。剧里的情节让浪漫故事发展得那么艰难。这是我从美国电视剧里发现的另一种自相矛盾现象。我们到底相信哪个浪漫故事是真的呢?爱之船靠岸了,人人都得到了想要的东西,但是第二天的电视连续剧《地球照转》剧情总是带来更多的灾难。

"我看见他们了!"艾琳叫道。

她没得说错。两个男人在我们左侧正沿着海边散步呢。他们肩并肩沿海边走着,但没朝着我们这边走过。我丈夫倒背着手,就像商务会议中间休息时那样踱着方步。他穿着专为这次旅行买的一条黄褐色的百慕大短裤和一件巴基斯坦进口的红色粗纺衬衫。弗兰克·大卫是一身黑——一开始我没有认出来,直到发现他衣服的颜色让百慕大短裤也变成了黑色——他正挥动着两条胳膊,比画着。我们听不见一个字,只看到他的双手举过肩膀,张开后又放了下来。

"我知道又在说那件事,"艾琳叹了口气,"归仁一个弹药库爆炸的事。"

"我希望没伤着人。"

"我丈夫当时表现得很英勇。我能理解他。"艾琳转过身来对我说,"听着,加布丽埃勒,如果我刚才那个样子让人觉得我在跟谁生气的话,实在有点不好意思。"

"生气?"

"就是你问我们丈夫相处怎么样的时候。"

此刻,我希望当时我能更直截了当一点,这样就能使我们俩更好地理解自己男人的心理。我没想过那样做是否有必要。我们俩当然也不可能预料到这两个男人之间后来发生的事。不管怎样,我没有急着下结论,只不过说了一句:"没关系,艾琳。没事。"于是,我们俩一起到海边去找自己的丈夫。

这两个男人转过身朝着我们方向走了过来,继续一边走,一边讨论。我们终于和他们会合了。艾琳叫了一声弗兰克。这两个男人抬起头来看我们站在他们面前,吓了一大跳。就在这时,几个墨西哥年轻人冲着我们大喊大叫,从海滩远处向我们招手。我们跟着墨西哥人的目光往天上看,见一叶风帆摇晃着离开了海湾,随后又越过了海滩。一个年轻人一吹口哨,那个吊在帆下面的人便开始伸手抓住头顶上右边的绳子往下拉。风帆开始向右靠,与我们和海滩形成直角，然后快速落了下来。这时我听到弗兰克在问："你原来在空军干过，对吗？"文哥哼了一声，说："是的。"我当时并没盯着他们，而是一直望着那个降落伞，就是那个红黄颜色的大勺子。那个降落伞被风吹得鼓鼓的，带着一个人从天而降。我开始跃跃欲试，心想，我也能玩玩这个。

接着又听到一声哨响，伞下的那个人松开绳子，快速落了下来。周围一帮年轻人跑上前去，跳着脚去够绳子。滑翔人落地后又向前跑了几步。滑翔伞在他后面被拖得皱成一团。

"嘿，你们！"艾琳喊道，"你们！"

有那么一会儿，我以为她是在和那些墨西哥小伙子说话，她也想上天。可我看了看，她已经把我们丈夫的注意力转移到她身上，然后说道："我和加布丽埃勒想做点事。要大家一起做。"

弗兰克叫道："好啊！"

文哥只是看着我，眼里闪过一丝责怪。他讨厌我这样让他措手不及。我应该先私下和他商量的。我理解他。他是个航空兵，永远是一切准备好才干的。做成功的商人也是如此。我做了个鬼脸，接着又给他来个飞吻。他呵呵笑了，假装没生气。说实在的，我根本不在乎他生气不生气。我忍不住偷偷望着那帮墨西哥人和滑翔伞。我知道此刻看到任何人坐上滑翔伞都会很沮丧。滑翔的那个人应该是我。我想要飞几分钟，飞到海湾上的蓝天，越过城市，离这一切远远的。

"加布丽埃勒，你同意吗？"艾琳的声音把我又拉回了眼前。她意味深长地望着我，好像这事得我来做决定。

"当然。"我大声说道,其实还没确切明白她到底说的是什么意思。但我从她的眼神就知道,我这样做出反应是正确的。她在等着我接着说。于是,我对那些男人说:"我们走吧。我就想去那个地方看看。"

文哥说:"是你告诉我的那个地方吗?鬣蜥的故事?"

"是的,"我说,"会很有趣。"

我能从文哥的眼睛看出他有点恼火,因为他还不知道谁是丽兹和迪克。这就是他身在美国却不接受美国文化的结果。现在,我觉得该劝劝他了。他只要看我有兴趣,还是会听从。但他总是先得到他的同意才允许我做。然而,那一刻我并不想这么做。我很肯定当时自己心里就是这么想的。我那时所有的想法是:红黄色的滑翔伞正懒洋洋地躺在沙滩上,我想把它鼓起来,想让它重新充满和煦的晨风,带着我飞上天。

想到这儿,我一句话没说,便从弗兰克、艾琳和文哥眼前走过去,问那个拿着滑翔装备的墨西哥人多少钱飞一次。紧接着我付了钱,走了过去。那个男人给我套上滑翔装。一切那么出乎意料,那么迅速,所有人都没反应过来。弗兰克、艾琳和文哥站成一排,瞠目结舌地瞪着我。我还没离开,只听文哥大声吼道:"加布丽埃勒,你要干什么呀?!"艾琳突然笑了,喊了一声,那不是一个字,而是类似"乌拉"什么的。那个墨西哥人给我讲如何分辨哨声、如何操作右耳边的绳子,这时船已经移动,绳子拉紧,有人过来用手托着我,帮我升起来,他的手刚一离开,我便嗖一下子飞上了天。

我根本没回头望下面。小船径直地驶出海湾。船行驶了一阵后,我开始向下望着水面。海面平静,如塑料布般坚硬,好像我万一要是摔倒的话,还能在上面弹起来。空中飞翔的感觉棒极了。这时我意识到自己终于独来独往了。在我右边约一百米远处,一群鹈鹕朝着海滩往回飞。它们往回飞,我向外飞。风在我耳边低声鸣叫。我突然觉得,这就是我想要的那种陶醉吧。我俩的脚在下吊着,一点重量也感觉不到,如同坐上狂欢节的游车,坐在椅子上,让人们拉着到处跑。我垂着双脚,好像一个坐在高椅子上的孩子。我一点都不害怕。滑翔伞套把我套得很紧。我抓住绳子,向下望着大海,船尾的绿色波浪把山上冲下来的一片黄色污水扯成两半。

船转弯了,开始沿着海边行驶。滑翔伞带着我游荡在空中,飞得和城里最高饭店一样高。海滩边上的巴亚尔塔港是多么平静,好似墙上的壁画。我飞翔着,心里却很平静。我更像是在梦中展翅高飞,一切都是那么宁静平和。我又好像离开了自己的躯体,就像在《唐纳休访谈》[①]里一些人做的那样,所有人都误以为他们死了。我的灵魂和肉体分离了。

我回过头来远眺,看见那片海滩和海滩上的三个小人,他们仍站成一排,也许还在瞠目结舌地望着我。我转过身,松开绳子,让两只手像双脚一样垂着,风迎面扑来,身体在空中荡来荡去。我心想:"是的,我是死了,一切都那么美好。我再也不会有凡世的烦恼了。"

这种感觉一直持续到降落。其实,这次滑翔也许还不到十分

[①] 《唐纳休访谈》,1972年出现在电视屏幕上的日间谈话节目,由美国著名电视主持人菲尔·唐纳休主持。

钟，但感觉上比十分钟要长。我后来想起来还觉得有点惊奇。自己当时真的经历了快乐高兴的一刻，时间在不知不觉中过去了。我在空中一直在向前飘。船这时又转弯了，朝着相反方向驶去，我也被它甩了过来，兜了个非常优雅的大弯。如果我是大电影明星，我就会张开双手摆出优雅的姿势。我开始飞回原处，离海边越来越近了。我仅仅高出海面一点点，能清楚地看见一掠而过的游泳池和那里躺在太阳下的游客。

过了一会儿，我觉得离海岸更近了，而且还在逼近，就飘在海滩上空。我极目远眺，见船在海上往回走。船速一定是减慢了，我开始下降了。就在这时，我听到了哨声。我向前望去，已经能看见我起飞的地方了。我离那儿不远了。哨子再次执着地响了起来。我当时以为，解开靠肚子的绳子疙瘩是小菜一碟。我先得抓紧解绳子了。我必须先拉右肩上的绳子。我伸手抓住它，并按要求把它握在手里。我试着拉了一下。

坏了，绳子没有一点松动。绳子又粗又沉，拉起来很费劲。肚子上的绳疙瘩反而贴得更紧了。我开始拼命地拽绳子。绳子开始松了一点，但仍没达到要求。要顺着你耳朵往下拉，我想起了那个人说的话。我再用力拉，绳结又松动了一点。我手上的肌肉绷得紧紧的，使的劲从上传到胳膊上，又传到胳膊下，接着又传到我的腰，一直到我的大腿根。

我的身体在不断下降，还稍微摆动了一下，但我已经察觉有麻烦了。这次摆动并不大，还不能把我带到他们等我的地方。这时，我看清了弗兰克、艾琳和文哥那三张脸。他们眼睛睁得大大的，大张着嘴。我的胳膊和身体直发抖,浑身火辣辣的,完全不知道自己能否抓着绳子再坚持一会儿。墨西哥人正在海滩上跑。我看见一家饭店后面一排椰子树,此时正对着这些树直冲了过去。我离地面大约只有四层楼的高度了。我下降得非常快,就像失控的电梯。离地面只有三层楼高了。树梢都低垂着好像害怕似的,但都站在那儿不动。我离地面只有二层楼高了。

我抬起另一只胳膊,用两手抓绳子,使出九牛二虎之力,拼命地拉,然后闭上眼睛,绳子好像松了许多,感觉自己偏离了一点。正在这时,我听见脚下一个人喊道:"Caramba!"接着,我的脚便重重地落在沙子上,膝盖一弯站了起来,紧接着又被伞拉着在沙子上向前跑。先是他们的手抓住我,然后是众多的手拽住我,我终于站住了。

我开心地笑了。我睁开眼睛,哈哈大笑。我真想再回到天上,特别是看到大家都朝我冲过来,好像我刚昏过去,不省人事似的。艾琳大声问:"你没事吧?"等她跑到附近,我抬起头,看见文哥就在她旁边奔跑。他的脸是那么可爱。他的下嘴唇往上推,好像噘着嘴,像小孩听到什么坏消息后在噘嘴生气。弗兰克从艾琳另一侧也跑过来了,跑得最快,第一个冲到我的面前。

"你这个女人胆子真够大的,"弗兰克说,"一直看你在天上飞。"说着,他把那个给我解伞套的墨西哥男孩扒拉到一边,用他那双大手三下五除二地解开绳子。我马上自由了。他挎着我的胳膊,把我送到文哥面前。这时,文哥气喘吁吁地站在我面前。

"我没事,"我坚定地对他们说,"别大惊小怪的。"

文哥靠近我，小声说："你真没事？"

"没事。"我和他一样小声地说，但语气尽可能强硬。

他看着我的眼睛，点点头，然后又摇摇头说："我觉得继滑翔伞这一冒险后唯一要做的事，就是到拍电影的地方去看看。"

艾琳猛地转过脸，对文哥说："好主意。"

我不清楚这是不是我所期待的结果。他是不是觉得我这次冒险就是为了逼迫他这样做？就像我是那种稍不遂己意就威胁要伤害自己的小孩似的。他要是真这么想，那就错了。那一刻，我真想用米斯马洛亚的整趟旅程来换取再次在海上飞翔的机会。但是，这当然是不可能的。

弗兰克说："太棒了。"而我想，自己至少能有机会进一步了解这两个男人了。

我和艾琳回到各自房间，赶紧脱去泳装。我们俩简直是在用破纪录的速度，几乎同时出现在走廊。我们都不想让自己男人有时间改主意。我们俩在门厅和他们集合，然后一块儿走出饭店前门，冲着五六个穿着拖鞋和牛仔裤的人喊了一声："嘿！出租车。"文哥走在弗兰克前面一点儿，冲着排在第一位的出租司机招手，而我靠近这两个男人，觉得他们更有趣。

"道奇！"弗兰克哼了一声，我很肯定文哥没明白他在说什么。出租车开到我们面前，司机蹦了出来，他头上戴着一顶洛杉矶道奇棒球队的帽子。我是从电视里知道这种帽子的。美国很多电视连续剧里的演员都带着棒球帽，而且普遍都是道奇棒球帽，不过我最喜欢的是圣路易主教队的棒球帽，鲜艳的红色，上面两个字母交叉在一起。

司机一定是看我盯着他的帽子，才做出一件让我大吃一惊的事。他把帽子送给我了，然后打开后车门让我们上车。司机的年龄和我和文哥差不多，大概四十多岁——我能从他眼睛周围的皱纹和头上的点点白发看出来——然而，他青春活力却不减当年。

文哥对弗兰克说："弗兰克，你怎么不坐在前面？"

"嘿！少校，你的军衔比我这小兵高多了。你应坐上座。"

"我这个少校总坐在后面。"文哥答道，话里带点刺。但他随后又说："而且，你的腿可比我长多了。"

听到这儿，弗兰克哈哈大笑。文哥也开始大笑。然后，弗兰克转过身，对我们说："你们要当心这个人的后面。"

我真想再接着往下听。弗兰克是不是和我丈夫在开他俩熟悉的那些玩笑呀？我看了看文哥，他脸上一点表情都没有，只听出租车司机问："你们是美国人吗？"司机问的时候，他们的对话仍在继续。

文哥招手示意先让艾琳坐到后排座位上去，然后又示意我，最后他才上了车。弗兰克和掉转车头的出租车司机搭着话，我在拥挤的后排座位上觉得文哥紧紧贴着我。我从来没想过丈夫也是那种男人，就是那种有女人在旁边你得盯着点的男人。我清楚，他和弗兰克的玩笑是典型男人之间的玩笑，自然是开在这帮当兵的范围之内。文哥从不会让我无端怀疑他。所以，我总以一种超然的态度来观看男女私通的肥皂剧。文哥只要不工作就过来陪我。因此，他不是那种自寻欢乐的男人。他很保守。工作就是他的情人。我明白这点。有了这位工作狂丈夫，对我来说也够苦的。令我奇怪的是，自己干吗没事老琢磨弗兰克那个愚蠢的玩笑？我和文哥之间话不多，也很拘谨,所以我老盼望有一天他能牵着我的手。是不是其他女人对他更合适一点?如果他跟了别人呢?伊丽莎白·泰勒曾有丈夫,而且还是个歌手。理查德·伯顿也有老婆,尽管她没那么有名。我停止胡思乱想,又开始听其他人在颠簸的出租车里闲聊。

"你们说的是米斯马洛亚海滩吗?"司机问道,并惊愕地转过头来。他的脖子转太过了,大约有一百多度。他用疑惑的目光看着艾琳。大概是艾琳告诉他我们要去哪儿了。然后,他又看了看我。我觉得,他的脖子要会一直扭,扭成一百四十度,或一百五十度,直到看见坐在我左边的文哥。但我想我应该担心的是车况,而不是扭断脖子的这个人。这个司机根本不看路面,径直从饭店冲了出来。他说:"你们知道这是个特别的地方吗?"

"我们知道。"文哥斩钉截铁地回答。

"你们知道丽兹和迪克?"司机问。

"我们知道。"文哥立刻回答。我从他的声音听出他一点也不想再听一遍这个故事。

"知道吗?这个故事还让这个地方上了地图。那时,我还只是个浑小子,一天到晚在海滩上闲逛,不像现在这么勤奋。自从我们的瓦拉尔塔开始吸引全世界的眼球,我们也喜欢上了这个地方。"直到此时,司机的眼睛才回到路面,开上了通往机场的主干道。

车转弯时,司机不说话了。过了一会儿,弗兰克叫道:"哇!当个满海滩鬼混的少年太酷了。你还住在这样的地方。我年轻时一心就想,将来有一天能当上他妈的兵。这是另一类年轻人做的傻事。"

弗兰克扯来扯去,把话题又扯到他的军人生涯上来了。我有些惊讶，很好奇他是不是因为注意到文哥不喜欢谈论伯顿和泰勒的风流韵事才这么做。文哥接着他的话茬说："我年轻时，海滩美景和战争在同一块画布上。"

他提这些是想压弗兰克一筹。我知道，他一谈战争就会情绪激昂。我听过他和我们越南朋友谈战争的情形。他和弗兰克是不是都想回顾战争岁月？我自己是不是忽略了这段经历？他们俩都想争先恐后地谈这个话题？或许这能突显男人本能。他们用这种谈话方式让我们出租车司机插不上嘴，也让我们两个女人插不上话。

我搞不清这两个男人为什么这样。我们司机根本没听出来他们俩话里有话。司机插话说："开辟新航线是这里人们想努力完成的事。你知道吗？这就是我小时候待过的地方，死气沉沉，连上帝都不来光顾。现在墨西卡纳航空公司能在这条土道上降落 DC-3 型飞机了。这儿已变成了市中心啦。"

弗兰克坐在椅子上几乎有一半身子转过来冲着文哥问道："文，你飞过 DC-3 型飞机吗？"

"当然啦。我当飞行员时，他们用 DC-3 型飞机运兵。"

文哥说完，停了一会儿，好像让弗兰克在搭话之前喘口气。这时，艾琳巧妙地转移了话题。这可能也是她能在节目获奖的窍门。弗兰克还没开口，只听她对司机说："我们对丽兹和迪克的故事只知道个大概，告诉我们不了解的那些轶事吧。"

弗兰克一听这话赶紧缩回胳膊，又朝前望着路。我觉得文哥好像离我又远了，只听司机说道："你们见过他们待的那所房子了吗？"

"没有，"艾琳说道，"我们能看见吗？"

"当然。"司机回答说。男人为了他们的面子,一般不当人面争吵。"那房子位于金哥戈尔奇。有钱人知道房子的故事后,都聚集到那个地方。雷纳德·伯恩斯坦,你们知道这个乐队指挥吗?"

"知道,"艾琳说,"你认识他吗?"

"是的,夫人。我喜欢好听的音乐。我在你们国家待了三年,住在洛杉矶。这就是为什么我的英语说得和你们一样好。我整天听收音机,听好听的音乐。"司机像乐队指挥一样举起一只手,唱了起来:"哒,哒,哒,当。"《贝多芬第五交响曲》的开头,是上星期每日双重广播提示节目中"危险"的插曲。司机紧接着又说:"不过别担心,我只是个普通人。在洛杉矶我更喜欢大众音乐。"

"还有谁住在金哥戈尔奇?"艾琳问。我猜她是怕司机扯得太远,那两个男人又开始瞎聊。我倒不在乎他们聊。我想让他们相互沟通一下,尽管觉得这两人都不说话也挺有意思的。他们都望着窗外,但我敢肯定,他们都意识到对方的存在。

司机又继续说:"一些从英国来的老爷和贵夫人。女王还坐着游艇到这儿来拜访他们。住在巴亚尔塔港的还有一个美国大人物,我敢打赌,你们肯定都不知道。"司机停了一会儿,似乎想让我们猜一猜。

弗兰克说:"我敢打赌,肯定不是威斯特摩兰将军[①]。"

[①] 威廉·维斯特莫兰将军(1914—2005),美国最年轻的西点军校校长,空降兵出身,越南战争前期的美军驻越南总司令,用冷血的屠杀战略来对付游击战,美国人民得知后,在国内掀起反战运动,最终导致美国撤出越南。

"有没有提示?"艾琳说。

出租车司机夸张地点点头。"我告诉你们他的名字吧,要不然,实在难为你们了。他叫弥尔顿·汉斯博格。"

弗兰克惊呼:"著名的弥尔顿·汉斯博格将军也住在巴亚尔塔港吗?文,你还记得他吗?那个家伙把直升机降到土红大街中央,救出四个酒吧女,然后又飞往条顿市,救了什么空军侦察兵。"

文哥哼了一声,弗兰克哈哈大笑。司机说:"你说的一定是另一个弥尔顿·汉斯博格。"

艾琳向前探着身子,对司机说:"先生,别理他。"然后她用手关节捶了一下弗兰克的肩膀。弗兰克猛地被她这么一捶,毫无愠色,似乎只是小蚊子不经意地叮了他一下。

我开始觉得自己叛离了艾琳。我就坐在后面,高兴地观察着这一切。她需要帮助。于是,我问司机:"那么,住巴亚尔塔港的那个弥尔顿·汉斯博格是谁?"

司机转过脸来,看着我和艾琳说:"3D 电影发明人呀。"

我指着司机前面的街道提醒他,这些东西也是 3D 的。他明白了我的暗示,眼睛望向前方,及时地绕过一辆慢吞吞行驶的垃圾车,车上装满了一捆捆压扁的纸箱子。司机毫不畏惧,继续说道:"这是一项非常重要的发明。我喜欢的电影是《恐怖蜡像馆》。你知道这部电影吗?"

"我知道,"我说,"但我没看过 3D 的。"

"我在洛杉矶看过这部电影。我还看过《禁地大战》。这些都是我爱看的 3D 电影。我希望将来有一天彼特·施特劳斯也能搬到巴亚尔塔港。他在《禁地大战》中担任主角。我会让他坐我的车,想去哪儿就去哪儿。他是我最喜欢的演员。你看过他演的《富人穷人》了吗?在美国电视剧里演得太棒了。那时还没用3D技术呢。彼特·施特劳斯在3D电影里更出色了。"

突然,文哥用压得很低的声音在我耳边说:"我们是不是得去看看那所房子?你的电影话题说够了没有?"

我瞟了他一眼,他看着我,头略微低下去,好像戴着眼镜,目光正从镜片上面看过来似的。每当对别人说了自知不该说的话时,他就摆出这个姿态。

"没事,"艾琳一边说,一边把手放在我的胳膊上,"我们不说这个了。"

我瞪了文哥一眼,文哥耸耸肩。"对不起,对不起,"他说,"只不过我们应该在去看电影拍摄场的途中多享受点灿烂阳光而已。"

"还没到中午呢!"我说,我可不想让他打马虎眼溜过去。

"中午?"弗兰克说道,"这海滩上有没有吃饭的地方?"

司机答道:"这儿有的是好吃的。有卖烤整鱼串的。"

"噢。"弗兰克叫道,好像听到飞机摔下来似的。

艾琳向前探身,对司机说:"你可以不去伯顿和泰勒的浪漫小屋。"

文哥赶紧说:"别,别不去,司机。"

司机马上说:"我叫埃斯特万。"

"你们这帮人是不是也和我们一样不喜欢C-口粮[①]?"弗兰克

[①] C-口粮是一种罐装预制的湿式口粮,最早是由美国陆军提出,在越南战争中也有使用。

的问题似乎是从世界的另一个地方传过来。

"你可以叫我埃斯特万。"

"我可没有要拉着你闲逛的意思。"艾琳略微侧了侧身,隔着我对文哥说。

"是我无礼地反驳了你。"文哥说,语气既绅士又很强硬,对于他这一点,我一直很欣赏。

"我们现在离那个地方很近了。"埃斯特万说道。

我也不想吃了。于是,我用坚定的口吻对司机大声说:"算了。开过去吧。"

"我们当然不喜欢C-口粮。"文哥说。

"我就知道。"弗兰克回答说。

"但还没像讨厌烤鱼串那样讨厌它。"文哥说。我当时真想用拳头捶他一下胳膊,让他反应快一点。

弗兰克大声笑道:"说得对。"

我后悔坐在后排座位的中间。我真想旁若无人地把脑袋伸出窗外,观察驶过的大街。可现在我只能越过艾琳,望着车外起伏的田野。那两个男人开始讨论军队的伙食。我们经过一个低矮的、刷得白白的竞技场,上面立着纸板模型的标志,是一些公牛的剪影。我想这一定是斗牛场。接着,我们经过棕榈树和椰子树,又经过一排商店。我一心只顾观看窗外风景。此时埃斯特万终于被我们的丈夫逼得自行闭嘴了。

我们的车转个弯,绕过矗立那里的海马雕像,开始沿着海滨行驶。路上我们看到一个画画的站在大街上兜售他的作品:画在黑绒布上的老虎、基督还有埃尔维斯·普瑞斯。我心想，文哥可别看见这些破玩意儿。这些画让我觉得很滑稽。你看，我这个人是不是有点乖张？我一看埃尔维斯·普瑞斯里的画像就倒胃口，更不想把它挂我们家墙上。这些乌七八糟的东西让我觉得太可笑了。深夜播出的电视节目经常推崇埃尔维斯·普瑞斯的脸和他的嗓子。我已看腻了他的表演。如电视剧《国王》《只有一个》《万人偶像》《被爱戴和被悼念的人》都推崇过这位歌手。你只打一个电话，告诉你的信用卡号就能买到有关他的东西。我很纳闷，美国这些玩意怎没引起我的反感呢？甚至还觉得有点安全感呢？

汽车行驶在石子路上。我们被颠得东摇西晃，男人的说话声也被颠碎了，所以，他们都闭上了嘴。过了一会儿，我们转进一条狭窄的胡同。埃斯特万对我们说："前面就是那对情人一九六三年住过的地方了。"

我们颠簸着继续向前走，一边是石头墙，右边是鳞次栉比的房子。埃斯特万又说："从这儿就能看见横跨街两边的小桥。"

果然，一座行人桥从长满玫瑰花的屋顶上伸出来，桥拱跨过石子街，落在对过的二层楼上。埃斯特万停下车，对我们说："你们想下车拍照吗？"

我觉得艾琳转向我，不过她看着的应该是文哥。她说："不下车啦。这样挺好。"

"真的有两间房子，"埃斯特万说，"左边是伊丽莎白·泰勒住过的，右边是理查德·伯顿的。全世界的眼球一连数月盯着那座桥，看着他们来来去去。"

我觉得,我和艾琳开始出洋相,丈夫们感到难堪。我们俩争先恐后地伸长脖子看那两所房子。小桥被晒成黄褐色。桥两边各有一排护栏,护栏带有一排球状栏柱。我不知自己在哪儿学的"护栏"这个英文单词:baluster。我真不记得了。如果这个词出现在单词测验节目中,我可能是唯一能答对的外国人。我自己为什么老啰唆这些小事呢?这些无关紧要的东西总能触动我的内心深处,不管是过去还是现在。现在,我对眼前的这两所房子颇感兴趣。这些微不足道的东西为什么老让我心神不定呢?有时我觉得还能明白自己的感受。我看到横跨这两间房子的小桥,觉得很伤感。小桥空空荡荡的,在蓝天的映衬下,横在那里,呼唤着有情人过来把他心爱的女人抱在怀里。可是如今,小桥上面空无一人,只有盛开的玫瑰花在微风中轻轻点头,已是一座空桥了。

"你想买这所房子吗?"埃斯特万问道,"现正在卖。很多年前,理查德·伯顿买下这所房子,把它送给丽兹·泰勒作生日礼物。你知道他花了多少钱买的这所房子?"

"哪年买的?"文哥的声音传了过来。他那商人的敏感性忽然被激起来了。

"我不知道。大概一九六四年吧?差不离,就那个时候。"

"七万五千美元。"文哥马上答道。可是现在,我心里看见的只是座空桥。为了逃避世人的视线,那个每天晚上悄悄溜过这座桥的人已经死了。

"您猜得差不多,先生。六万美元。"

文哥坐在我旁边身子往前探,我赶紧往后靠,只听他问道:

"人们现在买这房子有什么用?"

"现在房价已到一百万了。"

"啊?!"文哥惊呼起来。我不清楚这桩买卖结果能意味着什么。埃斯特万告诉我们这房子已卖了五年了,到现在还没人买。文哥听了点点头,好像一点也不觉得奇怪似的。

正在这时,一个细嫩的声音传到车里。我们都转过头,一个姑娘站在车后窗,就挨着文哥,肩膀上挎着一个花篮,手里拿着一枝黄花。花漂亮极了,大大的花瓣和白白的花心。卖花姑娘问:"买花吗?这是 Copa de oro。"

埃斯特万在车座上转过身来:"Copa de oro,你们知道是什么吗?"

"金盏花。"艾琳答道。

"完全正确,夫人。是电影里的花。"

"对,"艾琳说,"电影《鬣蜥之夜》一开头,理查德·伯顿买了一束金盏花送给苏·莱恩。"

他们俩的对话给我留下了深刻印象。这段细节我早已忘记。我真想把手从文哥眼前伸过去,把那朵花买到手。我差一点就这么做了。我的脑子命令胳膊抬起来,从丈夫身前空隙伸过去,把那枝美丽的花从小姑娘手里夺过来。此时,我记起了电影里的情形。伯顿这个嗜酒如命、被除圣职的神父,再也控制不住自己的淫欲,认为只有女人才能让他知道他还活着。电影里他就是买了这种花,金盏花,送给一位性感而美丽的姑娘。他的巴士之旅也就此在巴亚尔塔港中断了。甚至连这个身败名裂的人都知道,女人喜欢金盏花。我正准备伸胳膊去把花拿到手,只听埃斯特万问了一句:"你们想买花吗?"

但文哥和弗兰克异口同声地说:"不买。"弗兰克接着又说:"我们得去电影拍摄地了。"这两个男人真没救了。

埃斯特万把脑袋伸出窗外,和那个姑娘说了几句,显然他们之间有什么关系,至少他是故意在这个时候把游客带到这个地方来。我很肯定文哥已经看出来了。我猜他现在对自己刚才的决定可能还有点得意吧。出租车只得又上路了。我靠着文哥说:"我喜欢那枝花。"

我以前很少这样跟他说话。我的话肯定带着刺,引得文哥转过脸来望着我,似乎有点伤心。在我看来,他显然是很难过。他两个嘴角向下撇,目光变得柔和起来,我很好奇接下来他会做什么。但我们的车开始加速了。我转过头,看见那座桥的桥身变大,然后嗖的一下我们从桥下驶过去了,桥的阴影从车顶一闪而过。可是,文哥没说"等一等,我们要回去买花"。他甚至没对我说:"噢!对不起,加布丽埃勒,下次再说吧。"他完全一声不吭,尽管脸上看起来仍然很伤心。我不明白他怎么能这样?我不想理他。

出租车开始往山上爬,路变得弯弯曲曲。我们脚下开始出现穷人住的破棚子,棚顶铺着红色拱形瓦。紧接着,我们又穿行在一座座别墅中。处处是洁净的高墙,墙体用灰抹得平平的。我们驶到了富人区上面,遥望大海,真美极了,浪漫极了。即使文哥对这一切毫没感觉,可看见这美丽的景色我还是愿意依偎着我的文哥。

这里的路况很糟糕,我们只好慢速行驶,车到每个路坑前差不多都要停下来。我们就这样走走停停。一路上,我们看到两旁正在修建新的旅馆。我们还没走出一英里,就看见另一家旅馆。人们光着膀子,无精打采地待在四面敞开的一楼大厅里,透过大厅,房子结构和大海让人看得一清二楚,里面的人有的提着桶,有的拿着抹子在抹墙,还有的只站在那儿不动,高兴地在四面朝海的屋子里享受阴凉。

我终于看到旅行手册上告诉我的那个地理标志,离海滩不远处有三块巨石,它们耸立在水面上其中一块巨石搭出一个拱,好像一双长筒靴站在那里,只不过没人穿这种靴子。米斯马洛亚就在附近。我们又经过一家已建好的大饭店,接着驶下这座小山。去海滩的路是沿着一段水泥墙下去的。水泥墙连着另一座正在施工的饭店。路变得坑坑洼洼、脏乱不堪。我禁不住对文哥说:"你看!他们还在建。"我这句话权当指责满是荒草和车辙印的公路和散发着狗尿味的墙。最后我们的出租车终于在海滩后面靠边停了下来。

"到了。"埃斯特万喊了一声,然后从车里蹦出来,绕到后面给我们打开车门。我们还没下车,小商小贩就一窝蜂地围了过来。埃斯特万和他们说了几句,摆摆手让他们走了。但他们并没走远。很多小贩穿着白衣服,身上披挂着毯子和银首饰。有个男子向我们招手,让我们租他的充气船。一条浑身长癞的流浪狗在到处溜达。我赶紧把自己的注意力转到海滩上。那里的浪花不断涌上来,但我们左侧有另一条小河从山上流下来,把海浪染成黄色。

我环顾四周,心想自己犯了大错,用中国人的话说,我要在文哥面前丢脸了。他说得对。这个地方还没为游客们准备好,没能力提供我期待的那种享受。也许结果不是我想象的那样。即使这里一切尽善尽美,处处一尘不染,文哥还会从鸡蛋里挑骨头,会像看电视一样,即使再好看,也会勾起他什么烦心事。我正瞎琢磨,身后传来男人的争吵声。我转过头,看见文哥伸出一只手,好像要把弗兰克推一边似的,另一只手拿着钱包,喊道:"我来付钱!"

弗兰克吵嚷道:"少校,我已不是下等兵了。我挣得不少。"

"我知道你挣得不少,"文哥说,"但是我建议到这儿来的。"

"那么我们各付一半。"

埃斯特万看着他们俩笑,又冲着我笑,然后又冲着艾琳笑,同时扫视着那些小商贩,要他们等他把钱拿到手、开车走了再靠上前来。

文哥说:"这样吧,这次我付钱,等回去时你付。"

弗兰克刷的一下冲文哥敬了个滑稽的军礼。"是,明白,你付给这个人钱,我来保证海滩安全。"说到这儿,他转过身,就在文哥还在找零钱时,一把拎上艾琳的胳膊从我面前走过去了。艾琳一边走,一边跳了两下把鞋脱了。

文哥来到我身旁,抓着我的胳膊肘,带我走过坑洼不平的沙滩。这时,埃斯特万从背后叫住我们:"嘿,往左走。你们得蹚过河,再沿着海堤到旧码头。"

文哥转过脸来对我说:"你听明白了没有?"

我说:"我能找到目标。"

我们四人在水边停了一会儿。所有商贩还跟在身后。弗兰克和文哥在水边团结起来,他们面朝大海,一旦卖印第安人面具、墨西哥地毯、印有鬣蜥头的 T 恤衫的小商贩离我们太近,便一起用胳膊肘往外推。我被那些 T 恤衫吸引住了。何不买一件?T 恤衫上印着大鬣蜥头,我觉得穿上去会很酷。但紧接着,我开始琢磨丽兹和迪克是什么时候从 T 恤衫上消失的。这对情侣的浪漫之情不再令世人激动了,自那一刻起,不知又有多少年过去了?我所说的"激动"和夜里播放电视广告里的"激励"是一个意思。电视广告里说,埃尔维斯·普瑞斯利的事迹激励着人们,他的歌永远以三盘磁带和两盘 CD 占据市场。一想到这儿,我有点伤感,这些看起来如此重大的事情是如何变得云淡风轻的呢?甚至早在理查德·伯顿去世之前,金哥戈尔奇桥上两个恋人来回约会的浪漫就已经不存在了。

这时,我看见弗兰克走过来对我丈夫说:"我希望大家都退出。"他把声音压得很低,似乎不想让什么人听见,否则他们会生气。弗兰克的举动怪怪的,我有些纳闷,不知他在说谁。说那些小贩吗?他们几乎不会讲英语,他们也不会因为这话而动肝火。他指的也不是我和艾琳,要不然他会说"她们",而不是"大家"。

我望着文哥,看他是否也一样困惑,可看起来没有。他点点头。一定还在继续他们之前的话题。我突然非常想知道他们在谈什么。我意识到自己在整个旅途中一直心不在焉。这两个男人,用山姆·唐纳森在新闻报道里的话,有他们自己的议事日程。我往前走了几步,希望能多听点。"太太,银的!纯银的,太太,货真价实!"我冲着叫卖声挥动手臂。文哥说了句话,我还没听清就被大海淹没了,只见弗兰克冲他点点头,然后文哥说:"如果能知道谁是内奸就好了。"

"他们都是步兵。"弗兰克说。

"他们人数太多了。就像和整个民族都有仇似的。假如我们打赢了,没人会听他们胡说八道。"

我已经靠得太近了。弗兰克越过肩膀看见我,微微一笑,轻轻推了下文哥,说道:"少校,我们要离开这儿了。"

文哥也转过身来,又变回一个好丈夫,非常温柔地对我说:"加布丽埃勒,这儿真不错。阳光明媚。我愿意在这儿散步,听你讲电影故事。"

弗兰克问:"我们往哪边走?"

艾琳就在我旁边,她指着我们的左边,要趟过那条小河,经过海边一排卖吃的小摊贩,往下走到沙滩尽头,在那里再沿着郁郁葱葱小山脚下那条低矮的海堤往前走。远处,就在海岸拐弯的地方,我能看见一个破破烂烂的水泥码头,中央竖着根高高的杆子,杆子后面是两层楼高的宽大石墙。

"我看见了!"弗兰克叫道,"我们男的是不是打前哨?"

"当然啦。"我说。即使并非我的本意,但我听得出自己的话里带刺。我只是想让他们走我前面。我想要观察他们。

于是,这两个男人走在前面。我们四个人都脱下鞋,趟过小河。脚下的石头很光滑,水里满是山上冲下来的东西。我使劲跟上这两个男人。我们从一群正在往水流湍急处撒网的男孩子身边经过,文哥继续说着该由谁承担罪责:"我努力让阮文绍先生明白这点,但他是个贪婪的大笨蛋。我们瑞士银行里还有黄金储备,所以这场战争我们不会输。"弗兰克被绊了一下,文哥迅速伸出手,抓住他的胳膊肘。

"没事。"弗兰克把他的手甩开,紧接着又说,"我仍然觉得是步兵的错。他们讨厌我们的勇敢。"

我们从河里出来,腿肚子上粘着许多树叶。这时传来一阵奇妙的香味,刚才下出租车时我就闻到了,但现在才真正明白过来——一堆柴火和用柴火做饭。大概有十几个饭摊儿。看样子卖饭的已成了长期固定的摊位。用木头和铁皮搭的棚子一个接一个。一个男孩走了过来,手里拿着把木钎子,每个钎子上穿着一整条鱼。

弗兰克正要往里面走,一看见男孩就吓得往后退。"不要,谢谢,小孩。"他一板一眼地说。显然,那些鱼让他恶心。如果你还没习惯的话,那些烤鱼的样子是很可怕。四条鱼并成一排,一副目瞪口呆的样子,似乎知道自己要被杀死,然后烤熟、串起来,准备被人吃掉。火烤得它们浑身长满硬痂,有点像西贡大街上的麻风病患者。

我们接着往前走,艾琳问:"亲爱的,你们不饿吗?吃点东西怎么样?"

"不吃。"弗兰克答道。

文哥笑着看着他。这表情我见过。每当他碰到一位傻乎乎的客户时就会露出这种表情。"你不喜欢吃鱼吗?"

"我只吃放在盘子上的鱼肉。"

"你从来没像那个小孩那样钓过鱼吗?"

"我是陆地上长大的孩子,整天忙着在树上搭棚子,好存放泥做的手榴弹。"

"没钓过鱼和打过猎的男孩都没经历过真正的生与死。"文哥说。我能听出他们之间那种男子汉式的竞争又开始了。

"谁说打猎了?"弗兰克反驳道,"我能打猎。"

"你杀死的动物是不是都瞪眼瞧着你?"

"我从不杀柔弱的动物。我用枪解决问题。会用鱼钩上的小虫有什么了不起?对一个生来当步兵(grunt)的人来说,会钓鱼算什么?"

"Grunt?"

"Grunt,就是步兵。怎么?你们那儿的人不这么说?"

"我听过这个词。但我以为你是个机械师。"

文哥对弗兰克的态度开始变得生硬,这让我大吃一惊。他们的争吵会不会让度假中结下的友谊荡然无存?我怎么没想到这点?我突然又想,也许是因为我,文哥和弗兰克才合不来。昨晚我问文哥,他根本不想对我说起这个人。但这个人身上有些什么——这可能是文哥想说。只不过不想对我说。他不想让我看出他和弗兰克之间的事情。

弗兰克似乎没注意到文哥的语气,非常平静,一点也没争辩,只是解释道:"任何扛着枪、出于义愤杀生的人都是当兵的,我可杀了不少人。"

文哥似乎想继续讨论,他问:"弗兰克,你为什么这么想打仗?"

艾琳可能也在聆听他们的讨论。这背后有某些复杂的原因,显然这让她深感不安。我已完全忘记她的存在,心思全放到这两个男人身上了。但这时艾琳似乎不想再听他们谈这些事,她大声对我说,而且故意让声音压过他们的谈话。"电影拍摄地就要到了,真令人兴奋,对不对?你最后一次看《鬣蜥之夜》是什么时候?"

我一听到艾琳的声音,便赶紧把头朝她扭过去,羞愧得满脸通红。我一直没理她,觉得对不住她,是我执意和她一起来这里的,这趟旅行本来也几乎是为我们俩才安排的,我们才是最有权享受这次旅行的。

我立即告诉她最后一次看的时间,而且故意走在后面陪着她。文哥和弗兰克还在争论,但我把他们嘟嘟囔囔的声音扔到一边,把嘴和注意力给艾琳。尽管如此,我仍关心着这两个男人。他们一个穿红的,一个穿黑的,我从后面望着他们的腿。他们的腿形都很好看。走在海滩上,两个人硬邦邦的腿肚子一紧一松。

我们趟过另一条小溪,爬过海边酒吧旁边的大石头,一个接一个鱼贯而行,走在一条石头路上。艾琳继续说着我喜欢的泰勒和伯顿合演的其他电影——《埃及艳后》《孽海游龙》《春风无限恨》,还有《灵欲春宵》。这些电影见证了丽兹和迪克爱情的开始和结束,尽管此后他们的婚姻又维持了八年。但我几乎没听进去什么。我一边回头和她搭话,一边望着那两个男人,弗兰克走在前面,好像躲地雷似的,踩着路上的石头,文哥小心翼翼地跟在后面,默默地把脚放在我觉得是弗兰克踩过的地方。

穿过这条小路,我们更加小心翼翼地沿着海堤向前走。海堤非常狭窄,右边是布满石头的海滩,左边是长满荒草的堤坝。堤坝斜插着进入树林。我们摇摇晃晃地往前走,甚至连艾琳也停止说话了。刚过晌午的太阳格外热，天空和水面明亮得刺眼。我不想让自己的眼睛紧盯着文哥的后脚跟，便开始沿着坝坡往上看，眺望茂密的树林。山上的景色似曾相识。不知为什么，我虽然一直生活在城里，但这景色让我想起了越南。记得那时父母常带我去芽庄市度假，还去过几次归仁市，那里有我们许多亲戚，那里也是弗兰克服役的地方。但我没对他提这些往事。芽庄市和归仁市都位于南中国海之滨，一定也有和这里相像的地方。海面上波光粼粼，山上树林郁郁葱葱。孩提时经历的那些时刻在我心底埋藏得那么深，我记不清具体细节了。但此情此景让我的视野变得开阔，让我敞开心扉去拥抱瓦拉尔塔太平洋上的邦德拉海湾，接受《鬣蜥之夜》拍摄场地附近绿葱葱的树林。

我们穿过了林间小路。这其实不过是从山上冲下来的一条小水沟。水源处，一座即将倒塌的砖房子矗立林中。我们没停留，跟着弗兰克朝前走，直到码头中央矗立的长杆子底座才停下。长杆子约四十英尺高，搞不清它以前是干什么用的。可能是吊车的部件，或用来卸货的装置。它笔直而孤零零地站在那里，这一场景触动了我的心，让我有些发抖。码头从这里一直伸到海面上，但码头上铺的木板早已不见了，只剩下个架子张着大嘴凌驾在水面上。我转过头看见两层高台建在山坡上，像用不规则山石堆起的一面墙。

这两层高台看起来在用一种居高临下的姿态俯瞰海滨，但我们走近一看才知道，这不过是一个由山体构成的高台。我原来观察到的只是我的幻觉。假如把这面光秃秃的陡坡当作墙，这墙体材料没有任何实质性的东西。至于那两个高台嘛，它们和周围山体也没结合在一起。弗兰克爬上陡坡旁边的宽台阶，走到无路可通的地方停下。我站在下面，早就料到那是个死胡同。台阶上面没有路了，它的尽头淹没在一片荒草和山林中。弗兰克大声喊道："看啊！这里小动物粪便都堆积如山啦。"说完，他往站在台阶下的艾琳望了望，然后大声说："亲爱的，对不起。我最起码没说出那个'屎'字来。"

我还没琢磨出艾琳的举止为什么过于拘谨，就听她在表扬丈夫："亲爱的，做得对，你至少还没把那个'屎'字说出口。"我突然惊讶地发现他们这对美国夫妇连开玩笑也是温文尔雅。对此我很高兴，但深感诧异。

看弗兰克下了台阶，我把目光又转移到文哥身上。文哥正坐在阴凉处的一堆石头上望着大海。我想过去坐在他身边，但这时弗兰克追上了艾琳。我很好奇，想着他们俩准会有些亲密动作，如拥抱，或相互抚摸，或目送秋波。可是，弗兰克从她身旁过去了，直接朝我丈夫走去，抢在我前面坐到我丈夫身边了。但我并不介意。我只不过想离他们近一点，安静地待着，期待他们又能成为亲密无间的朋友。

这里有的是石堆，我找到另一个石堆坐了下来。艾琳也走过来坐在我旁边。我怕她会先打开话匣子，可她没有。我们都静静地望着大海，看着海里凸起的大礁石和海湾远处崎岖不平的山峦的轮廓。弗兰克说："这儿真不错。我猜，那边准有人兜售丽兹与迪克纪念品。"

文哥问："难道你不相信买卖自由吗？"我觉得他声音里又带火

药味了。但其实，他并没生气。我知道，他这个生意人不喜欢小商贩那样一窝蜂似的卖东西。他这个人很讲究体面。

弗兰克面朝大海，耸了耸肩，回答说："我当然想信，只不过这有时让人觉得有点蠢。"

文哥大笑起来，笑声里带着发自内心深处的钦佩。我不相信他们俩竟然能这样相处。这两个男人所要做的就是一起坐在阴凉下歇一会儿。他们一开口交谈就让我觉得找到了要找的东西。文哥说："弗兰克，你做到了。"我终于明白弗兰克为什么那么想保留自己越战老兵的身份。即使这让他显得傻乎乎，有时还让艾琳觉得尴尬，但他绝不放弃那段经历，让那段经历像光和云一样轻松活泼地伸出温柔的手，用美国人崇尚的奉献精神去感动别人。这是我在美国所热衷做的事，但也是我丈夫不接受的。我喜欢的不是一个历经战争还能活着回来的人，而是一个能在异国他乡立住脚的人。这里坐着一个和文哥一样到处找别扭的人。这两个人交往一个星期后肯定会成为好朋友。我想象自己善于察言观色，坐在我最喜欢的电影拍摄场附近破烂不堪的码头，终于把事情想明白了。

好了，我可以放松一会儿了。我转过头来对艾琳说："除了这里，一定还有别的地方可去。"

"当然啦。穿过树林你就能看见山顶上的房子。"艾琳转而望着丈夫。"亲爱的，带我们爬到山顶上去吧。"

"这儿没台阶了。"

我想起刚才经过的那条小水沟，说："我发现一个地方，可以从那儿上去。"

弗兰克和文哥拍着大腿表示赞同,我们全站起来。这次是我在前面探路,领着大家沿着海堤走回到林子口。我看到那条顺山而下的小沟,对他们说:"我们可以从这儿上去。"

文哥抢先一步走在我前面,抬头往山上望了望,说道:"好吧,只能这样了。"

"山顶上不会有卖 T 恤衫的,"我说,"我打赌,我敢打保票。"

弗兰克大笑起来,看上去似乎要抢在文哥前面带路,但文哥已经加快脚步,抢先走在了他前面。弗兰克一看赶紧跟上。我看了艾琳一眼。我们都在看自己男人如何争先恐后抢占风头。艾琳朝我使个眼神。于是,我们主动让男人们走在前面——反正我不想跟他们一块儿走,因为我自以为想明白一切。艾琳执意要走最难走的路。于是,我走在她前面,爬上来,走在小水沟里。山坡不时地绊住我的脚后跟。我埋头爬了一会儿,水沟开始变宽,有点像山间小道。路上有几块平整的石头,似乎是靠港的海员用来铺山路的。

我抬起头来,那两个男人走到前面大约三十米的地方,他们健步如飞,但弗兰克仍跟在文哥后面。我停住脚步望着他们。我不知道自己为什么总盯着他们,但他们安静得有些不同寻常。他们漫不经心地踩着枯树叶和枯树枝向前走,然而我却完全听不见他们。一定是他们移动的方式有些什么,让我对此神经过敏,因为不知怎的,我知道他们脑中也是这么想的。此时,他们都猫着腰,显得很机警,干脆利落地移动着脚步,一点声响都没有。他们到达一块高地,停了下来。弗兰克跟上去和文哥并排站在一起。我随着他们的脑袋向左转,看见一间没有前墙的平砖房。他们歪着脖子把脑袋伸进去，从张着嘴的水泥屋往里看。

我弯着腰，觉得两条腿都快要抽筋了，但咬着牙继续往上爬。这时，我才听到自己踩在碎枯叶和在平整的石头上拖着腿走路发出的声响有多么大。以前，我总是好奇文哥和同志们出去巡逻，或在丛林里做什么时是什么情景，突然我觉得自己知道了。我爬上高地，惊讶地发现这两个男人不见了。那条小路继续向前延伸，穿过一小块开阔地，然后又开始向上攀升。我顺着路使劲遥望，发现他们并没有走这条路。

我活动双腿，努力让肌肉放松，然后开始环顾四周。这俩男人仍无影无踪。两间并列的泥灰房子冲着我张着大嘴。我沿路再往下看，只见艾琳使出最后一把力气，也挣扎着爬了上来，站在我身边，问道："他们去哪儿了？"

"不知道。"

"弗兰克！"艾琳颤抖的声音传到闷热无风的空气中，然而没有人回应，只听见远处山峰那一侧传来的海涛声和断断续续的虫鸣声。

我好奇地望着眼前的两间房子。它们太简陋了，绝不会用来拍电影。我走到跟前，才注意到里面墙上贴着瓷砖，屋里还有半截的淋浴喷头。这是左边的房间。我走进右边房间，这时艾琳又喊了弗兰克一声。右手房间里的墙上涂满了乱七八糟的东西，一串串的名字从地上一直写到天花板。雷蒙和玛丽亚、爱迪和玛丽、西格蒙和凯瑟琳，等等，还有一大堆动人的情信，上面画着一枝枝箭，用笔歪歪扭扭地画个心把它们连上。透过眼角余光，我看见一个带颜色的东西一闪而过。那个东西从后窗钻过去，跳到树丛外。那是一个身穿红色T恤衫的人从树林里悄悄溜过去，我再定睛一看，正好看见另一个身穿黑色T恤衫的人紧随其后。

我对艾琳说："他们在后面。"

"弗兰克！"她又叫道。

"嘿！是艾琳吗？"

"你在哪儿？"

"我在这儿。"声音从房子的某个角落传了过来。我又看了一眼墙上所有人名和充满真爱的墙，不知道此时此刻还有多少对恋人仍相亲相爱。

"我和文在后面探路呢。"

"亲爱的，你们玩得不错吧？"艾琳问，声音里没有一丝讥讽或恼火的意味，听起来就像在宠一个淘气的孩子。

我走出这间情人屋，心想，前面的墙就要倒了，到处都在发霉，到处都是石灰，真让人遗憾。

弗兰克没有回答艾琳有些婆婆妈妈式的问题，转过身来对我丈夫说："文，你在遵守行不出声的军纪方面表现得真不错。"

"也许是你掩盖了我的失误。"

"你的确没听见我方军队发出的声响嘛。"弗兰克说，口气受到文哥刺激后变得强硬起来。

"我们还往前走吗？"艾琳问，这次语气严厉，"这里不是真正的拍摄场。"

两个男人向上望，小路越过山头向下延伸，我能感觉到他们之间的紧张。弗兰克先转身，大步流星地走过去，奇怪的是，文哥也紧跟着他。

艾琳大喊："等等我们呀！"听到喊声，弗兰克放慢脚步，身子开始变得笔直。他回过头，文哥正要超过他。弗兰克此刻正关心自己的老婆，文哥趁机从他身边超过去，我觉得不太合适。

于是我大叫："文哥。"我丈夫也把脚步放慢，并且停了下来，转身等着我们。这时弗兰克也停住脚步，仅超过文哥一点点。艾琳和我互相看了一眼。我不知道她心里想什么，但显然，她也注意到这两个男人有点古怪。我和她又打起精神享受这美好时光，慢悠悠地爬着山路，那两个男人则在等着我们，我又有空四处观望了。

山上所有植物都在疯长，但还能看见右边有几栋建筑物，它们矗立在高地上，背对着海湾。我觉得那里是主要拍摄场，像电影中阿瓦·嘉德纳经营的旅馆。

"是不是那个地方？"我冲着那些建筑物点点头，问艾琳。

"大概，也许是。"

我们开始寻找去里的山路，但只发现一条，而且还没出二十米那条山路就淹没在荒草中，然后消失在更荒凉的灌木丛里。

"我没看见那边有路。"我对艾琳说，但发现她没有站在我以为的地方。她上了山，站在山顶，眺望远处，两只手叠在身前，风把她的头发吹向脑后，样子很好看，看上去心满意足。我曾经有过一张书签，上面画着一个女子迎风站在山上。"书能让你浮想联翩"，我还记得，这句话就印在书上我签名的那一页，我的签名是："这本书属于 Trần Nam Thanh Gabrielle。"我怀念那张书签。可是，你无法把电视剧握在手中,也不能把书签像夹在书里那样放入封面,那里有个女子站在山上憧憬着美好的未来。

我瞥了眼那两个男人,他们仍往前走着,尽情呼吸着空气。我爬上山顶,站在艾琳身边,观赏这美丽的景色:远处有宽阔碧蓝的海湾,我们这边的沙滩虽被遗忘了,但宛如花边似的海浪还在拍打着弯弯的海滨。景色实在太美了。我看着山路,它沿着崎岖的山坡往下,延伸到一栋破破的两层砖楼前,这栋楼只剩下正面墙。再往海滩走一点,就能看见一个墙体已坍塌、只剩地基的水泥框架。

"我们得翻过这座山吗?"弗兰克问。

这里虽然景色宜人,但也让人备感孤独。电影里的美丽景象荡然无存。真是这种感觉。站在这个地方,没人会觉得浪漫的理查德·伯顿和伊丽莎白·泰勒曾到过这儿。这个地方似乎连个鬼影子都没有。留下的只有断壁残墙、荒草丛生和死一般的寂静。我转过头,迎着海上吹过来的风,解开头巾,让头发随风向后飘去,感觉好极了。这种感觉和它刺激的强度让我觉得很真实,不是自我陶醉,也不是故作姿态给别人看的。风吹头发的感觉对一个未和男人接触过的姑娘来说是很刺激的。

我说这些话的语气可没有半点自嘲的味道。我只不过是有点沮丧。我们在这里匆匆游览,毫无浪漫可言。一个女人面对着污浊的海湾想要寻找浪漫,听上去或许有些古怪。然而,这就是当时突然涌上我心头的情绪。我对这次旅行度假厌烦了。男人们无所事事,只玩攻打山头。弗兰克正等着一个答案,而艾琳不想搭理他。我看见艾琳把眼睛闭上。我真希望她此时的感受比我丰富。

"是的，我们得到山那边去。"我说。弗兰克一听，呼的一下窜过去了，文哥紧随其后，过去时还瞟了我一眼。我了解我男人的所有手势和含蓄的面目表情，对它们的确切意味很有把握。文哥在我面前有时会很扭捏，对此我从不感到奇怪。但这次他从我面前走过时看我的眼神，我从来没见过。我不明白那是什么意思。那似乎是一种惊慌而没有失措的眼神。只有我和他站在悬崖绝壁上双脚悬空，眼看就要掉下去，彼此都知道只能听天由命的情况下，他才会有那种眼神。

我这样说或许听起来会很奇怪，但我可以告诉你，当时的感觉就是这样。连我自己都觉得怪怪的。我想坐下歇一会儿。于是，我走到崖边，在草丛中找了块没草的地方坐了下来，把膝抱在胸前，眺望了一会儿沿海岸建起的防波堤，但很快又把视线转向那两个男人。他们正沿着盘山路下山，我明白，他们是在玩急行军，就好像要去越南战斗最激烈的地方巡逻。他们弯着腰，快速移动，已下到半山腰了，正朝着砖楼前进。

突然，弗兰克停住脚步，举起一只手，好像听到什么动静。文哥一定只顾着看路，他撞到了弗兰克身上，差点把他撞个跟头。他们面对面地站着，挥动着胳膊，正在争论着什么。

我想凑过去偷听，可是听不见，气得我直哼哼。哼哼声惊动了艾琳。"你是不是病了？"她问道。

"没有。"我心想，她一定还望着大海，迎着微风，闭着眼睛，幻想着什么。有那么一会儿，我很好奇她是在想弗兰克以前的样子，还是在想别人。但我的眼睛仍盯着那两个男人。他们还在争吵，听不见他们吵什么让我很恼火。越南女人从不骂街，从不骂出声来，特别有别人在场的情况下，可这会儿我真想破口大骂。

我想凑过去看他们在干什么，但不可能马上跑下山，跑到他们跟前。我就是到了跟前，他们肯定也不争了。还是顺其自然吧。我决定运用我所有的观察力来弄明白他们俩之间到底怎么回事。我自认为，这点还是办得到的。我开始在脑中回想他们下山的样子。弯腰，默不出声，和战时巡逻一样。我想，他们的争论肯定和打仗有关。

这两个男人开始轮流发言。这时，该文哥说话了。我盯着他的手。把文哥激怒可不容易，一旦被激起来，他的手很有表达力。只见他用右手掌冲弗兰克一下子挥了过去，似乎在说，这就是你干的事。接着，文哥又向上指了指他们刚走过的山路。文哥快速靠着山崖往下走，告诉他打仗时应怎样下山，接着马上立定转过身来看着弗兰克。文哥又举起两只手，把它们合拢起来，然后一下子张开，嘴说个不停。我勉勉强强听他说："你领我们从这条山路下来，但这个地方正是越共常设埋伏的地方。现在是我负责盯着这条道上的动静，而不是你。如果你暴露了，我们都会很危险。"

文哥说话时，弗兰克把胳膊交叉在胸前，待文哥说完，他又放下两只胳膊，歪着脑袋，好像因他是个聪明孩子而备受宠爱似的。弗兰克用胳膊一扫，指了指山路两旁的荒草。我觉得自己听懂了他的话："没有比这里更安全的了，至少在这里观察路上的情形要比躲在草丛里看得更清楚。"接着，他转过身，指着那两层砖楼，提醒文哥，那儿才是他们的目标，是他们要盯着的地方。弗兰克说完就转移到楼后高大茂密的树林里去了：那才是他们要去的地方，因为敌人都藏在树林里。

以上有些可能是我后来从这两个男人发生的事情猜测出来的，但当时我确实相当肯定他们基本上就是如此争论。他们到底谁对？我不知道。文哥给了弗兰克一个答案，但他把胳膊抱在胸前，我无法猜出来。弗兰克又对文哥予以反驳，他攥着拳头，叉着腰，而这时我对他们的谈话一下子没了感觉。我轻声骂了一句自己："该死。"

那两个男人仍在争论，但终于有所缓和。他们都把手放下来，尽管还在吵吵嚷嚷，但弗兰克笑了起来，从嗓子里发出了友善的笑声。文哥频频点头，开始四下观望。

现在我必须承认，自己当时有点沮丧。这让我觉得怪异。不仅仅是因为没听见他们的争论而只能瞎猜。当然啦，这是让我沮丧的部分原因。我自以为观察力强，能从他们的手势中猜个八九不离十，但仍有些东西、他们话里深藏之意我猜不出来。我必须听懂这两个男人的弦外之音，必须用我的天赋来弄懂它们，才能看透他们。这时，弗兰克甚至轻轻拍了下文哥的肩膀。我又大骂了一声："该死。"现在他们俩又成为朋友了。我其实什么都没看出来，甚至没察觉到他们之间隐藏的敌意。这两个傻瓜。他们甚至不知道记仇。

他们还在一边比画一边说，于是，我又向前凑了凑。弗兰克指了指文哥，然后又指了指那边的树。接着，他拍着自己的胸脯，一挥胳膊指向大海。文哥指着砖楼，两人都点点头。我一时没猜出他们要干什么。当我看见他们都蹲在地上研究山道，然后分开，各自从地上捡起点什么揣到口袋里时，更是丈二和尚摸不着头脑。这太奇怪了。然后文哥迅速站起身来，手里拿着从地上捡起来的东西。他把那东西举起来，看样子是块石头，还是块挺大的石头。弗兰克来到他身后，看了一眼，然后摇了摇头说不行。他手里也举着什么东西，一定是另外一块石头，只是小一点儿。文哥点点头，把大石头扔了。两人一直四处张望。但是当弗兰克转过身去时，我看见文哥转身，把那块大石头捡了起来。

我开始有点明白了。最后，这两个男人在口袋里装满石头，又凑到一起，简单说了几句，然后背对背站着：文哥面对着树林，弗兰克面朝山坡和大海。看上去就像旧电影里正要准备决斗的两个男人。有那么一会儿，我很好奇他们是不是真要决斗，是不是就要各走十步，转过身，互相朝对方扔石头。

但我猜错了。他们想的是另一件事。他们听到自己发出的信号，开始各自不停地向后退。弗兰克翻过山崖不见了。文哥一直退到小溪边，接着哗啦哗啦地趟过小河，然后爬到树林边。我终于明白了，他们俩在玩打仗游戏。他们现在各自偷偷摸摸跟踪对方。大概他们想抢先占领和控制那座砖楼。当我恍然大悟时，立刻想到文哥的红T恤衫在树林里会很显眼。夫妻之间有时能心灵相通，文哥似乎和我想到一起去了。也许，是我把想法传到他那儿去了。文哥突然在树前停住脚步，回头望了望，搜寻弗兰克，没有看到他的身影，便脱下红T恤衫，卷起来，夹在胳肢窝底下。

我丈夫的胸脯和胳膊非常健壮。真的。我歪着脑袋，突然见他健壮的身体，一溜烟似的穿过空地向林子跑去。我迎着海湾吹过来的微风，心里好像有什么东西在搅动，胸中悄悄涌上爱慕之情。文哥跑进树林，宽阔后背上黑黝黝的皮肤消失在树影中，那股浪漫之情又在胸中荡漾，但很快从我心中溜出去了。我远眺着大海，然后闭上眼睛。

我一直这样待着。即使有会察言观色的人望着我，也不会知道我是在想文哥以前的样子呢，还是在想别的男人。我给你的答案是，我根本没想这些。我合上眼睛，只反思我自己。我要跳出来审视自己。这就是我当时的思想活动。我那点浪漫之情转瞬即逝。我有时反思自己时过于吹毛求疵了。现在想起来，我要是当时回忆文哥原来那个样子该有多好。

然而没有，我想起了坐在附近的艾琳，于是睁开眼睛。山坡上、砖楼前、树林里已空无一人。我朝艾琳看了一眼，她正仰面朝天躺在那儿，用前臂遮着脸。看起来她睡着了。

我回过头又望了望山下，刚才那种沮丧的感觉又回来了。眼前的景色有些模糊不清。心里想象的那些美丽东西一下子又都变得平淡无奇了，好像机场里匆匆忙忙买的明信片画面一样。

我很纳闷那两个男人到哪里去了。我使劲地找，想着弗兰克要是占领了海滩和山坡，应该非常容易发现。我从山坡往下望，目光越过一座山顶，一直延伸到另一个山坡。远处一块草地上，光秃秃的地基位于中央。再往远处，又是一座山顶和一个目不可及的山坡。山坡陡然插入海岸和大海。我估计，弗兰克可能就在远处的某个山坡上，可等了一会儿，还不见他的踪影。于是，我又看向文哥刚才钻进的树林。

我觉得他们玩的游戏简直愚不可及。我不知道他们的玩法。看起来，他们不完全是相互跟踪，要不然他们早就该钻进林子里去了。但也许，他们就是在跟踪。弗兰克不得不在这光天化日之下掩护自己，抢先攻占山下的海滩。也许他就是占领海滩部队里的一员，类似那些从土伦登陆的第一支美国陆战队员，或其他什么兵种。文哥藏在另一边。他是不是真的在扮演他憎恨的越共分子呢？也许吧。也许这个美国人让他没有别的选择，文哥不顾自己的政治立场，只能充当越南人的角色了。我不知道。我突然意识到自己根本不知道文哥在这种状况下会如何做，对我来说，了解这一点其实很重要。可是，隐藏在树林里的那个人心里怎么想的从来没对我说过。

我发现了弗兰克。他的黑T恤和黑短裤在树林里可能是很好的掩护，但在草地上就让他很显眼。他猫着腰移动，到石头基座后面蹲下。过了一会儿，他冒出头来，往砖楼方向张望。砖楼离草地大约有一百五十米，位于山坡上。如果他们的目标是抢占砖楼，我不知道他还在傻等什么。文哥还是不见踪影。我也不知道文哥在等什么。

前面讲过，我丈夫以前是空军，但我原以为他大多数时间是在基地发号施令，组织给养，管理文件。现在他是个商人，一直以此谋生，我想他将来也是这样。弗兰克也说过自己只不过是个直升机机械师。这些男人尽管都打过仗，但都不是打仗的人。

我仔细观察树林线，发现了文哥。他正从一棵树绕到另一棵树。我看着他，好像在看老电影。这两人猫着腰，极力隐蔽自己，偷偷摸摸地移动，动作就像老战争片、间谍片和侦探片中的电影演员那样。这些好看但华而不实的老电影常让我后半夜睡个安稳觉。文哥总是睡得很沉，我则容易惊醒，经常在床上看电影直到深夜。我把被单拉到鼻子底下，躺在我那波斯彻派迪克牌床垫上舒舒服服地看战争片。尽管外面世界经济出现危机，但在和平繁荣的美国，我能安然无事。每当路易斯安那州夏天暴风雨来临时，我听着外面呼啸的风声，坐在屋里，觉得既安全又舒服。我望着头上戴着锅或钢盔的这俩男人似乎仍沉浸在战争游戏中。天呀！要是真打仗，他们哪能像这样悄悄走来走去而不会受到半点伤害呀？不用说，你就明白了。

文哥溜出了树林，但我知道弗兰克没发现他，因为他们之间隔着一座砖楼。文哥停在小溪旁，往二层楼顶上看，转而又向下望着小溪岸边的双脚，然后把卷起来的红T恤衫放在一块石头的旁边，猫下腰，跨过流淌的小溪。

我望向弗兰克，他正在移动。他弯着腰，要绕到地基更远的那一边。我估计他也在朝着砖楼移动。这期间，文哥一点点地绕到楼的另一端，脖子朝左面使劲伸，以便弗兰克一冒头自己就能发现。但此时，弗兰克正在迂回想从另一端接近楼房。所以，这两人谁也没发现谁。

文哥成功地到了通向二楼的台阶。他快速地爬上去，突然又放慢脚步，快接近楼顶时，还向后退了一步。他先探了探头，看看弗兰克是不是在那儿。当他看到那儿空无一人时，我敢发誓，我能看到他高兴得整个身体都在抖动。他爬上楼顶,走到楼后的房檐,这样就能看见他放在小溪边的红色T恤衫,接着从口袋里掏出几块石头放在身边。

弗兰克从山坡上大步走下来。我刚看到他,他又消失了。过了好一会儿,他的脑袋从砖楼另一端远处的山顶上冒了出来。紧接着,他的脑袋又不见了,然后又冒了出来。

"他们是不是很可爱?"是艾琳的声音。她有这种感觉无疑让我很惊讶。我回过头,她仍仰面朝天地躺着,但手不再遮挡着脸了。她在往天上看。我随着她的目光望去,高高的天空上飘着几朵白云。

"那朵云是小马驹的头。"她说。小马驹的头。我有时也会这么说吗?我想准会。艾琳和我的反应一样。即使那甚至不是一匹马的头。其实她看到了一种如小马驹般的可爱。当然啦。一匹孤独的小马驹。一个小女孩打了通长途电话给小马驹,它从此就不再孤独了。如果把这个情形拍下来,放在肥皂剧里,依然会使我掉眼泪。如果有人把电话筒放在小马驹的耳边,它会高兴得晃动前额上的鬃发。假如我是个吃奶的孩子,就会把这些胡编的东西当真。但是此时,我觉得这匹小马驹相当平淡。甚至觉得傻乎乎的,看见白云里有匹小马驹,还说些梦话。

然而,我附和着艾琳:"确实是。"语气尽量显得真诚。我转过身,看见弗兰克抽打了一下蒿草,紧接着把身子贴在楼另一端的墙上——他又没了踪影。文哥抬起头,回头望。他大概是听到了动静。我等待着,期望弗兰克能敏捷地绕过楼角迂回到楼前面。但显然，弗兰克不明前面情况而在犹豫。因为我等啊等啊，他始终没出现。文哥也在等他，尽管他一直回头望着小溪边的T恤衫。

终于，弗兰克出现了。文哥突然低下头，向我暗示别吱声。过了一会儿，我看见弗兰克爬上来，靠在楼后的大树上。他在往树林里观望，我不知他能否看到那件T恤衫。弗兰克在声东击西。真正的声东击西战术。他的眼睛没凸出来，要不然，可真有点像卡通片里的人物。他面向前方，眼睛却盯着红颜色的东西，脑子里可能在瞎琢磨。

他四下望了望，仔细研究树林周围的情况，然后把手伸进口袋，想用石头做武器。我几乎能听见他低声说："装弹！上膛！准备战斗！哥们！"文哥不时地瞟着屋檐，早已把石头攥在手里。我不知道是不是弗兰克让他扔掉的那块大石头。不过我猜不是。至少此刻攥在手里的不是。文哥甚至还把石头举高了一下，也许是想看它是不是最圆的，因为圆石头投得最准。从远处来看，不是那块大石头。我很高兴。我很确信，如果他真用那块大石头，弗兰克肯定会跟他急。

弗兰克在地上匍匐前进，爬到小溪边，想仔细看看那件红T恤衫。他在河对面停住，歪着脑袋打量它，甚至还伸直了脖子仔细瞅。我不知道他怎么想的。那不过是文哥的衬衫。难道他想让这件T恤衫帮他找到文哥吗？那不是明摆着嘛，文哥没穿着它。我想弗兰克找到文哥的T恤衫时一定很得意。这对他来说似乎意义非常。就在这时，文哥的石头击中了他的左肩。

弗兰克立刻原地向后转，从远处甚至能听到他的骂声。文哥立刻蹦了起来，高举起双手庆祝胜利。弗兰克揉着自己的肩膀窜了出去，逃到一棵树的后面，然后又移到另一棵树后面，冲着楼角靠了过去，把身体紧紧贴在墙上。文哥显然有点慌了。他自以为赢了。情急之下，他赶紧上下挥动着胳膊要停战，可弗兰克这会儿还没完呢。他手里握着石头，摆出要扔出去的样子，眼睛盯着头顶上的动静，冲到台阶下，然后又把身子紧紧贴着墙。文哥大声叫了一声，我没听清，可能是在叫弗兰克的名字吧，也可能是告诉他游戏结束了。

弗兰克冲上台阶，显然不听我丈夫那套。文哥又往口袋里掏石头，赶紧转移到屋顶中央。他料到弗兰克正往上移动，于是仔细看了看口袋里的石头。他的手还没举起来，我就知道他拿的是那块大石头。

我站了起来，开始为他们两人担心。当然，对此我无能为力。弗兰克认为文哥只击中了他的肩膀，所以自己只是受了伤。而文哥认为游戏结束了，看弗兰克还没完没了觉得有些恼火。我想朝他们喊两声，可不知喊什么。两个男人之间发生的事离我似乎那么遥远，比在掩体下观看好莱坞影棚里拍摄的战争还要远。丈夫的心灵离我那么远，他心里埋藏多年的秘密离我那么远。他心里的秘密也正是我们之间难解的疙瘩。

就在弗兰克准备把头朝文哥冒出来之前，他停下来了。此时我丈夫站在屋顶中央，扭着脖子望向身后，右手攥着那块大石头，正要扔出来。弗兰克等待着，我能感觉到他在积蓄力量，就要纵身一跳，将自己的石头扔出来。就像电影里一样。但有那么一会儿，我

229

思忖着文哥会不会把他打死，会不会一看见那个男人的脑袋就开火，用那块大石头打中他的太阳穴，然后一切就结束了。我喘不过气来。"多么可爱啊！"艾琳叹了一口气。

就在这时，弗兰克悄悄爬上最后几级台阶，双腿和胳膊的肌肉都绷得紧紧的，显然要准备闪电出击了，但我站在远处，觉得他的动作似乎很慢。"等等！等等！"我心里对文哥举起的胳膊喊着，"可别冲他脑袋砸！"

弗兰克扔出的第一块和第二块石头嗖地从文哥身边飞过去。但文哥一动不动，他等待着，准备好，扔出了那块大石头，击中了弗兰克的肚子。我看一眼就知道，只见弗兰克弯下腰，停了一会儿，接着两腿一软，用一只手撑在屋顶上以免倒下去。文哥一看赶紧蹲下，待在那儿不动。这两人一下子都定在那里，就像拍完电影后丢掉的道具。

"真的，你看多么可爱呀！"艾琳又说了一句。

然后，弗兰克微微抬起头来。我猜，他一定是看见文哥刚扔过去的石头。那块石头一定就在他面前。他望着文哥，好像说了句什么，可能是生气骂了句吧，然后呼的一下扑了上去。文哥极力想躲开他，但只躲开一半。弗兰克趁机躲开文哥目光，张开双臂要抱住文哥。文哥一闪身，然后仰面朝天地倒下了，没让他逮着。弗兰克转过身，一下子扑倒在屋顶上。

我真希望这两个男人别打了，但他们一下子又从地上蹦了起来。这两人要干什么让人看一眼就能明白。只见他们俩同时向对方扑过去。文哥个子小，被弗兰克抓住压在下面，但文哥用脑袋使劲撞了下他的肚子。弗兰克仰面朝天倒下,文哥立刻骑到他身上,紧接着两人在屋顶上滚了起来,先是弗兰克翻上来,后是文哥把他压下去。两人的胳膊和腿挥舞着,打得不可开交。

"啊!一只白色的大雁。"艾琳叫道,"我小时候养过一只,跟这只一样。"

我望着天空,头上飘过一朵白云,确实像只大雁,你能看出它的嘴、长长的脖子,还有翅膀。

我坐下来,选中这场闹剧的第三个场景——大海。我瞥见那两个男人还在房顶上滚来滚去,心想还是看大海让人愉快。大海闪亮,平展如镜,海滩边上堆起层层褶皱。眼下我想做的就是眺望大海。我怎么这么蠢,自以为理解他们。这两个男人没有一个愿意接受具有美感的文化,他们那种男式交往方式也并非是他们人格的全部内容。这两个男人有过共同经历,对男人来说,这点很重要。他们共同经历了愤怒、恐惧、施暴的刺激,也共同经历了正义的感召和战斗中的生与死。他们在同一场战争中感受到这些。他们都不愿意忘却那段经历。但是尽管我发现了他们之间存在这些联系,仍无法解释所发生的一切。

别问我怎么才能说明白。接下来的几分钟,我几乎都在眺望大海。等我回过头来再望向那栋砖房时,只见他们的胳膊都累得没劲了,疲惫不堪地背对着背,在离对方十英尺的地方岔开两腿坐在房顶上。弗兰克对着树林,文哥朝着大海。文哥似乎是故意望着大海。就像我一样。

后来,我们两对夫妇分别乘着两辆出租车回到美丽的菲埃斯塔瓦拉尔塔酒店。文哥浑身脏兮兮的,率先走上山坡。他亏得没穿自己的红衬衫满地滚,要不然会更狼狈。艾琳一看见他的样子就先大叫了一声。我告诉她:"没事。他们俩都没事。"然后我便没再说话了。我和文哥一起沿路往回走。我边走边想:"这会儿只剩下艾琳自己站在山头上生气,她还不得杀了弗兰克。"其实艾琳早已准备好看另一位男士更糟糕的模样了。

我和文哥一起回到海滨,坐上出租车,穿过酒店前厅,上了电梯。我甚至进了房间也没和他说一句话。当门嘎达一声关上,屋里只有我们两人时,我才望着文哥,他扭过脸不看我,低下了头。我知道,他不想解释自己的行为,而且觉得没什么可解释的。可是,我非常渴望知道他心底的感受和体会。

他只说了句:"我得洗洗。"

"要帮忙吗?"

"不,谢谢。"他说。

我点点头。他进了洗澡间,关上门。

我走到房间另一端,窗帘在敞开的阳台大门前呼啦啦地飘动。已近黄昏了。光线落到窗帘下的地板上好看极了。我把窗帘打开。阳光一下子跳到墙上。阳台上一盆花的影子也被贴在上面,似乎趁人不注意偷偷挤进来似的。这样想真傻,我还没有从亲眼所见的米斯马洛亚的景色里走出来。我坐在床头,望着墙。落日的光线很好看,洒下淡淡的黄油色。那盆巴豆花硕大有形的叶子在墙上不停地摇曳。

我为什么老让这些东西充斥自己的心灵?也许是文哥不善表达

感情的缘故吧。也许是我累了才又胡思乱想的。这里新鲜的空气、山峰还有海滨之类的东西对我来说已不合时宜。我想睡觉了。我想躺在床上，但听到洗澡间里哗哗的水声，我等待着。我坐在床头，等待着。巴豆花的影子爬过了墙。洗澡间的门终于开了，文哥走了出来。

文哥下身穿上了自己灰色的工作裤和球鞋，上身穿着在路易斯安那夏天平常上班时穿的短袖衫。他的头发湿漉漉的，但梳得整整齐齐。刚才的战斗在他腮帮子上留下了一块一元硬币大小的擦伤。他看了我一会儿，我极力想从他那儿找到点线索，哪怕只是蛛丝马迹。他的嘴唇不再紧绷，但没有笑容，只是两眼盯着我。我所能感受到的是，不管怎样，他今天下午那场战斗的情绪还没散去。他朝我走过来，站在我身旁俯视着我。我想我应该起来站在他面前，也许他就会把我搂到怀里。我刚想那样做，文哥的手就伸了过来，帮我把脸上一缕头发拨到一边去。

就只有这样。他是不是想说，既然他洗干净了，我也该去洗一下，振作下精神？我不知道。然后我想或许他手里攥着什么好东西，但我还没来得及确认，他就把手抽了回去，接着说了声："我出去了。"

我点点头，呆坐在那里。于是，他转过身，走到房门口，敏捷地出去了，只听嘎达一声门轻轻地关上了。我躺在床上，瞪着天花板，但愿那天花板是蓝天，上面白云朵朵，都像小马驹和大雁。我用胳膊遮住眼睛，脑子里又开始胡思乱想。文哥去哪儿啦？我和丈夫生活了近二十年，按理说应该能猜出经过了白天所有的事情他会去哪儿。一开始我觉得他是要去弗兰克的房间，想和他重归于好，但又觉得不对。也许明天他会假装凑巧在前厅碰到那两口子。那时候他也来得及和他们握手言和。我丈夫不会这时候去找他。

我在脑海里排除掉那些战争因素，突然闪现出另一个怪念头。文哥现在有空做别的事了。当他责怪我并用手理我脸上的头发时，他的手显得非常温柔。我想，文哥可能正搭着出租车到丽兹和迪克相会的那座桥附近给我买金盏花。刚才他没给我买，现在他意识到了，白天游玩时他曾和一个卖花女吵嚷，坚决不给我买。我想象文哥进门时的样子。他手里拿着一枝金盏花，然后过来把花别在刚才离开时给我理好的头发上。

这样胡思乱想不过是那种看电视广告也会掉泪女人的想象罢了，我独自躺在菲耶斯塔瓦拉尔塔酒店的床上，很快意识到了这点。但过了一会儿，我又禁不住开始胡思乱想。可能文哥一去不复返了。他走出这个房间，决定再也不回到我身边了。他把护照和机票揣进了自己灰色的工作裤口袋里，要永远离开我了。

我这么胡思乱想了大约十分钟，这是我在美国度过的最糟糕的十分钟。我突然明白让文哥离开我的正是我自己。是我太积极地亲近这里的文化，让我和文哥疏远了，让他觉得已经找不出另一种方式来抚摸我。连弗兰克，这个仍生活在过去的可怜美国人，甚至都懂得跳出自己身边过于肤浅的文化。一个刚和自己打过架的美国人竟然比和自己的老婆还易于沟通，文哥一定觉得可怕。十分钟里，我就像西贡河棚下流动的水一样黑暗而死寂，只要轻轻一碰，我的皮肤就会脱落，如同甚至没有河棚遮挡的麻风病人的皮肤。我怎会忘记过去的一切呢？

　　接着内心深处有人对我说："等一等再下结论。"不是只有我一人忘记过去，文哥也是如此。美国文化也让他堕入歧途。他最后成了只知道贩卖瑞典肉丸子和鸡尾酒法兰克福熏肠的商人。他和其他美国人一起穿着黑灰色的西装，研究自己的电子账单，提着公文包飞来飞去，提供用牙签吃的便餐，并从中牟利。然而，在我们越南，即使战火硝烟，生活也不缺乏激情。这激情仍活在文哥心中。正是这激情刺激他今天和那个美国人打一架。

　　我又在床上躺了几分钟，不知道是什么念头促使我起来走到阳台上去。墙上的阳光暗下来，变成了桃红色。我站起来，迎着海湾吹来的微风，看着太阳正在接近地平线，那里一定非常美丽。一家鹈鹕一个紧跟一个飞过去了。我走出滑动的阳台门，靠在阳台的栏杆上，望着鹈鹕向右转个弯然后向大海飞去。

　　但我的双眼盯着海滩，那儿一架滑翔伞正在升起。我让自己的身体随着水手一起飞。我不必要亲自玩滑翔伞。我可以站在这儿，让心灵和身体分开，远离我身上所有的陌生感和我奇怪的生活方式。我可以沿着夕阳长长的斜线滑翔，找回内心的平和。就这样，我望着那架滑翔伞转了一圈朝我这儿飘过来。伞由红黄两种颜色组成，正飞得和阳台一样高。我闭了一会儿眼，想起自己乘着滑翔伞时脚下拖船尾部留下的绿色波浪，回味着自己如何超过任何轮船并轻而易举地飞过海浪的情形。

　　我睁开眼睛，滑翔伞上的人几乎和酒店平行了，飞进我的视线之内。我当然期待看见那个穿着游泳衣的人悬挂下来的两条腿。那两条腿上穿着灰色的工作裤。我的眼睛立刻转向那个人的脸。啊！原来是文哥。此刻他正抓着伞绳，一开始我以为他又变回一名航空兵。可今非昔比了。刚才他站到我面前时，我没懂他的面目表情，但他坐在伞套里从我眼前飘走时，我明白了，可以讲讲了。此时他的心情最平静，正美滋滋地朝下看。他歪着脑袋，慢悠悠地朝我这边靠，就像平常我挠他耳朵后面那样。我见他松开握绳子的手，甚至还用胳膊肘支着舒服地靠在边上，两条腿孩子似的来回乱踢。这一切告诉我，他快乐极了。他越过巴亚尔塔港，在大海的上空飘荡，别提有多美了。

他终于和我和解了。这时船沿着海岸，驶进夕阳的光芒中，兜了个圈子，文哥又转回来了。他把脸对着菲耶斯塔瓦拉尔塔酒店，看到我站在阳台上，他笑了。我清楚地看见他脸上的笑容。当我向他招手时，他抬起手冲我来个飞吻。他又飘走了。我望着远处的夕阳。这情形跟电影里的一个样。在美丽的夕阳下我们结束了这充满惊奇的一天。夜幕即将落下，我丈夫终于又回到人间。我也是。

奇山飘香

胡志明昨天晚上又来找我了，手上还粘满了做糕点的糖渣。我感到有些意外，因为这是第一次从张开的遮阳罩下透过来的微弱光线中看见他站在床边。我想，一定是大女儿把遮阳罩打开的，好让我别忘了早上太阳又升起来了。我已是上了年纪的人。女儿似乎觉得不定哪天早上我连自己是否还活着都不知道了。这个傻丫头！说不定哪天晚上我还能从床上爬起来，溜进她房间，撑开她屋子的遮阳罩，好让她一清早就见到太阳呢。她也是六十四岁的人了，该替自己操操心了。我是不会死于健忘症的。

从大街上射进来的光线虽然微弱，但足以让我一睁眼就把胡志明认出来。我听见他对我说："刀老弟，我的老朋友，我听人说已经到了该来看你的时候了。"昨天晚上，我甚至还没看见他的手，就闻到他身上的甜味了，尤其夜里香味更浓。我一声不吭地伸手去摸床边的床头柜，想打开灯看他是否又走了。啊！他还在那儿。胡志明就站在我的床头。我甚至还能看见他映在窗玻璃上的身影，所以我知道这是真的。尽管如此，他却没有按我熟悉的那个样子，而是按他死时的那个样子出现在我面前。站在我面前的是胡伯伯,一个瘦老头,长着一缕胡子,穿着深色的衣服,脚踏一双塑料凉鞋,一副农民打扮。多年来,我看到他在照片里的新形象总觉得有点莫名其妙。让我不解的是,我认识他时,他不叫胡志明。我是一九一七年和他认识的,那时他叫阮爱国。当时我们都很年轻,每天都把脸刮得干干净净。我们是最要好的朋友,一同在伦敦卡尔顿饭店打工,我洗碗,他跟着大厨埃斯科菲尔学做糕点。我们成了好友后,初次赏雪景就相邀一起去。其实,我们在饭店一起打工前就已经是好朋友了。我们曾一同铲雪。铲雪时,胡志明总是停下来,使劲哈口气,然后看着从自己嘴里冒出的热气大笑。那时要想看出他心里在想什么,好比掷骰子算命。

胡志明来到我位于新奥尔良的家的第一个晚上,我终于看清是什么闻起来那么甜。于是,我对他说:"看,你手上粘满了糖。"

他看了看自己的手,似乎有些伤感。

上星期我自己也是这副样子。到时候啦,我该见见家人和还活着的朋友了。这是越南的风俗。当人死期将至时,要留出一两个星期的时间来再看一眼曾经打过交道的人,交流一下感情,或相互道歉达成谅解,或相互告别。这是越南人临终前非常正式的告别礼仪。人如果能在临终前完成这一仪式,就算是有福气的人了。我活了快一个世纪了,也许是该招呼家人和朋友过来了。但我还是等到身心完全疲惫时才对大女儿说:"是时候了。"

来告别的人,有些伤心地看着我。其他的要么傻乎乎,要么假惺惺的。但胡志明不是这样的人,他既不傻,也不假惺惺。他看着自己的手,想了一下说:"糖浆弄的,是麦斯特罗糕点店的糖浆。"

胡志明的声音里隐隐透着一丝渴望。我原以为，他来这儿是求我帮忙的。于是，我对他说："我不记得怎么做。我干的只是洗碗活。"话刚一出口，我就觉得自己怎么这么傻，居然认为他到这儿来是问我怎么熬糖浆。

但胡志明没觉得我傻。他看着我，摇了摇头说："没关系，我现在还记得温度是多少。糖化成粗条和细丝之间的温度是二百三十度，麦斯特罗这家糕点店规定得非常清楚。我还记得呢。"我从他的眼神里看出，他想逃避更多的东西。他的眼睛似乎仍盯着我的脸，眼珠微微动了两下，大概只有我才能看出他脸上的不安，因为在他还没举世闻名时，我就已是他的知心朋友了。

我已经快一百岁了，还是能够察言观色的。我大概比以前更能看清人的真实面目。我坐在客厅里垫得厚厚的椅子上接待来客，不管是傻乎乎还是假惺惺的客人——请原谅我这个坏脾气的糟老头子这么称呼他们——但愿他们所有人都能和睦相处。在越南，延绵不断的家族形成一条血脉，把人们连在一起，就像村里打谷场边围绕的一长串纸灯笼。我们血肉相连就能众人拾柴火焰高。这一直是我们越南的文化传统。但我的这些客人在美国待的时间太长了，一看就知道，他们有些人已经变异了。

今天早上来的没有外人。我仍然是坐在垫得厚厚的椅子上接待他们。我这个人丁兴旺的大家庭里来了四位客人。一位是我的女婿小唐，原南越共和军上校，一个假惺惺的访客，他坐在我那把卡斯特罗折叠椅上。另一位是他的儿子小立，就是来晚的那个人，几分钟前才到，也一屁股坐在折叠躺椅上。十几年前，我们国家还没败在共产党手里时，他是他父亲手下最年轻但资历很老的上尉。还有一位是我女儿兰，她是小唐的老婆，跟在他们俩后面进来，不好意思坐下。最后进来的是我大女儿。她靠在门框上，肯定是刚去过我的屋，把我一睡醒就合上的遮阳罩又打开了。

我已经习惯小唐那副假惺惺的伤心表情。在他眼里，我大概已虚弱不堪了。他总和大家保持距离。我还能看出他们爷俩仍然都很机警。我现在不想听这些人闲聊。我半闭着眼睛。小唐镇定自若，有着一双战场上军人的机警的眼睛。尽管他努力藏而不露，但我总能看出他心里隐藏的东西。他以为我闭着眼不理他们，于是不紧不慢地将目光移向儿子，开始谈起最近发生的暗杀事件。

你们要知道，就在上星期，阮必礼先生在我们新奥尔良社区被人开枪打死了。新奥尔良住着我们很多越南人，而阮必礼先生为我们所有人办了一份小报。最近，他犯了个致命错误——尽管在美国这不应该是个错误——他发表文章说，是时候接受越南共产党政府这一现实了，我们应该开始和他们展开对话。我们必须与我们国家的统治者打交道。他说自己一直忠于南越共和国。我相信他。如果有人问一个老头子对整件事的看法，我将毫无畏惧地说，礼先生说得对。

令人遗憾的是，他上星期被暗杀了。他已是四十五岁的人了，有妻子和三个孩子。他被打死时正坐在自己的雪佛兰小卡车的方向盘后。我觉得这个细节特别让人心痛：这个男人被杀死在他的雪佛兰车里。我知道，开辆雪佛兰车满处跑是最美国化的生活方式。我们在西贡时都知道这一点。那时在西贡有辆雪佛兰车是非常美国化的，如同有辆雪铁龙就非常有法国派头一样。

礼先生非常崇拜美国文化，而且崇拜程度比别人更胜一筹。他不仅买了雪佛兰车，而且买的还是一辆雪佛兰小卡车。这不仅让他很美国化，而且还让他成为地道的路易斯安那州人，因为这里到处都是这种车。只是他没在后窗上装枪架。后窗装枪架是这个地方的另一道风景线。他要是装了的话，也许会好一点，因为子弹正是从后窗射进来的。有人藏在他的卡车里，从后面杀了他。一名越南党代表在打给报社的电话里已经把这次暗杀行动的理由讲清楚了。

我女婿唐先生正对儿子小立说："至今还没人找到暗杀用的枪。"我察觉到他说这话时眉毛轻轻一扬，好像想让儿子听出自己话里有话。他又重复了一遍，并故意说得很慢，好像在念密电码："还——没——有——发——现——杀——人——武——器。"我外孙很干脆地点了一下头。女儿小兰一边盯着我，一边大声说："礼先生被害太可怕了！"接着她捅了捅自己的丈夫和儿子。他们俩赶紧转过身来看着我，然后大声说："是呀！太吓人了！"

我耳朵可不聋。我把眼睛闭得更紧了，因为我看够了杀戮。我让他们以为，他们的嚷嚷不但没吵醒我，反而让我睡得更香了。我曾批评过这些人，尽管如此，我并不愿意骗他们。我是和好教徒，相信世上一切生灵都能和平共处，特别是越南的家庭成员。

胡志明第一次来看我时就跟我打包票，说他做麦斯特罗·埃斯科菲尔糖浆时的温度没错，然后又问我："刀老弟，我的老伙计，你是不是还在走你在巴黎选择的道路？"

胡志明所指的是我的宗教信仰。我是在巴黎决定皈依佛门的，这让胡志明很失望。一九一八年初，我们一起来到巴黎。当时整个世界还处在战乱中。我们那时住在巴黎17区最破的街道上最破房子里。门牌号是9，位于一条死胡同几所摇摇欲坠的房子中间。除了我们租的单元，其余都是仓库。石头铺的街道上，到处都是碎瓦片。爱国（阮爱国，即胡志明）和我各住一小间。屋里只有一张铁床和一个可坐的包装箱。我好像还能看见爱国站在烛光下，戴着礼帽，穿着深色西服，一副傻乎乎的样子。我虽然没当着他的面这样说过，但他心知肚明，所以不断把帽子摘了又戴，戴了又摘，虽不说话，但心里憋着一股火，最后无可奈何地摇摇头。我刚说的是我们还没结束一起生活的事。以前，我曾天天去拜访一个和尚。这个和尚非常想把我拉到我父亲的宗教信仰上来。我叛离了父亲，漂洋过海去国外闯荡，就这样遇到了阮爱国。后来，我们一同去了伦敦，又来到巴黎。父亲就是通过我在杜乐丽结识的这位越南和尚把我召唤回来的。

但爱国没有被他的过去呼唤回来，而是被未来吸引过去了。他租了深色西服和礼帽，然后在凡尔赛宫待了几个星期。他在镜厅里踱来踱去，争取让伍德罗·威尔逊听取自己的意见。爱国在印度支那殖民地问题上向西方提出八条请求。他的要求非常简单，只要权利平等、集会自由和出版自由。爱国当时甚至没打算提出独立的请求，他不过是想在法国议会里为越南代表争得一席之地。这就是他想跟西方人要的东西。现在他头上的礼帽让他很恼火。他一把将帽子摘下来，两只手攥着帽子，避开烛光藏起来。我听见他在黑暗中嘟囔，说自己还没踏进凡尔赛宫，就看出情况不妙了。原来，他根本没见到威尔逊,也没见到利奥伊德·乔治,甚至连克莱芒索都没见着。他还是在和自己的帽子过不去。见他这个样子,我有些替他难过,于是从床上起身来对他说:"算了吧,胡伯伯。"

他仍站在我身边。这不是大梦初醒,像你可能认为的那样,这不是梦见了巴黎的圆顶礼帽,醒来后却发现胡志明从未去过那里。他仍在我的床边,尽管他站在我手不能及的地方,也不朝我这边挪动。他扬起一边的嘴角苦笑了一下,笑声里充满了讽刺,好像他也和我一样,想起了那天晚上试穿西服的情形。他说:"你还记得我在巴黎的工作吗?"

我想了想,我当然记得啦。我记得他刊登在报纸上的广告词:"手艺再现啦!""如果你想拥有家人的永久纪念,请到阮爱国照相馆修复老照片。"这就是他在巴黎的工作:用自己灵巧的双手修复老照片,这双手曾让伦敦的埃斯科菲尔大厨师羡慕不已。我说:"是的,我记得。"

胡志明严肃地点点头。"我给照片上所有法国人的脸颊都涂上腮红。"

我说:"美好的照片装在美好的相框里,只需四十法郎。"这也是广告里的话。

"是四十五法郎。"胡志明说。

我想起了那个还没回答的问题。于是,我指着屋角摆着的香案说:"我还在坚持那条路。"

他看了看我说:"至少你成了和好教信徒。"

他仅从朴素的香案就能判断出这一点。香案上只铺了块红布,红布上绣着四个汉字：宝山奇香。这就是和好教的教义。我们谨遵一位和尚的教导，他与那些主张繁文缛节的佛教徒背道而驰。我们不需要精美的佛塔和烦琐的礼仪。和好教认为精神的秉持是非常简单的，快乐的奥秘同样很简单，就是这四个汉字，意思是"奇山上飘来的香气"。

我一直欣赏我的老朋友阮爱国的幽默感。我对他说："你可没少给西方人涂脂抹粉。"

胡志明回过头看着我，但脸上没有一丝笑容。我感到有些惊讶，但更让我惊讶的是，我的小玩笑似乎让他想起了自己的手。他抬起手来仔细端详，然后问："加热后，糖浆表面是什么样的？"

"嘿，老朋友，"我说，"你现在让我担心。"

胡志明好像没听见。他转过身，走到屋子另一边。这时我知道，他是个活生生的人，因为他没有呼的一下从我眼前消失，而是打开门，走了出去，又砰的一声使劲把门关上了。

我摇了摇铃，招呼女儿过来。大女儿给了我一个瓷铃铛，假如胡志明是从前门走的，那我给了他足够的时间，一直到他下楼走出前门后才摇铃。大女儿睡觉很浅，不一会儿就来了。

"爸爸，怎么啦？"女儿的声音里透出极大的耐心。她是个好女孩，对越南家族了若指掌，人也很聪明。

我说："快！快摸摸门把！"

她立刻摸了摸。这就是她的可爱之处。我真想起来亲亲她，但我实在太累了，没有动弹。

"门把怎么啦？"她摸完门把问道。

"黏不黏？"

她又摸了摸。"是有点黏。您想让我把它擦干净吗？"

我说："明早再说吧。"

她笑了，从屋子另一侧走过来，在我额头上亲了一口。她身上有股薰衣草味，还有新换的床单味。那么多人在我前面走进了极乐世界，我多么渴望见到他们。我渴望看见村民们在打谷场上欢聚一堂，还渴望见到我妻子，再闻一闻她身上的薰衣草味和我们俩身上的汗味。就像一九六八年刚打完仗不久，我们俩在西贡打开窗户遥望夜空，听着炮弹在远处的地平线爆炸。那时西贡正值旱季和雨季之间，外面一丝风也没有，整座城市弥漫着沥青、汽车尾气和火药的味道。即便如此，我仍然打开窗户，然后转过身来望着妻子。屋里香气四溢。妻子从床上坐起来，她也闻到了香味。这种香味并非花香，但总让我们想起那些甘愿碾成尘的鲜花。这香味仿佛是宝石散发出的芳香，又像是翡翠山自有的芳香。我走到妻子面前，我们都已经老了，已经亲手埋葬了我们的儿女和孙子孙女。我们祈求孩子们在奇山脚下村里的打谷场上等着我们。但当我走到床边，妻子撩起丝袍，将它扔到一边，我贴在她的身体上。那天晚上，我们的汗水散发着香味。我想在村里打谷场上和她重逢，和我们亲手埋葬的孩子们相聚。我想起孩子们的小胳膊小腿、阴沉的眼睛和灰色的脸庞，想起一脸惊讶的大人们和疲倦的老人们，他们都走在我们面前，现在他们知道了那些秘密。胡志明手上糖浆的甜味还让我想见其他我希望在打谷场上见到的人：那些坐船逃跑的难民、发烧病死在印度洋上的一个邻村来的越南小伙子、土生土长的达卡尔土人

(他们被殖民军官强迫,在鲨鱼出没的水域中游向我们的逃难船,以把船只系牢,最后丧生海里),还有那两个在我们眼皮底下被法国人毫无愧疚地开枪打死的人——胡志明被这一幕震动了。而我希望那些人团聚在我们村里的打谷场上,包括那个第一次见到胡志明时称他为"先生"的法国人。他是我和胡志明在马赛港碰到的。我们在一起时,胡志明曾两次提起他。所以,我希望那个法国人也在那儿。当然,还有胡志明。他现在是不是已经在打谷场上等着我了?他是不是在煮着快融化的糖浆?女儿整理着我身边的被单,她身上的薰衣草味依然浓郁。"他刚才在屋里。"我对女儿说,告诉她门把手为什么黏。

"您说谁在屋里?"

我困了,没力气说下去了。她虽然很聪明,但也可能听不懂我的话。

第二天晚上,我开着灯等待胡志明的出现,但我睡着了,他不得不把我叫醒。他在屋子里拉过一把椅子坐下。我听到他叫我:"哎!刀老弟,我的老朋友,醒醒!"

胡志明把椅子拉到我身边时,我肯定已经醒了,因为我听见他说的每一个字。我对他说:"我醒着呢。我正在想朝我们的难民船游过来的那两个可怜人呢。"

胡志明说:"他们已经吃过我的甜点,在我忘记怎么做之前。"他抬起手,上面仍粘着糖渣。

我说:"你以前是不是用一块大理石板做糖皮?"我还记得呢,奇怪的是,这么多年了,记忆依然清晰,就像我还记得胡志明在巴黎登的生意广告一样。

"大理石板?"胡志明重复着我的话,疑惑不解。

"就是把加热好的糖倒上去的那块大理石板。"

"对。"胡志明把带有甜味的手伸了过来,但没有碰到我。我刚想从被子下伸出手来握住他的手,他一下子就跳开了,在屋子里踱来踱去。"那块大理石板,没抹多少油。我一般等糖半凉后,才用刮刀把它四面铺开,直到完全铺满,这样糖就不会变硬结疙瘩。"

我问他:"你见到我妻子了吗?"

胡志明已经溜达到屋子的另一头,但听到我的话,又转身走过来对我说:"对不起,我的老朋友,我没见过她。"

我脸上一定是露出了失望的表情,因为胡志明坐了下来,把脸凑过来对我说:"对不起,这儿还有其他很多我必须找到的人。"

"你是不是对我很失望?"我问,"因为我没走你选择的路。"

"这很复杂,"他轻轻地说,"你觉得自己已经尽力就行了。我再也不会质疑另一个灵魂的选择。"

"你内心平静吗,在那个世界?"我问胡志明这个问题,是因为我知道他仍在回忆做糖皮的方法。但我真心希望,这只是他在另一个世界中遇到的小难题,就像美食最终顺利完成时,顾客对它自然而然的期待一样。

胡志明说:"我并不安宁。"

"埃斯科菲尔先生也在那里吗?"

"我没见到他。这跟他没直接关系。"

"那为什么呢?"

"我也不知道。"

"你赢得了一个国家。你心里清楚,不是吗?"

胡志明耸了耸肩。"这里的世界没有国家界限。"

今天早上,我看到女婿和外孙脸上的表情时,本该想起胡志明耸肩的动作。有什么东西让我脑子活跃起来,那是怀疑。我闭着眼,头歪向一边,好像已经熟睡,鼓励着他们把话说下去。

我女儿说:"这不是说话的地方。"

但男人们没听她的。小立问他父亲:"怎么回事?"他指的是那把失踪的暗杀用枪。

"还是少知为妙。"小唐说。

接着是一阵沉默。我当时立即产生了怀疑,现在我的反应慢了下来。事实上,从第二天晚上起,我确实一直想着胡志明。不是他耸肩的动作。他曾长时间地陷入沉默,而我闭上了眼睛,因为光线似乎太强了。我聆听着他的沉默,就像聆听着我眼前这两个阴谋家的沉默一样。

胡志明又说:"他们都是大笨蛋。我现在不能让自己再发火了。"

我睁开眼睛,屋里的灯已经关上了。是胡志明把灯关上的,他知道灯光让我睡不着觉。我问他:"谁是大笨蛋?"

"我们曾一起把日本鬼子赶出去。我有许多抗日朋友,我还抽过他们的沙龙烟卷。他们自己也受过殖民主义者的压迫,难道他们不了解自己的历史吗?"

"你指的是美国人?"

"这儿有成千上万的灵魂和我在一起,我们国家的年轻人,他们都戴着礼帽,穿着黑西服。在一面面镜子前,他们的数量变成了千万,变成了上亿。"

"爱国,亲爱的朋友,我选择走和好教信奉的路,是因为这样世界就会变得更和谐。"

我心里渴求世界和平,绝不放过今天早上听到的女婿和外孙的话,我还记着呢。小唐告诉小立,暗杀用的手枪被扔了。他们俩都认识那些杀手,同情他们,也许他们也参与了谋杀。这对父子都当过空军。我有好几次听到他们咬牙切齿地谈论同胞被驱逐出境的事。我还听到他们俩说,相信美国人实在是太蠢了,我们应该把仗打下去,推翻腐败无度的阮文绍政府,把未完成的事业进行到底。每当他们在我跟前说这话时,都会快速地瞟我一眼,然后转身道歉:"对不起,外公。往事总是勾起旧恨。我们很高兴全家开始了新生活。"

我想为这番话摆摆手。我很高兴家里又恢复了安宁,很高兴还能转身闻一闻山茱萸的味道,甚至还能再闻一闻公路对面咖啡树的味道。这些将成为我们家的新味道。但我总觉得浑身无力。其他人都将起身告别,我指的是男人们。也许,我的一个女儿会走过来,无言地抚摸着我的脑袋。没有人会问我为什么哭了。我想闻一闻女人产后那股浓浓的血腥味。我想抱一抱我的第一个儿子。我觉得儿子还在我怀里,还是那么滑溜溜的。那里有一股村里打谷场上尘土的味道和山那边中国南部海水的咸味,就在高山的那边。那里有一股血腥味和我妻子腹腔的味道,因为专属我儿子的海水从我深爱的女人体内流出来了,海水涌出,将鲜活的他带到世上,可生命没多久就消失了。在那个世界,他会不会撑着不稳的小腿站在我面前?我是不是得弯下腰和他打招呼?还是他已经变成男子汉了?

女婿和外孙的沉默几乎让我真的睡着了,但睡得并不安生。过了一阵,只听外孙小立对爸爸说:"我要是对这件事一无所知的话,会被认为是胆小鬼。"

唐先生笑着说:"你已证明自己不是胆小鬼了。"

但愿我那时真的睡着了,我希望自己睡得什么都不知道,让生命在梦中游荡,寻找村里的打谷场。我活得太久了,我想。我听见女儿呵斥他们:"你们俩都疯啦?"接着,她变了声调,每个字都说得清清楚楚:"让——爷爷——好好——睡个——安稳觉——吧!"

于是当晚胡志明第三次来看我时,我想问问他的意见。他的手上仍粘满了糖渣,而且还是和前两天晚上一样,心不在焉。"做出来的糖衣还是有些不对劲儿。"他在黑暗中对我说。我一听便掀开被子,挪动双腿,执意要下床站起来。他没有试图拦我,但悄悄地退到了黑暗中。

"我要和你一起在屋里走走,"我说,"就像我们俩在巴黎那些狭小的房子里一样。我们可以聊聊马克思,聊聊佛教。我现在必须和你走走。"

"好吧,"他说,"也许这能帮我回忆。"

我穿上鞋,站了起来,胡志明的影子从我眼前飘过,穿过街灯射进来的光线,融入门边的黑暗。我跟着他,闻着他手上的糖味。糖味先是在我前面,当我走到刚才他待过的黑暗处时,又越过了我。于是,我转过身来,站住不动,依稀看见胡志明站在窗前的轮廓。我对他说:"我断定,我女婿和外孙都参与了这次暗杀行动。这是政治暗杀。"

胡志明站在原地不动,灯光下只见一个黑影立在那儿,他一言不发。我站在屋子的另一侧,闻不着他手上的糖味,只闻到外孙小立把头靠在我肩膀上时的酸奶味。那时他还是个孩子,女儿兰把他交给我后就到阳台上去了。这个小男孩望着我,我也望着他。我甚至还能闻到他妈妈身上的奶味,他呼出来的奶味带着酸气,他的身体闻起来也是酸的。屋里点着香,弥漫着一股茉莉花的香味,那是亡灵驾驭的祥云。外孙靠在我的肩上呼了一口气。我赶紧扭头躲开他的气味。女婿小唐走了过来,很快发现了自己的媳妇,等着她把孩子从我手里接过去。

"你从不过问政治。"胡志明说。

"是吗?"

"当然。"

我问他:"我的老朋友,你现在待的那个地方有政治吗?"

我看不见胡志明在向我走来,但他手上的糖味浓了,越来越浓。我觉得胡志明离我很近,虽然我看不见他。他离我非常近,糖味又浓又甜,直冲我的肺腑,似乎它是从我的身体里散发出来的,似乎胡志明正穿过我的身体,我听见身后的门打开了,接着又轻轻地关上了。

我从屋子的另一侧挪回床边。我转身坐下,但脸朝着窗外。街上灯光星星点点地洒在窗户上,如同遥远宇宙中的新星。我走到窗户前，抚摸着反射进来的灯光，不知星星爆炸时是否也会产生那种尘埃与气体燃烧的浓烈气味。然后我合上遮阳罩，溜回到床上。我觉得这样做非常得体，此刻我躺在床上等待着入睡。胡志明说得对，当然。我将对我外孙的事守口如瓶。也许等我加入胡志明那边时，也会不得安宁。但那无关紧要。他和我又将走到一起了，也许我们还能互相帮助。现在我终于想起他忘记的是什么。他是用果糖做糖浆的，所以应该放砂糖。我当时只是个洗碗工，但埃斯科菲尔大厨在讲如何做糖浆时，我却仔细听了。我想把一切都弄明白。他的厨房里充满了这种气味，于是你知道，你必须先研究透这些气味，否则你将永远一事无成。

一盒沙龙烟

我自始至终都是随时听从我们国家领袖召唤的。为了这些国家领导人，我情愿遭受 B-52 轰炸机的炮弹攻击，蜷缩在榕树底下，抱着脑袋，浑身颤抖得像个吓坏的小孩，让自己男子汉勇气丧失殆尽。听到当官的命令，我只需说一声"是，长官"，然后立即钻进丛林。我为这些当官的毫无保留地奉献出我的男子汉勇气。但是现在，我静静地坐在这里，把保存了二十四年的一盒沙龙烟和一张用剪刀没修整好的小照片放在面前，然后轻轻说了声"不"，说完后我马上抬起头看周围是否有人听见。哦，这里没人。只有我自己。我望着窗外，外面有一条布满车辙的路，在明媚的阳光下，伸向丛林。我们越南人开始过和平日子了。可是我们仍然和以前一样，使劲把着厚钝的犁，赶着水牛在田里耕作。现在除了贫穷，我们剩下的，还有一个合二为一的国家。想到这儿，我转过身，再也不想看那片离小路百米以外的丛林。我以前就是在那片丛林里醒悟了。我又看了一眼桌子上的这些东西。

那个美国兵很奇怪，不知为什么独自一个人在那片丛林里转来转去。我当时根本没琢磨怎么回事，就用可乐罐自制的手榴弹把他干掉了。自制手榴弹很简单，仅需少量火药，用麻绳作引线，塞点碎铁片，再扣上一开就炸的盖子就成了。这个可乐罐还是我从村里的垃圾堆里捡来的呢。我是从树上把他消灭的。我本可以开枪打死他，但既然做了这颗手榴弹就用这个吧。我见他走进丛林中的空地，一边慢慢走一边大声吵吵，显得非常紧张。那个美国兵不仅掉队了，而且迷路了，而我在树上有足够的时间，从容地把可乐罐朝他扔下去。可乐罐轻轻落到他的脚下。他低头看了看，盯着这个可乐罐，好像是美国上帝送来的礼物，似乎在想："是不是捡起这罐可乐，把它喝了，让自己精神精神？"

我那时已杀过不少人，但还得杀更多的人才能让我解脱，走出丛林，所以，对这个家伙我也没手软。只听清脆的一声响，他倒下了。在这种情况下，像往常一样，紧接着倒下的声响，我们还得等另一种声音。可这次，这个美国人没呻吟多久就没气了。我当时在树上等了一会儿，看看是否还有别的美国鬼子。我对他奇怪的行为没猜错。他那一步压一步的走路方式，在空地上东瞧西看的样子，还有他的自言自语："噢，不，这儿也没我们的人。"让我一看就知道，他和自己同伙走散了。我发现他时，还没能想象出来他心里在想什么。我是今天早上坐在这儿才琢磨出来的。当时我发现了他，知道他迷路了，然后用自制的手榴弹把他消灭了。我学会了谨慎行事，因此在树上等了一会儿，但我已经知道我的判断没错。确实，他后边没有别的美国鬼子跟过来。

我溜下树来，向这个美国兵尸体靠近，我能看见他浑身的伤口，我无动于衷。那时我已见过太多的伤口了，虽然我经常想起自己在 B-52 轰炸机的炮弹下曾吓破过胆，但见到鲜血横流和满地白骨还能保持脸不变色心不跳。于是，我走到他的尸体跟前，他身上布满伤口，血从伤口不断地涌出来。我把手伸进他的裤兜和衬衫兜里，希望能找到什么东西拿给当官的看，但仅掏出一盒沙龙烟。

我不记得当时的行为对自己是不是个讽刺。我那时候年轻气盛，忽而怒火万丈，忽而情绪低落。情绪不稳定的人是察觉不出讽刺意味的。那时我们都知道，敬爱的国父胡志明有个嗜好，那就是抽沙龙烟。我们名牌部队里有位上尉曾接到国父胡志明的亲笔信，感谢他把缴获的沙龙烟带到北方献给他。这是当时路人皆知的事。所以，我以国父为榜样，也喜欢上了这个牌子的美国香烟。我回想起当时情景，觉得从尸体上拿走这盒香烟时，脑子里肯定只想着自己的嗜好。

现在我还是如此，似乎仍是个很自私的人。胡志明是在我打死那个美国兵的那年去世的。在他去世后，我们这帮人又接着打了六年多才把国家统一起来。我服从领导我们取得伟大胜利的领袖们。然而，我们国家经过这些年和这些事后，我对是否执行上级让我们上缴战利品的要求有些犹豫不决了。我不想把这件东西交公。我现在看问题的方式让自己都感到吃惊。命令已传达到了所有人，要求我们把发现的属于美国兵的物品交出来，以便美国政府辨认无名牺牲者的姓名，这样能让我们两个敌国今后还能成为朋友。战后的结局正应了我老婆和岳母大人的信条。我家里这两个女人都疼爱我。尽管我给她们做了不少思想工作，但仍改变不了她们骨子里信仰的东西。他们从佛教的角度来理解这个世界。似乎我们人人都能死后复生，获得一个奇怪的新肉体，而且人人注定都要转世来赎以前犯下的罪孽。牺牲的年轻越共分子和战死的美国兵现在复活了，又成了朋友，而且都已人到中年了。现在他们一起做生意，一起生产饮料和香烟。

是这个想法让我犹豫不决吗？我还能一如既往地服从命令吗？我只有回答了这些问题，才能明白这不是要为自己开脱的理由。在那片空地上，我记得我把沙龙烟放进了口袋，然后又钻进了丛林。傍晚，我坐在离同志们不远的小河边，漫不经心地从盒里抽出一支烟。我不愿意和他们分享这包烟，于是，我点了一支，把烟吸进肚子里。我抽着这种牌子的烟时，心里有一种放弃欲望的感觉。我望着离同志们不远的小河和周围几百米开外的丛林。夕阳下的丛林里漆黑一片。我把烟吐出来，鼻孔里冒出丝丝奇特的凉气。我以前从未抽过胡志明喜欢的这种牌子的香烟。我当时想，这种柔和的凉气大概是胡伯伯的灵魂进到我身体里了吧。这个怪念头虽有些神秘兮兮，但轻而易举地从我的脑子里冒出来。如果胡志明知道，会对我感到失望的，但我从不质疑自己脑子里一闪而过的想法。显然，这不是一个成熟共产党员的思想。后来我才听说，美国人在香烟里加进了某种叫作薄荷的东西。我现在回想起河边抽烟的感觉，终于明白了那是自己的胡思乱想，为自己的无知感到惭愧。

我当时还渴望这种感觉能在身体里多停留一会儿，好让胡志明的精神留在我心中。这时，我又拿出口袋里的这包烟。我现在有工夫再仔细端详它了。香烟盒顶部和底部有两条绿中带蓝的条纹，上面还有英文字，除了中间白条上较大的"沙龙"两个字外，其他一连串长长的字母在我眼里毫无意义。沙龙这个牌子我知道，所以还能认出来。香烟盒外面包着一层透明的玻璃纸。我用拇指搓了一下，差点把它撕坏了，就没再搓。这纸是防潮用的。我把香烟盒翻过来，心里猛然一跳，好像附近丛林中的小树枝啪的一声折断了吓了我一跳。从我手里掉出一张脸，正冲着我微笑。这是张女人的脸，于是，我屏住了呼吸，这样她就听不见我说话了。我想，一定是刚才太激动，让我的手有了反应。我的手立刻去掏枪杀了这个女人。

现在这个女人就摆在我面前。这盒香烟放在我亲手做的桌子中间。这桌子是拆了当地旧政府办公室里的一个法国橱柜，用它当桌面才做成的。香烟放在桌子中间，玻璃纸里的照片朝外摆着。当时在丛林里空地上那个被消灭的美国兵也是把照片这么摆的。我和他摆的一样。我从来没把这张照片从里面抽出来过，也没再从里面拿出烟来抽。我还没等我的手安定下来，心跳不再超速，就知道我下一步要干什么。我没问自己为什么要这么做，只知道自己想再看一看那个女人。相片里的这个女人有张瓜子脸，头发颜色很淡，正咧着嘴大笑，还露出了许多牙齿。我把这包香烟揣到口袋里，把它和妻子临行前偷偷放在我手里的佛像坠放在一起。

我盼望着妻子快点回来。于是，我望着窗外，看着那条小路。她和母亲将从周围树丛中挑着水走出来。只要她在林间小路一闪现，我的手就会立刻变得柔软。我刚才说错了，那张照片上女人的头发不是没有颜色。白天太阳照耀我们村子时，那光泽就像她头发的颜色。如果我妻子站在丛林阴影中，她的头发也会显得没颜色。

但愿我那时为所谓自由而战的时候，我白天能有这些反应就好了。我这个人还是能够当机立断的，知道什么时候打、什么时候跑、什么时候趴下发抖、什么时候抢死人口袋里的东西，我甚至还能做出像这样奇怪而复杂的决定，把缴获的这包烟偷着塞进自己口袋里，而且还秘密地、稀里糊涂地保存了几十年。那时我就这么干坐着，不知怎么办才好。我脑子里有些东西在提醒我，说我们国家这帮当官的要背叛他们以前的信仰和曾经激励人们奋斗终生的理想，他们要带领我们走日本人的老路。即使现在对当官的有不同的看法，但我身体一点反应都没有。我的手没有攥成拳头变硬，而是软软地搁在桌上一动不动。也许，是因为我正坐在那个美国女人的笑脸前；也许，是因为我在B-52轰炸机炮弹攻击下尝够了魂飞胆破的滋味。也许，我不是个男人了。

我再也不会一有什么想法就急于反应了。那是二十来岁的毛头小伙做的事。我不再是毛头小伙了。现在甚至连年轻小伙子都知道把这东西藏起来别再碰它。为什么呢？我猫下腰，愣了一会儿，仿佛自己又隐蔽在树上，盯着那张美国脸从丛林空地经过。这张照片的三个边，上边、底边和左边都剪得齐齐的，唯独右边剪得有点斜，从身后淡蓝的天空和黑黝黝的庄稼地里斜下来，经过那个女人的肩膀，几乎要碰到她的胳膊肘把胳膊剪断，但拿剪刀的人好像意识到这点，把剪刀绕开了，保留下了完整的胳膊。我说得好像是我自己把照片右边剪成这个样子似的。其实是那个美国人剪的。他剪的时候小心翼翼，唯恐损坏他爱的女人的形象。他把照片的边剪去是为了把它塞进香烟盒的玻璃纸里。看到这儿，我才恍然大悟，明白了到底怎么回事。那个美国人带着自己的爱人来到越南战场，等部队停止前进，大家满身是汗、惊恐万状地坐在河边休息时，他就可以掏出一支烟来抽，还能见到她的笑容。

你不觉得惊奇吗？那个漂洋过海替他们国家帝国主义者卖命的美国大兵怎么可能有这样的感情呢？也许是由于这个原因，我才把这包烟保存至今。那个美国人的举止让我有些困惑，因为只有我妻子才会这么做。我们家现在还有敬祖宗的香案。妻子经常摆一张小桌子，上面放一个香炉、一个酒坛和娘家保存多年的柚木龛盒。龛盒里装着用草纸写的家谱，家谱上有四代祖宗的名字。妻子相信祖宗亡灵需要在世亲人的祈祷，要不然的话，他们就不会安生。我批评她，说她在这个推翻暴君统治的革命世界里，思想太糊涂。每次批评她，她都扭过脸去不理我。我知道，我伤了她的心。她摆香案和为亡灵祈祷其实并不符合她所信奉的佛教，这种做法源自中国人的儒教。但妻子根本听不进我的话。她那些东西和我的信仰，或我的政治观点水火不容。我那时认为，她所信的那套是我们自身的软弱和相信造成的。我们诚惶诚恐地期盼来世，相信这个看得见摸得着的现实世界外还有另一个世界。我那时的观点是，正是由于这种迷信才使政府任意压迫穷人，而我一心想消灭的就是这个罪恶。

但如果我仔细看了这些东西，头脑再清醒点，就不会对这个美国大兵的爱情感到惊讶了。我当时太糊涂了。美国大兵的妻子还活着。这是张她活着的照片，不是祖宗的照片。那个美国人在丛林里每次抽烟都能想起自己的爱人，让人觉得他这种爱的方式有点太过分了。他们政府可能也给他灌输了我所信奉的理念。他的思想也被政府控制了。我不想再欣赏照片上这位笑容满面的女人了，而是想辨认她身后那一堆绿莹莹的东西。照片中的土地黑乎乎的，我凑近前使劲看才发现那是新翻的土地，人们正准备播种，黑色的土地被犁出整整齐齐的垄沟，一看就知道那个美国大兵家里人都是庄稼人。他爱人正冲着他笑，头发呈现出清晨朝阳照在农民脊背上的颜色。他一定喜欢这种颜色，就像我一样，一看见妻子梳理瀑布般黑色长发就非常开心。那位美国大兵家乡的土地一定散发着浓浓的香味，长出美国人最爱吃的东西。我想，一定是小麦，而不是水稻，也许是玉米吧。想到这儿，我突然觉得自己的呼吸加快。于是，我把手放在那盒烟上，捂住那个女人的脸，心里想，该把这些东西交给政府。但我知道我是在自欺欺人。于是，我又松开了手。我不想看那个美国兵妻子的脸了。我呆呆地坐着，眼睛又开始朝窗外看。

大概是在等我的妻子吧。她要从丛林小路过来了，我得把这些东西藏起来，别再琢磨这些事了。我如果真没办法处理这些东西时，就去土伦市把它们交给领导，反正去村里做农民的思想工作，一年有四次要路过那里。淡蓝的云影掠过了小路，蜻蜓还在窗前飞舞。即使妻子马上出现在小路上，即使进了屋，我所有的东西也都藏好了。我不想让她看这些东西，因为我从未跟妻子说过那些年在丛林中我都干了什么。她是个贤惠的妻子，也从来不问我的事。她现在还没出现在小路上，蓝色云影掠过时，她没回来，蜻蜓飞舞时，她还没回来。过了好一会儿，还是不见她的人影。太阳落山了，蜻蜓准备飞走了。它犹豫了片刻，匆匆飞走了。我这时才意识到，我没在等妻子。我在期待别的东西。

我又看了眼照片上那个女人的脸。她丈夫的尸首是永远找不回来了。我把他留在那块空地上了，没和他的同志们在一起。我找了个地方藏好他的香烟，但他被我远远地扔在脑后。照片上这个女人大概在家里也写好丈夫的名字并把它保存在龛盒里，在他龛位点上香，然后替他的亡灵祈祷。她也是农民的老婆嘛。她信的东西和我老婆的是一样的。可怜的是，她至今还不知自己丈夫是死还是活。假如这样的话，她没法为他祈祷。

我是不是也像那位美国大兵多愁善感起来了？我没有。但我有权力去思考这些问题。我从这包烟还明白了一些其他道理。我甚至在河边休息时有点醒悟了。现在我回想起当时的情景，明白得更多了。我从烟盒里抽出烟放在手里，第一支烟很短，是支抽了半截的烟，一端被捻碎了，是那个美国人为了省下这半截烟才把烟灰捻灭的。我那时只是刚有点感觉，但现在我清楚地意识到，这个美国大兵和我一样也是穷人。他没抽完那支烟，舍不得扔掉那半截。他把那半截留下来为了以后接着抽。越南丛林里到处都是抽半截的烟卷。这成了美国人的一景。美国大兵有的是烟，想抽多少就抽多少。但这个美国人没有糟蹋东西的习惯。我能理解他，也明白这点，还能做到把他的东西交给政府。但我绝没想到自己也是个多愁善感的人。我毕竟杀了这个美国兵。不管杀他是什么奇怪的理由，反正我不再想他了，对他没觉得有什么可惋惜的。他是咎由自取。

世上的一切都有象征性。我们用红色的旗帜代表革命，黄色的星星代表祖国统一。胡志明长有一缕胡须的慈祥面孔和坚定的目光是我们国父的形象。我真没想到，国父原来也抽这种牌子的美国烟。我把沙龙烟盒翻过来看，又明白一些道理。烟盒顶部和底部的两道线是南中国海风平浪静时的颜色。大海在烟盒上被中间一条白道分开了，上面印着沙龙这个英文字。看到这些，我终于明白，无知与智慧之间的界线是多么纤细。我终于看清楚了，在这个英文字母中间还隐藏着一个空。这个英文字不是沙龙（Salem），而是"沙"和"龙"两个字，是两个越南字，一个字的意思是"倒下去"，另一字的意思是"糊里糊涂"。我们每个人都有过这样的经历。我让那个美国人糊里糊涂倒下去了。深陷丛林的那天早上，他看着妻子的脸，抽了一会儿烟，接着往前走，小心翼翼地把烟灰掐掉，揣起剩下的半截烟。他出身贫寒，很爱自己的老婆，却被政府派到这里来打仗。同样，我也受政府派遣，趴在树上，看着他在我下面心惊胆战地往前走。是我让他糊里糊涂倒下去的。

我又把烟盒翻过来，放在手心里，轻轻打开那层玻璃纸，抽出那张照片。她还在冲着我笑，等着我把故事讲下去。我把照片翻过来，背面什么字也没有。没有名字，什么都没写。我仅有一包烟和这张无名的脸。我想，它们反正没什么用了，觉得自己无论怎么做都很愚蠢。留着这些东西愚蠢，把它们交上去也愚蠢。我想了半天也想不出个所以然。于是，我看我的手怎么处理吧。我的手就像那天早上坐在林中那块空地上那样，不自觉地甩出半截烟，把它拿在手里，然后又放进嘴里，点着火柴，凑到他掐灭那一端，点着后深深地吸了一口。吸进时我不禁打了个冷战。虽然我不信鬼，但我马上能想到，那个美国大兵的妻子可能正在某个地方翻看许多的照片，寻找自己的那张，觉得总有一天会找到，得到她必须知道的消息。而我要留下这包烟，觉得有必要时再抽一支。

失　踪

你在照片上看到的甘蔗田对面的那个人就是我。我那时正在丛林边抽烟,我想这张照片可能是某个法国记者用长镜头拍下的。在这张照片里,你看不清我手上的烟卷,但能看出我有一头金发,甚至比我现在的还黄。那天,我和部队在公路上刚结束战斗,就把枪靠在一棵苹果树旁,又把背包和钢盔放在枪旁边,正要走进树林。我的黄头发在阳光照射下特别显眼,高地上空的太阳如一个长着扁平足的老鸦盯着我们不放。其实按理说,我的头发本应该变成黑的,应该变得和我妻子一样黑。

我们村里有人从大叻市带回一张从西贡弄来的美国报纸。这张报纸也许是澳洲商人带过来的,也许是美国大兵回来找越南落下的东西时带过来的。我听人说,最近有不少美国大兵回到越南。他们这几天让我日子有些不好过。我正发愁怎么能躲开他们呢。我和他们现在已没什么关系了。这就是我一看见这张照片就恶心的原因。我一看见这张照片就知道那个人是我。我认识那块田。我知道自己的头发是什么颜色。你看不清烟卷,看上去我的手正从脸上垂下来,好像在无力地挥动,又好像在呼喊"快来帮帮我!"但现在,我他妈的最不想要他们的帮助。

我亲自生产烟叶。村里人都干这个。我们在山坡上还种了咖啡。我第一次见到这位后来成为我老婆的姑娘时，她就在路边光着脚把咖啡豆摊开来晒干。后来，她家里人终于同意我娶她。就这样，我们俩可以躺在自己的小房子里，这房子有木板墙和木天花板。越南这个地方不仅有硬木，还有凉爽的夜晚。那天，她用手梳理我的头发，并给我的头发取名叫阳光。我把她的脚捧在手里，亲吻它们，尝到一股咖啡味。

我没失踪。我留在了这儿。我熟悉这里木柴燃烧的味道，熟悉妻子祭奠将她许配给我的已故父母的烧香味，还熟悉女儿用后院大缸里的雨水洗头发的味道。但《今日美国》登出了我在逃跑的照片：照片上的我正可怜地向田地那边的战地记者挥手，让他把这个消息告诉全世界。他们这帮干媒体的怎么没琢磨过，我何以会傻到那种地步，傻到穿过田地对他说："带我回去吧！我要回到妈妈、爸爸和兄弟姐妹身边"？假如我临阵脱逃，我在美国的家人就会倒霉。我没想到由于住的地方离公路较近，人们很快认出我来，让我成为我们国家战争中失踪的孩子。在越南，有不少孩子失踪了，甚至连尸首也找不回来。

我当时决定一走了之。只不过是一走了之。有成千上万的美国兵像我这样做。据说有两千多人这么做了。我听到的要比这多得多。这些"失踪"的美国兵有躲在西贡的小胡同里的，有藏在高地和沿海的小村庄里的。他们的目的就是想躲开杀戮。当地人接纳了我们，从来不问我们任何问题。

这张报纸一出现在村里,我马上察觉到家里人的脸上充满了疑问。我们当时也跑去看这张报纸。这儿的人们都这样好热闹。这个村很小,村里的长辈叫斌老爹,也是那时第一个认识我的人。一九七〇年,我光着脑袋决定扔下武器不再杀人后见到的第一个人。那时我只会说几句越南话。我告诉他,我们是朋友,我只想躺下睡觉。他明白了我想干什么。

昨天,我们还一起坐在仙姐屋前的凉席上呢。仙姐给我们端上茶,让我们坐在那儿看那张报纸。

"我想,这是你。"斌老爹说。他努了努嘴唇,噘起胡志明式的小胡子。他留这样的胡子并非是支持那位领导人,而是一种讽刺。

这张报纸是驰哥带来的,此时他又把它放在我面前。周围有十几张脸望着我,等我说出最后一句话。我点了点头。老婆小桃捅了一下我的肩膀。她也明白了。"就是我!"我大声说。

斌老爹问:"报上都说了你什么?"

"没说什么,"我说,"他们不知道我是谁。"

斌老爹慢慢地点头。我知道,他是想让我再多说点,但我没再说下去。我躲开周围人的目光,越过灰尘满天的街道,看着晾烟叶的架子。那里有几个孩子。仙姐的两个儿子蹲在那儿,回过头来望着我,驰哥的小女儿正盯着阳光下桌子上的龙头。仙姐刚才一直在修理龙头,给龙脸重新刷上绿的和红的条纹,以备过年时拿出来耍。我躲开斌老爹的目光时,心想女儿小花也可能在那儿。可是,我没看见她。我不能再假装往远处张望回避大家了。斌老爹正等着我接着说下去呢。

我又沉默了好长时间。斌老爹问:"报纸上有提到别的人吗?"

"没提。没有。报上只说,一些美国人看到这张照片,都以为这证明了在越南被越共俘虏的美国人还活着。"

"MIA。"斌老爹用老早以前跟我学的那种干瘪的美国腔把这三个字母念了出来。

"是的。"我说。

听到这儿,斌老爹恭敬地把脸转过来,背对着坐在身旁的光老爹。光老爹年龄几乎和斌老爹相仿,脸刮得很干净,皮肤颜色和雨后这条尘土飞扬的街道的颜色一样。我瞟了他一眼,围坐一圈的其他人也看了他一眼。他把报纸使劲铺开,好像要把褶皱抻平似的。他端详了我的照片许久,我想,他一定是想起了自己失踪的儿子。我们村子里大多数有一定年纪的人都有孩子死在战争中。但光老爹的儿子失踪了,二十多年了,仍未找到。他正发愁到哪儿去找儿子的尸首。唉,儿子的魂丢了,正在尸体上游荡,等着永远无法举行的葬礼呢。

我们村里人都信鬼。昨天晚上,我们全家还在厨房里烧香拜灶王爷。这里家家都供灶王爷,为的是,到了腊月二十三让他上天言好事。越南人把家看得很重。我们夫妻俩一起到地里干活,同住一屋,恩恩爱爱直至永远。妻子的父母就睡在我们家的草席上,一直到逝世。我将来也会睡在我女儿家里的草席上,直到逝世。这是我的心愿。

也许,这就是我看到美国报纸登出自己的照片后吓得要命的原因,也是我又开始向孩子们那边张望的原因。那里聚集的孩子们更多了，一起朝我们这边看，不知出了什么事。我寻找我的女儿，想要看到她，哪怕只看她一眼。在越南，我们像保护自己的身体一样保护着家人和亲戚。灶王爷见此一定会表扬我们，夸我们如此小心翼翼地呵护自己的家人。我们都非常尊敬死者的灵魂，供奉比我们先到极乐世界的亲人，还有我们周围其他死人游荡的灵魂。我们尊敬各位神灵。我们还敬重鼓舞世界的精神和意志。我拭目以待，看这些灵魂能把我带到哪里去。

女儿小花出现了。她现在长高了，体态从女孩儿变成了女人，头发是晒干了的烟叶的棕色，不是黑的，而是像加工好了的烟叶的棕色。我不知道那时为什么只注意她的头发。她的头发很长，颜色和所有人都不一样，既不像我妻子，也不像我。女儿站在驰哥女儿身后，向我这边瞟了一眼，然后又望着瞪着龙头的小女孩儿。

斌老爹仍有些担心。"你觉得美国会有人看到这幅照片然后想起你来吗？"

"这样的人不少呢。"我把目光转向光老爹，想起这位老人即便就这样双手拿着报纸也很心酸。斌老爹明白了我的话。我也能理解他的问题。他的意思是：在你过去的生活里，是否有其他人会认出这是他们的儿子、丈夫或兄弟，并为此感到难过？

我感到妻子在我身边有点坐立不安了。我想她也听出斌老爹话里有话，并对他有些恼火。这件事让她担心，怕引出来另一个女人。我知道我必须说清楚了。但我又看了一眼小花，她正凑到桌子前，拿起龙头，转过身对着驰哥的女儿，于是有那么一会儿我能够看到她的脸。阳光照在她的脸上，脸上各个部位都因为像我而显得轮廓分明。她有高高的眉骨，迷茫的圆眼睛，高鼻梁，大嘴巴，头发既不黑也不黄。我心里为她感到一阵难过，就好像她继承了我身上不健全的细胞，让她成了畸形孩子，生来就有畸形脚、裂脊柱和心脏病。

女儿用双手把龙头高高举过头顶，然后又慢慢放下来。她的头发、眉毛和龙结合在一起。她的眼睛、鼻子、脸和嘴都变了。她长着明亮的大眼睛，喷火的鼻孔，血红的双颊和绿色的眉毛。驰哥的女儿拍手笑着。龙头又放了下来，冲着驰哥女儿张开嘴，好像要吼叫似的。

我看斌老爹还在等我往下说。于是，我望了望其他人，又望了望小桃。小桃把脸微微扭过来对着我，但低垂着双眼。我心想："我与你同床共枕将近二十年，多少次抚摸过你的身体。你身体那些柔软顺滑的部位现在都变得粗糙了，可我仍然喜欢，甚至还爱上这种粗糙感。老婆，我也不想打开过去的记忆，但这是我现在住的村庄，千万双眼睛曾看见我穿过一块田地，而现在另一个国家的目光也都朝我这儿看。"

过去的一些经历又回到了我的脑海中，我不知怎么表达。我还记得我们在美国的家有一座带全封闭门厅的房子，房前有几棵枫树，还有一块紧贴路边每星期都要剪得整整齐齐的草坪。这些东西在越南这个地方从来没听说过。只有当没人的时候，我记忆里才闪现出这些东西，我才能毫无痛苦地想起它们。家乡的一切都值得保留在脑海里。那时候，每到夏天，枫树叶一动不动，街上一个人影、屋里一点动静也没有。我怎么对他们谈我的过去呢？越南人什么都能察觉到,甚至都能感觉到家里有亡灵的存在。围坐一圈的人们怎可能想象我过去的生活里就只有这么一点点美好的东西:枫树;门厅上新刷的油漆味,刚晾干了变成翠绿色,闻起来就像某些焕然一新的东西;秋千架上的链子吱呀呀地摆动,我用脚点着地,推动自己,把自己抛到空中,好像要飞走似的。

我一想起这些心里有些担忧。我害怕这些东西让我和这些越南人拉开距离。他们怎么会明白我的心呢?我恨我们之间的鸿沟。我想让另一个我溜进心里,但现在它要想完全占据我的心已是非常困难的了。我把过去背在自己的背上,只有我才能给它力量。这时,对面传来驰哥女儿的尖叫声和笑声,还有捂着嘴发出的大笑声,我不用看就听得出,这里有我女儿的声音。我知道不要再望着她们了,不能再盯着她们不说话了。

我从蹲着的地方站起身来,说:"对不起。"然后,我走出围着我的一圈人,既不看妻子,也不看我女儿,只是犹豫了一会儿,知道这里没有人再让我讲这件事了。他们越南人就这样。我顺着村里的小路眺望,看到远处的小山坡和山坡周围的树林,看见自己曾走过的那条路。就是在那儿,斌老爹第一次看到我疲惫不堪只想睡觉的样子。我朝着树林的方向走了一步,然后又迈了一步,走开了。

我走了好长时间。我爬上了山坡,然后进到一片散发着松木味的树林中,这是美国的味道,既是美国也是越南。那座带全封闭门厅的房子后面有个院子,院子里有两棵大松树,闻起来和这味道是一样的。一阵凉风袭来,我不禁发抖。这是我的胸膛在颤抖,是我的心在颤抖。这股凉风此时朝空地上的两棵大松树吹了过来。村里这片高地上的夜晚像美国的夜晚。虽然越南这个地方处处是稻田和悠闲的水牛，但到了晚上，有时也会很冷。

我停下脚步，在一个山包上坐下来，看着自己被太阳晒黑的手。我的皮肤虽然没有妻子的那么黑，也没有斌老爹和刚躲开的那群人那么黑，但已经和越南孩子们的皮肤差不多黑了。就是那种颜色。我的皮肤现在已变成越南孩子皮肤的颜色。我看了看指关节的黄色汗毛，又看了看胳膊，晒黑的胳膊上布满黄色汗毛。我似乎又坐在了门厅的秋千上，就坐在正中央，两只胳膊绷得紧紧的，两条腿刚刚触到地面。我双手紧紧抓住秋千板，有那么一会儿耳边只有头上吊链的咯吱声；我推一下，秋千吊链便吱呀一声，一声又一声，似乎把我荡起来是件痛苦的事。秋千虽然能把我荡到空中，但终将还要落到地面，永远也荡不出这个门厅。我停了下来，坐在地上。那所屋子里静悄悄的，但我知道我得进去了。尽管极不情愿，但我还得进去。

斌老爹在叫我回屋。他们所有人都在叫我进去。他们不过想让我把心里的秘密说出来。但我要走进的是家乡那所房子冷冰冰的大门口。令我担忧的是，战后地球那边人们还没摆脱妻离子散、家破人亡的痛苦。我一旦走进去，可能就再也不能回越南了。我坐在那儿，等待着，冻得哆哆嗦嗦，心里一点主意也没有。

但我不能老这么呆坐在林子里，于是站起来往回走，又回到村里。我经过一个菜园，看见三个女人戴着尖斗笠在干活。我知道她们叫什么名字，也跟她们的孩子很熟。我还经过了驰哥、光老爹及其他人的家门口，他们的孩子我也都认识。最后我停在仙姐家门前，闻到她家厨房飘来的烧柴火的味道和烧香的味道。龙头已摆在家门口了，散发着新刷的油漆味。她家大门也散发着新刷的油漆味。村里人一个接一个来了。仙姐先到的，随后是斌老爹，其他老乡也跟进来。反正村里所有人都来了。妻子领着女儿小花也来了。可是，她们娘俩刚进门就要退出去。我冲她们摇摇头，示意她们不要走，然后对着围成一圈的乡亲们点点头。

小花依偎在我身旁，旁边是她妈妈小桃，我知道她仍然忐忑不安。女儿扬起脸来望着我，然后又转过脸去。我弯下腰，她的头发散发出雨水的味道。那味道来自我们院里的雨水缸，我们按当地的习俗用雨水洗头。我们相信，祖宗仍在我们身边，仍需要我们敬拜，并把他们供奉在家里，好让香火传下去。我来到这儿后，有了这个孩子，现在这个村家家和睦生活美好。这里保佑我们的有小桃家祖先咖啡农的魂、烟农的魂和伐木工的魂，还有我们家服装商的魂、报社记者的魂和银行家的魂。我们两家亲朋好友的魂都到了这个地方，在我家集合，一起享受我们供奉的香火和祷告。我们两家的结合归功于我的孩子。正是因为有了她，这两个不同的家人能在这里融合到一起。而且，这两家人到了遥不可见的天国才惊奇地发现他们其实早已走到一起了。

我对他们说："在我小时候，每年过年时灶王爷都会从我美国的家升上天，他对众神仙说：'这家人有很多孩子，每天晚上睡觉时都感到害怕，因为他们身上部分皮肤的颜色变得和太阳落山后越南高地的天空一个样。于是他们天天祷告，连最小的孩子——一个男孩——也如此，祈求能够逃过这场战争。这些孩子相爱相亲，都祈求其他人能逃过这场浩劫。但他们知道，此事如果真要发生，他们将无一人幸免，他们家的香火将断，世上将再也看不到他们的祖宗。'"

说到这儿，我停住了，周围的人们都对我敬重地低下头。他们明白了，没再说什么。于是，我们三人站起身来走了。那天晚上，我在黑暗中躺在草席上，身旁的妻子也没睡着。我能听到她轻轻的抽泣声。我对她说："我那边生活中没有女人。"听完我的话，妻子温柔地呼了一口气，呼吸也慢慢顺畅了，身体如同我第一次抚摸时那么顺滑，我闭上了眼睛。

从此以后，我经常回想自己在越南躺过的这个地方，想着那里的咖啡树是怎么长大的以及生产烟叶的过程，在那另外一种生活里，我曾经在清晨悄悄从家里溜出去，周围除了我空无一人，心里清楚自己总有一天会逃走，而待在屋里的人们喝着咖啡，抽着烟，读着那张报纸。

译后记

发生在一九五五年至一九七五年之间的越南战争无论在越南人民的心灵上,还是在美国人民的心灵上都留下了一处抹不去的伤痕。自一九七五年以来,有关越战小说、诗歌以及戏剧在美国出版了近八百余部。美国越战文学作品的大量涌现使得文学界的一些专家学者甚至把二十世纪七十年代后的三十年称为后越战时期的美国文学。在这期间,越南战争及其后果理所当然地成了美国作家的重要素材,其中最著名的越战作家有罗伯特·斯通、梯姆·奥布莱恩、博比·安·梅森以及菲利普·卡普托等等。正如美国查尔斯顿学院英文教授苏珊·法莱尔教授所言,美国越战文学已从涓涓细流变成了滚滚洪涛,在美国当代文学史上占据了不可忽视的地位。

美国文学批评界对越战文学的关注始于二十世纪七十年代末。首先在美国文学界引起反响的是一九七六年菲利普·卡普托的《战争的谣言》、一九七七年迈克尔·赫尔的《派遣》和同年罗恩·科维克的《生于七月四日》,因为这三部小说讲述了那些怀揣理想和英雄梦的美国军人在越战中所经历的真实感受。战争的残酷和恐惧以及美国理想的泯灭使这场战争中的参战人员彻底改变了自己的人生观和世界观。美国批评家们普遍认为，美国越战文学的重要意义主要是对美国社会、政治、文化以及价值观进行了重新审视。美国著名越战小说家梯姆·奥布莱恩曾经说过，战争故事并非只讲战争，最终谈论的仍然是人心。美国越战文学属于战争文学，同时也属于伤痕文学。美国所有经历过越战的作家力图通过创作来抚平美越双方人民心中的创伤。美国越战文学也是暴露文学。它不仅揭示了人类世界的残酷和黑暗，同时也展现了人类的正义感和对世界和平的渴望。译者通过译著《奇山飘香》想推出的是另一类经历过越战的美国当代小说家——罗伯特·奥伦·巴特勒。

罗伯特·奥伦·巴特勒于一九四五年出生在美国伊利诺伊州的花岗岩市。父亲曾是专业演员，后来成为圣路易斯大学戏剧专业教授。母亲是普通职员。在父亲的影响下，他在西北大学读本科时选择了戏剧表演专业，一心想成为优秀演员。大学毕业后，他又改学戏剧创作，并取得了戏剧创作硕士学位。一九七一年，即美越战争末期，他应征入伍参加了越南战争，并在赴越前进行过一年的越南语培训，然后被派往越南作口译工作。与美国其他越战退伍军人作家不同的是，他赴越前能讲一口流利的越南语，并对越南文化及风土人情，乃至整个亚洲文化都有深刻的了解。他热爱亚洲文化传统，曾对采访过他的人说："我第一天到那儿就能够流利地讲越南语。我爱越南，爱那儿的文化和人民。我的意思是一去就爱上了。"因此，越战的经历和对亚洲文化的了解使他的文学创作别具一格，能在其作品中以一种与众不同的文化视角来审视这场战争和美国的价值观。

美国越战文学从二十世纪九十年代开始出现了新趋势，不再以参战军人为关注对象，而是把注意力转移到越战后果上，描述战争如何在美越双方军人后代心灵上留下的创伤和困惑。例如博比·安·梅森的小说《在乡间》、美籍越南作家鲍民（Bhao Min 音译）的《战争的悲哀：一部北越小说》、罗伯特·奥伦·巴特勒的短篇故事集《奇山飘香》和其他作品。作为参加过越战的美国退伍军人作家，巴特勒没像其他越战小说家那样把故事发生的地点设在军营中或战场上，以描写残酷的战争厮杀、军中腐败和人类种种暴行为主要内容。与众不同的是，作为美国人，他却用越南人的声音来讲述这场战争造成的恶果。在所有以越战为历史背景的文学作品中，他把时间和地点大多定在越战之后的美国，描写越战之后双方参战人员和普通美越百姓所经历的悲欢离合及对和平的渴望。而且，他在创作中尽可能摆脱冷战时期的敌对意识形态，用去政治化来展现人类普遍亲情、爱情、同情和良知，用人与人之间的似水柔情来冲淡越战的血雨腥风。他的作品充满了人情味儿。

巴特勒曾在一篇文章中写道："艺术家如果真正身体力行，日复一日，锲而不舍地走进潜意识，直面人生，毫不退缩，终将取得突破，进入另一种境界。身在这个境界里的既不是女人，也不是男人；既不是黑人，也不是白人、红种人或黄种人；既不是基督徒，也不是穆斯林、犹太教徒、印度教徒或无神论者；既不是北美人，也不是南美人、欧洲人、非洲人或亚洲人。他只是人类的一员。"以本书《奇山飘香》中的第一篇故事《投诚》和最后一篇故事《失踪》为例。这两篇故事的主人公，一位是越共政委，一位是美国军人，投靠敌方均不是出于政治原因，而是出于个人原因。虽然他们各自政治立场和价值观不同，但在亲情和对和平生活的向往上是一致的。在这两篇故事中，巴特勒想说的是，无论是你是何人，持何种信仰，人类情感和渴望都是一样的；共产党人是人，不是魔鬼，和美国大兵一样，有爱情，有亲情，同样渴望安宁和睦的家庭生活。

自一九八一年以来，巴特勒共发表了十七部文学作品：十一部长篇小说和六部短篇小说集。他的长篇小说包括：《伊甸园后街》(The Alleys of Eden)、《太阳狗》(Sun Dogs)、《骨肉同胞》(Countrymen of Bones)、《在遥远的土地上》(On Distant Ground)、《沃巴什》(Wabash)、《不分胜负》(The Deuce)、《他们低声私语》(They Whisper)、《大海湛蓝》(The Deep Green Sea)、《航天员先生》(Mr. Spaceman) 和《合理警告》(Fair Warning) 等。其中六部小说——《大海湛蓝》《伊甸园后街》《骨肉同胞》《航天员先生》《他们低声私语》以及《在遥远的土地上》讲述的都是与越战有关的故事。如《大海湛蓝》描写的是一位参加过越战的美国大兵在战后又重返越南去寻找离散多年的越南妻子和女儿；不料，旅馆里接待他并与他同床共枕的导游竟是他失散多年的女儿。总之，他以越战历史为背景的小说讲述的不是战争留给两国人民的仇恨，而是对越战的反思和人间的离散伤情。就如《投诚》中主人公讲的第一句话："我心中没有恨。自己现在已差不多能肯定这点了。"

此外，巴特勒曾被美国评论家称为腹语大师和讲故事的高手，因为在作品中，特别是他的短篇小说仍继承着口头文学的传统，常用主人公的声音来讲故事，如同在和你拉家常或聊天，使读者与作品的距离非常亲近。珍妮·弗朗斯结束对他的采访后曾这样评论道，巴特勒最伟大的天才在于他能进入故事人物的脑袋里，让自己完全变成小说中的人物。巴特勒把小说人物脑袋里的声音称为"内心渴望的声音"。他认为，每个人的内心深处都有渴望，因为人是有欲望的生灵。他还认为，艺术创作源泉来自人的梦想，小说就是探索人心灵深处渴望的艺术形式。他曾说过，"人是这个星球上有欲望的生灵"，文学作品的任务就是挖掘和表现人类内心深处最普通的渴望。为了展示自己的创作过程，他特意为自己录像，向他学习文学创作的学生们证明文学创作始于潜意识和人心底的渴望，告诉学生他是如何进入故事主人公的角色，听到他内心的声音。他作品主人公多为女性。虽然他是男性作家，但读者在阅读作品过程中听到的却是女性声音。无疑，巴特勒的这种创作技巧来自于他大学期间受过的戏剧表演专业训练。

巴特勒的作品体现了他的文学创作既现代又传统。他的大部分作品都是有故事的，而且故事情节安排奇特，人物心理刻画得细致入微，不乏幽默感。他在创作中试图将意识流和现实主义细描手法结合起来。他在《从你梦想开始》中提出了自己的美学观点，并对现代主义意识流创作手法提出了批评。他指出，现代主义小说家只注重人物心理活动描写而忽略了人物的外在表现。他告诫艺术家们在创作中要像日本著名电影导演黑泽明那样，不要移开自己的眼睛，不要对眼前发生的一切视而不见。他认为，人物的心理和情感反应必然体现在人的身体上。所以，他主张从细致地描写小说人物肢体动作入手来揭示人物的内心活动，对人的感观要进行"一刻接一刻"（moment-to-moment）地细描。他说："艺术家不是思想家。我们是感受家（sensualists）。"他还说，我们内心的"情感存在于外在感观中"。他的写作手法类似影视剧本创作，一个镜头接着一个镜头，随着时间一秒一秒地流逝而逐渐展开。所以，阅读他的作品让人觉得，他在故意放慢故事发展速度，用电影慢镜头方式跟踪小说人物动作的每一个细节，使人物每一个肢体动作都能体现出内心的情感和欲望。在他看来，艺术家的眼睛就是要捕捉人物身体的每一个动作。例如：在《投诚》这篇小说中，作者大段地描写了主人公惶恐不安的手和他吸烟的姿态。

巴特勒是美国当代极具创新意识的作家，尤其在短篇小说的创作上，不断更新写作手法，并取得许多令人瞩目的奖项。《奇山飘香》于一九九三年获美国普利策文学奖，此外，他的其他短篇小说曾四次入选美国一年一度出版的优秀短篇小说集，两次获全国杂志小说奖，两次获普什卡特文学奖，同时还获得过美国古根罕小说创作基金和全国艺术家基金。目前，他创作的短篇小说已成为美国乃至其他国家大学生文学阅读教材。一些作品正在被改编成电影、戏剧和芭蕾舞。正是由于在文学创作上的大胆尝试和不断创新，使得他成为享誉美国海内外的小说家和美国政府对外交流的文化使节。《奇山飘香》除中文以外，已在世界上被翻译成十九种文字。

《奇山飘香》是巴特勒的成名之作，共收录了十七篇小说，大部分故事地点都设在美国路易斯安那州南部新奥尔良附近的查尔斯湖地区。当人们询问他为什么把故事设在这个地点时，巴特勒先生答道:"假如我没到过路易斯安那州南部,假如我没见到新奥尔良附近这个保存完好的越南社区,我可能还和以前一样,自己也不知道如何想起要写这些离散的越南移民。路易斯安那州南部和越南在气候和文化上都很相像,也许这些相似之处引发了这一切,但肯定是我在越南的岁月直接影响了这部短篇故事集的创作。"《奇山飘香》中大部分故事人物是越战后流亡到美国的越南移民,其中只有六篇的故事发生地点设在越南。作为美国作家,巴特勒在这部短篇故事集里完全让自己沉浸在东方文化的叙事中,试图从东方人的视角来审视这场打败的战争和美国的价值观。他在这部故事集中,让越南人的风俗文化、古代传说、宗教信仰,以及亚洲人含蓄的情感表达方式一一跃然纸上。

例如在《格林先生》中,作者通过一只鹦鹉和主人的离散故事,不仅讲述越南宗教和政治冲突、越南百姓在战争中的颠沛流离,同时也描述了一个越南女孩的成长过程。再例如在《鬼故事》中,作者利用越南鬼文化讲述了一个人鬼情的动人故事。总之,他的短篇小说集《奇山飘香》充满了对东方文化的憧憬和向往。这些故事中,除了《一对美国夫妇》外大多短小精悍。它们既抒情又浪漫,而且故事的结尾大多美好又圆满,非常贴近东方人的文学品位。故事中的主人公都是经历过越战的人,来自社会的各个阶层,有革命领袖胡志明、南越共和军上校、越共政委、投机商人,更有酒吧女、妓女、饭店服务员和普通士兵。他们的故事透露出战败的沮丧、国破人亡的遗恨、挥之不去的乡愁、妻离子散的痛苦,以及文化身份的困惑。他们身在美国,住在路易斯安那州新奥尔良附近的查尔斯湖,虽然这里有舒适的生活,还有片片稻田和人们头戴斗笠在田里劳作的身影,但心底仍不接受他乡为故乡,内心深处渴望的仍是叶落归根。

读完这部故事集,你会悟出美国越战文学创作还有另一条新径。美国越战文学作品可以不是硬邦邦的,也可以没有杀气和血腥。罗伯特·奥伦·巴特勒的这部著名短篇小说集《奇山飘香》,我在一年半的时间里,利用工作之余,在不断与作者商榷中,终于翻译成中文,使得它的语言增至二十种。我翻译这部作品,不仅因为它是一部优秀的文学作品,还因为在几乎所有美国越战文学作品中,大多数作家谈的只是美国人自己对越战的真实感受,唯独亲身经历过越战的巴特勒先生没有这样做。这位大个子美国作家在这部故事集里不是屈尊而是弯下腰细心聆听了我们亚洲人对这场战争的感受。

译者 胡向华

于天津

二〇一一年八月二十二日

短经典精选系列

走在蓝色的田野上
〔爱尔兰〕克莱尔·吉根 著 马爱农 译

爱,始于冬季
〔英〕西蒙·范·布伊 著 刘文韵 译

爱情半夜餐
〔法〕米歇尔·图尼埃 著 姚梦颖 译

隐秘的幸福
〔巴西〕克拉丽丝·李斯佩克朵 著 闵雪飞 译

雨后
〔爱尔兰〕威廉·特雷弗 著 管舒宁 译

闯入者
〔日〕安部公房 著 伏怡琳 译

星期天
〔法〕伊莱娜·内米洛夫斯基 著 黄荭 译

二十一个故事
〔英〕格雷厄姆·格林 著 李晨 张颖 译

我们飞
〔瑞士〕彼得·施塔姆 著 苏晓琴 译

时光匆匆老去
〔意〕安东尼奥·塔布齐 著 沈萼梅 译

不中用的狗
〔德〕海因里希·伯尔 著 刁承俊 译

俄罗斯套娃
〔阿根廷〕比奥伊·卡萨雷斯 著 魏然 译

避暑
〔智利〕何塞·多诺索 著 赵德明 译

四先生
〔葡〕贡萨洛·曼努埃尔·塔瓦雷斯 著 金文彪 译

房间里的阿尔及尔女人
〔阿尔及利亚〕阿西娅·吉巴尔 著 黄旭颖 译

拳头
〔意〕彼得罗·格罗西 著 陈英 译

烧船
〔日〕宫本辉 著 信誉 译

吃鸟的女孩
〔阿根廷〕萨曼塔·施维伯林 著 姚云青 译

幻之光
〔日〕宫本辉 著 林青华 译

家庭纽带
〔巴西〕克拉丽丝·李斯佩克朵 著 闵雪飞 译

绕颈之物
〔尼日利亚〕奇玛曼达·恩戈兹·阿迪契 著 文敏 译

迷宫
〔俄罗斯〕柳德米拉·彼得鲁舍夫斯卡娅 著 路雪莹 译

奇山飘香
〔美〕罗伯特·奥伦·巴特勒 著 胡向华 译